巢雲樓詩鈔

汪涌豪 著

團結出版社
UNITY PRESS

序

詩者天地之心，性情之靈，物事之感；而聲韻之和，文辭之精也。天地之心所以思合自然，性情之靈所以意超凡俗，物事之感所以哀樂由衷；而聲韻之和所以動聽起情，文辭之精所以神通象外，志蓄微言，而讀者自得於心。子曰「詩可以興」，其斯之謂歟！

是以詩之作也，物色搖心，事態生志，靈性發越於感思，才氣吐納乎英華。而學以得體，習以致雅。至於調和聲韻，精約文辭，莫非循規就矩，冶煉可得；終而巧生變化，出入法則，思不雕刻而自然成文。然則詩人乃天地鍾靈而慧其心者也。

嗟夫！邇來西學周彰，而傳統幾絕，詩道因以衰微也久矣。古之所謂詩盈天地之間，士以吟詠性情為尚，竟成故事；今之士人能詩者，百不得一。廣陵遺音，或誰嗣響！幸聞天地之心微而不滅。少陽漸生於老陰，而萌蘗發乎枯槁之端；詩運寖有興復之象，青少而好為吟詠者，聲振響應，雅集於網路。魏晉六朝耶！唐宋耶！明清耶！往者可繼，來者可啟；文化薪火，終未熄滅矣！

當此之際，復旦教授汪君涌豪，忽爾橫出，鶴唳聞天，隔海驚我吟魄。涌豪年逾知命，論著積至等身，聲名騰於學界；而始放情歌詠，運才就律，咳唾成珠，嘉篇速即盈篋，乃出其《巢雲樓詩鈔》示予，並垂青邀序焉。

予與涌豪交疏而識深，豈聲氣相應而然耶？追思二〇〇五年，予主辦學術會議於淡江，誠邀涌豪蒞席，初見也，彷若舊識。逾年，涌豪講演於東華大學，予忝為主持，又見也，親如夙緣。二〇一六年，涌豪邀訪復旦講演，嘉筵高會，時有陳尚君教授同席交觥，挈航學海，何其樂也！此則三見，已如平生故友，李杜知交也若是者焉。

斯時也，涌豪始染翰沉吟。隔歲，郵示駢賦一篇、古詩數首。予覽而讚嘆者三，不意初試啼聲，嘹亮若是；詢非高才，何臻此境！感喟之餘，豈可無詩！爰成《想像痛飲歌並序》以贈之；序云：「復旦大學汪涌豪教授，妙士也。多才博通，擅治中國詩學、文論範疇、文學批評史、遊俠史以及遊仙文化。去歲初試吟詠，新舊詩兼作，出手非凡。其人活性情、任豪氣、識酒趣。為作《想像痛飲歌》以寄之，良朋通感，豈覺邈若山河之隔歟！」歌曰：

有酒有酒呼涌豪，隔海我欲凌洪濤。滬江想像君何在？高樓擎杯持蟹螯。座上誰賓客？孔北海，彭澤陶。來嵇阮，坐岑高。東坡起舞弄清影，稼軒妙理識濁醪。太白何遲遲？蜀道橫絕路迢遙。少陵病止酒，竹葉無分空心焦。我輩皆應過王績，醉鄉從來勝帝朝。屈子沉湘詎解飲！名士何為讀離騷？噫嘻！汪君博學跨今古，高論範疇理昭昭。說詩妙得無弦趣，勝義可薄腐儒曹。遊俠為君魄，遊仙作神交。仙俠都入史遷筆，臧否似切律呂調。學優閒暇事吟詠，古調新聲兩翹翹。文章本自性情出，詩酒不離並遊翱。嗟乎！汪君之意不在酒，痛飲只向妙才招。想見飛盞交觥後，黄浦煙波自清寥。

予與涌豪交疏於三見，而識深乎性情之契，唯以詩通感，雖千里如在咫尺耳。今歲忽見《巢雲樓詩鈔》，六載吟成千篇，諸體皆備，為之驚嘆而愕然。不知古人誰得望其淵藪；則涌豪豈日耽吟詠，幾近「詩癡」者乎！以茶以酒以竹以棋為癡，古已有之；而以詩為癡者，蓋未之聞也。癡則不可一日無此物，執持於飲食衽席之間；凡成絕藝，必也狂熱如斯者焉。古有詩仙，李白是也；詩聖，杜甫是也；詩佛，王維是也；詩魔，白居易是也；詩鬼，李賀是也；詩神，蘇軾是也；而今則有詩癡者，涌豪是也。

予於涌豪雖交疏而識之深矣，才子也、學者也、雅士也、逸人也，集才學雅逸於一身。其見於詩者，才則神其思而縱其情，學則深其識而文其辭，雅則尚其品而高其格，逸則孤其跡而清其趣。噫嘻！世人每尊漢唐英士，而彼則獨賞明清才人，真性不累於盛德，清思能騁其妙筆。至於詩有別材，非關書也，而彼則博涉廣識，理意常韞乎章句之間，典麗每見於修辭。觀乎俗多沉迷於耳目聲色之娛，而彼則閒賞乎山水書畫之美，品格尚乎風流，雅致充其篇章。若乃逐群以應酬，趨眾而酣熱，此俗士之所樂也，而彼則結癖於煙霞，或習靜於山居，或遊遨於殊方，或獨吟於旅次；樂以自得，趣由逸生。嗟乎！涌豪實乃天授之詩人而不自知，大器晚至知命之年而始成，奇哉斯人也。

予覽其詩鈔，諸體皆擅。入門習駢儷以振采，擬樂府而含風；故風采定其基調，歌行用以製篇。而後因體適變，各制其宜，面目不固乎一相。觀其五古，格在魏晉六朝之間。七古則近於晚唐，義山為其魂魄，典麗而偶對，豈擅駢儷之餘習乎？至於律絶則已入宋調，以意成章，因學造語，而非興象之所範概，其餘波下盪明清矣。

涌豪之為詩也，原不作意成家；但性情所至，境由心生，辭隨意起，率真適志，而不以矩度為念。予觀其歌詠，似不經心於謀篇，豈費神乎練句！而任意流行，走筆如雲，渾然便成，法不著迹，而非可分解也。至於題材多端，其中特以異邦遊覽為要，踏遍歐美諸國，紀行抒感，敘事摹景，蓄意涵理，而發為浩浩之篇。近世以降，中西交通，遠遊殊方者衆，而少見出諸吟詠。名物異乎我族，取之入於古詩也難矣。蓋舊瓶新酒，議論未定焉。予縱覽涌豪諸篇，皆以化實為虚之法，融他邦風物於我族文化之境，借語以轉喻，連類而潭思；則瓶無新舊，酒無中西，皆化其形跡而入吾人興衰存亡，起滅生息，愛恨哀樂之共感矣。

予誦其《過卡爾卡松擬作悲歌行》《佛羅倫薩四時行樂歌》《科莫湖淥水曲》《過巴德伊舍作懊儂歌》等篇，為之詫然而嘆；奇哉！鍛鑄異邦紀行與中國古樂府而成章，蓋出人意表之創體也。嗟乎！繩墨何足以羈絡大匠之神思；涌豪天授之詩人而不自知者也，予特為表明於詩道衰微而方興之際，以召喚後起者，因樂為之序。時維壬寅暮冬，新歲即至，可待陽春獻我以盛景。

東華大學榮譽講座教授、輔仁大學中文系講座教授顏崑陽序於花蓮涵清莊藏微館

目錄

卷一　五古一

卷二 五古二

卷三 七古一

卷八　七律二

卷九　五絕一

卷十　五絕二

卷十一　七絕一

卷十二　七絕二

卷一　五古一

子夜歌

涼風摇波月，菡萏辨玉真。一分照洛神，十里暗香塵。

陽春歌

祇合念嗣歲，棲遲感經年。漢曲晨興雨，湘南晴籠煙。藉露風少顧，攀條人多憐。朝昏迷香陌，暮醉誤鸞箋。有綠暖島霧，罕紅亮渚蓮。水痕因躍魚，山容交飛鳶。寶絡看紛至，雕鞍聽爭先。客哀惟芳槿，貞松其傍眠。粼粼江東注，皛皛日西遷。擬將舊時意，含顰對花前。

臨高臺

誰候月在水，獨耽夜傳香。倚杖陟峻嶽，振衣托重岡。崇臺春憐遠，廣陌秋感涼。遊倦悲歲促，吟孤體恨長。此時好燕坐，推杯轉淒惶。放意寄北闕，養身投南荒。棄功淩煙閣，尋樂烏有鄉。洞心思罔極，達神道有常。玄墀喜藏碧，青梧愁染黃。跡入塵世久，清高示周行。

與春別

清宵易獨處，錦字最難憑。晴芳逐日去，淑氣隨雲升。黼幌未圓月，繡戶不夜燈。斂跡稍怨減，息心卻恨增。此愧誠無地，此情誠有恆。妝鏡初取媚，歌屏終積憎。漏轉嘆何必，夢迴感幾曾。既已絕淚蠟，姑且寄青綾。看杏爭梨艷，紅與白相承。鉛華甘擺落，霜節究可稱。

折楊柳

春風八萬里，吹愁到天涯。玉管歌憔悴，錦勒衣薄紗。擎荷期香近，攀梅感韻遐。新條初出日，已識故人家。故人深閉戶，置酒候庭花。夢魂會獨鶴，詩思著昏鴉。官橋張酒旆，野渡空魚艖。煙輕誠堪畫，情濃豈足誇。鏡裏皆凋朽，望中正清嘉。且留蟬嘶意，好嚮夢里賒。

日出入

日出蓬萊東，倚駕勢吞空。咸池浴靈雨，扶桑乘景風。停輪八極遠，奔雷控玄穹。雨霽雲光淺，霧散山翠濃。烏氤氳候曉，仙飄搖攬驄。儻莽野平闊，汪湟水渾洪。赬霞鮮絳闕，素泉紛金宮。瑤池偶能值，崑嶽豈相逢。新暘何杲杲，禺谷太匆匆。王孫髫未冠，羲和敢馳蹤。

春日行

老去真漫與，扶杖每閒行。看禽欒並坐，聞雀喜交鳴。垂溪柳蘸水，結香花沾鐺。似雲溶在意，竟雨細無聲。芳年誰念舊，衰鬢何心驚。千疊眉間恨，百計紙上情。絮捲長供醉，粉墜莫問程。鳳臺慵拋別，玉鏡懶相迎。人道四時好，難趁十分晴。憐彼困朝市，幸己笑勞生。

淥水曲

長早驚鳥啼，看日已平西。擬議洞庭水，商量武陵溪。雲遮陰景碎，霧斷樹杪低。衰顏拂峻骨，醉襟解神淒。因嗟新愁緒，漫憶舊詩題。高梧惜花落，空齋嘆路迷。況石罅泉瀉，更松間蟬嘶。榮滋雖有盡，逸豫究可棲。遵渚兒對句，辭酒我應妻。閒效玉潭月，猶自辨杏梨。

擬輕薄篇

少年無賴甚，肌膚看欺霜。紅綃好結束，絳彩出雲裳。據坐聲跛扈，抗論意飛揚。偶僭東道主，每嘲南面王。為擬古遊俠，視死如尋常。百錢輕於紙，一見總傾囊。然其未斂色，不學更倡狂。難識新豐市，敢效白玉堂。酒熱侵三相，歌酣壓五坊。渠輩粗豪客，如何出班行。

擬青青河畔草

春光交茵綠，新陽沐林冠。水嚙沙岸遠，柳開浮景寬。雨趁看衣翠，花照襯頰丹。由訴金杯滿，始驚更漏殘。熙熙衆庶會，嗤嗤群生歡。因皛每浴晚，尤覺鳥可觀。

擬北邙行

瘞玉沃荒林，埋香巢哀禽。夢蕉風在枕，憐才雨沾襟。水斷倚天渺，山傾從夜深。霸業何足慕，鼎圖已陸沉。芳槿生苦短，抔土死易尋。嗟爾與世絕，嘆余獨到今。

擬挽歌辭三首

其　一

秋氣鬱崇岡，修木何蒼蒼。貞松蔽白日，芳槿謝道旁。宵話歡依舊，朝遊恨非常。良會誠難遘，幽期每堪傷。念昔身尚健，貪睡懶下床。壙穴一夕閉，日與鬼列行。落景風吹雪，窮泉花委霜。琴斷豈我拒，歌哀似爾狂。

其二

為謝秋光滿，來尋月影蹤。近水花嫵媚，傍樹鳥從容。雨晴步景夏，煙晚撫跡冬。晨興客未至，酬歌氣在躬。常醉賴村釀，偶植親偃松。殘照落曉漏，疏雲隔宵鐘。幽明寢門異，古今泉壤同。不信千劫盡，惟思萬緣空。

其三

應開西山宴，錯嚮北邙行。坐久悲花落，思極愁雲輕。廣陌塵間雨，曲池舞隔聲。秋陰依棲鶴，晚籟動積霙。由來知魚樂，因好結鷗盟。常逐枕上夢，棄爭林下名。玉管偏腔穩，金樽對山傾。羞仰今夜月，偷記當時情。

莽蕩關河行

浮雲渺天末，流光想徘徊。孤城山蕭索，荒堞水縈迴。嶽削見澗曲，河奔斷林隈。悲欣交相迫，暑寒迭相催。逝川感東去，馳景嘆西頹。此身何所似，廓然引觴杯。

夏日野望吟

曉策絕深塹，駕言陟崇岡。誰與振遐矚，何物高馳翔。依城罕野意，負郭有奇芳。霑雲藤曳杖，帶露風蹇裳。千憂何烈烈，百川其湯湯。平蕪紛黛色，落日正結霜。

擬梁甫吟

遵彼江南路，望北水迢遙。旅雁悲達曙，孤猿驚連宵。砧聲應商律，樹色動淸飆。難挽誠時豫，易逝惟年韶。有愁侵涼戶，無媒寄洛橋。暑殘聽瀉雨，何處倚笙簫。

擬偕隱歌

步尋長街東，入夜驚門重。雨濯花淡蕩，雲烝月迷蒙。御道香分樹，宮寺色交鐘。輸爾每傾酒，愁予祇雕蟲。命慳誰無恨，運蹇豈有終。半皤空勞碌，不必問窮通。

銀川詠沙棗

沙湖尚未到，已聞七里香。夾岸靑煙簇，映山裊輕妝。分株起根蘖，壓條歷沍霜。發萼銀光滿，裂瓣奪金黃。或羨楚腰細，寧效瘦張郎。風驚笑弱植，雨斷豈旁皇。

銀川沙湖歌

一自親迴渚，來嘆掛席遲。岸平天尤闊，山清水參差。芬敷滋時雨，澄輝搖腴枝。鸂鶒眠沙起，魚花似入癡。日暮邊聲小，朔雁歸西陲。俯仰消百慮，酣歌有誰知。

伏羲古柏行

長松何落落，卉木豈茸茸。朝華望秋死，惟其獨苓蘢。性本愛孤直，難爲桃李容。清高迎風勁，盤錯驚蟄龍。豈不畏寒早，文章實難封。戒旦零落盡，十圍仍蒼葱。水流不知返，時遷非所宗。要當青雲上，百丈猶相逢。

訪秦安大地灣遺址

渺渺大地灣，文明誠可觀。盛冰出信史，仰韶敢輕謾。殷勤蓄百畜，劬勞促田完。窯穴存鳥跡，灰坑穀菽殘。石蚌俱作器，木骨擬金鑾。彩陶刻字符，炭繪存情歡。感激古氏史，銘刻先民難。由其喧聲欻，眾聲落甕棺。

伏羲公祭大典

上古有華胥，雷澤誕羲皇。教民能漁獵，結繩記微茫。馴養集家畜，導訓明倫防。陶塤娛情志，琴瑟和八荒。尤感性純厚，牧民極有方。大庭欣歸附，卷鬚斂猖狂。再頌誠際聖，俯仰决有常。一畫開天地，萬古始有光。嵯峨三陽川，渭水何湯湯。三皇允稱首，百世猶爲綱。

越三十年再訪麥積山

玄高西秦杖，擇居麥積山。百人崇義訓，問道究萬般。長安曇弘出，同業頻往還。洛陽法生會，殫精自閉關。魏晉亂頻起，西國道阻長。天竺佛罕識，戴顧自取將。後又引工百，紛沓費思量。土木衣娣綉，法相自安詳。由來褒衣著，博帶束兼裳。隱然犍陀羅，秀骨出青蒼。感彼精誠意，列窟壯高岡。脱屣棄象馬，遺跡自豐昂。

元旦日登華山

太華何鍾靈，蓮若負青冥。錦霞映瑞氣，絳景戛曉星。雲梯破蒼黛，石磴接鶴亭。長松咽虛籟，陰壑晦滄溟。謂予秦郊寰，南山控四關。亘野屏開闊，八水曲如環。浮嵐迷屐齒，怒蹙不可攀。崖霜令骨冷，魄清去傲頑。忽聞來唱鶵，青鳥遠世愁。仙人九節杖，玉女明妝樓。

雲臺每絕粒，樹穀傳輕謳。莽夫好塞馬，老君犁瓊州。我來正天寒，欲狀少綵翰。變態疑無影，呈姿猶含丹。遂思拋俗羈，避跡入郊端。息心卜永住，與風送斜闌。

冬節再過宜川壺口憶及昔日趁興到此其間滄桑橫隔不過彈指間爾

頹年少生趣，聊作汗漫遊。性畏冰峭折，常喜歷平疇。然有風吹鼓，湍迸勢難收。沿流淪積險，當道伏瀨幽。龍驚奮劍戟，虬渴促行騶。珠跳崩駃雪，霧勃吞霜漚。再顧石骨裂，巖齒噬天囚。沃日寒光散，明瑟侵昏眸。嗥吼亂神志，晴雷動騂騮。流潦失川津，盤渦際天浮。訇豗吹沙盡，渺漫鬼見愁。為解到海意，殷勤不斷流。

過韓城黨家村

日高照軫丘，泌水駐東流。溢壑容雨下，傾崖交雲浮。伊邇節孝在，族訓文昌遊。歲入每怨滿，夜出仍輕裘。幾處花間醉，一晌不識愁。露井笑逝水，滂池誤幻漚。轉瞬秋風起，時運忽我遒。笙簫曾巷陌，勞歌已田疇。從來富貴易，功名豈到頭。看鳥思別宿，坐憂重登樓。

水陸庵

藍田聳古刹，寶相煥水陸。出水海天清，騏奔虎躍瀆。驚橫三世佛，乘象來天竺。十六臂觀音，紛張憫世目。再拜諸菩薩，頰豐廣有鬚。目淨蓮花狀，螺髮似青珠。毫光俱鮮潔，帔帛與俗殊。結跏須彌座，力士爲前軀。人生天地間，萬物皆流蕩。普濟興道場，隱塑成絕賞。有僧證三昧，有衆誠宗仰。舍那佛身在，華藏恩澤廣。

應召赴雅會致贈諸書畫大家

書畫質清醇，超然出風塵。掃素入萬象，筆墨可通神。信腕隨取勢，從心見天真。岫雲供花箋，山月裁奇珍。有時醉高會，詩酒絕衆人。出入歌淋漓，天人集一身。我從諸公晚，局促意難伸。洗硯發心源，元氣罕擬倫。

上海中心訪觀復博物館

羨彼馬未都，爲我辟堂隍。十二綺樓夜，四海無盡藏。天青奪膏脂，水白侵曉霜。含耀尚流美，凝滑出明璫。淡伫靚妝面，濃綴帖花黃。夜吟奔龍口，晨興傾玉觴。又嘆諸造像，莊嚴居中央。寶相徹法界，觀想意若喪。會因體妙旨，脫開作道場。眉間誠修廣，紺眼似海洋。

東方露生腳，團盤珠走光。胭脂沉綠水，花梨架軒昂。春草搖上苑，秋風戲長楊。爲爾奉巵酒，不盡亦無傷。

寄女

吾家有嬌女，嬌懿招人愛。齠齔纔七齡，四顧已善睞。更兼冰雪心，玲瓏辯無礙。分花初覆額，詠絮已能再。有時玩心生，菱花頗不耐。癡念出無常，晏起早惰怠。春來南窗下，寒盡獨登臺。忽忽廿載過，儼然非童孩。楚腰未足論，何況越女腮。幽憂一何固，思通百慮開。感激環臂中，出落梁棟材。爲爾謝字測，卜賣妄費猜。

題煙臺山近代建築群

濱近鄒魯地，籌邊策何窮。置吏纔開議，換約似有功。通牒款絲細，和戎盟山崇。市互失海境，教傳聲愈隆。番客橫貨棧，辟港建頃宮。濤聲平鼓角，蜃氣衝艨艟。蠻風捲炎土，蓬閬月玲瓏。逢此屈辱日，念彼顓頊翁。援依賴關署，迴薄失初衷。大言能徠遠，意氣等秋蟲。從來善計利，悉爲衣食豐。流禍在社稷，官運猶亨通。

詠懷詩二十八首

其　一

憶昔識事早，剪霞光綉襖。顧琴昆明池，縱馬洛陽道。謂情生綺思，月章降神藻。膏露侵酒痕，幽心結朱草。忽忽瑤舫空，尘封誰與掃。正悲愁轉殷，何忍秋聲老。

其　二

暮色方四合，星漢已隔山。瑤空耿光烈，蓬窗髭鬢斑。雲岫松氣結，秋澗曲水潺。聽風草枯瘁，候月人未還。引杯夜孤酌，試刀出情關。時序不我待，如何對小鸞。

其　三

性本愛幽獨，何事轉淒徨。長空夜浸月，星河迴斗光。江聲偏在枕，日氣甚微茫。綺琴歌尚怯，寶瑟舞愁長。看窗露已結，瓶笙茶初香。底恨年命速，孰敢減衣裳。

其　四

顧我同門友，寥落江湖久。未解龍蛇藏，幾爲牛馬走。機心每驚鷗，誰人肯負手。不識遊斜川，如何憐蒲柳。餘照落丘亭，夕熏勸秫酒。案牘困簿書，孰與剪春韭。

其五

劇憐事魚蠹，竟日掃葉忙。雖未半塗廢，每因多歧亡。升高期董子，下帷同王郎。燃脂有剩墨，題花無雕章。椒閣看漏盡，明月黯度墻。惜蟫堆琴匣，灰絲網書床。

其六

開談斯文盡，落筆噪昏鴉。寡學主壇坫，淺識思命車。聯床人未許，接席每自誇。追聲陳登傲，猶失王粲家。有客泛清瑟，朱幃獨清華。憐彼就北闕，青雲入望賒。

其七

指冠廢詩書，斷鋏嘆無魚。羨人披文繡，完褐終不如。金谷尚任俠，衛巷樂飯蔬。負氣欲鬥酒，看囊終避醵。日落感江闊，月隱悲鐘疏。嘆爾未結柳，窮子故造廬。

其八

人好蠅頭勤，難識生可貴。日課硯冰知，夜勞燈燼費。汗牛五車盈，插架萬軸匯。如何聽雨真，枕山候茶沸。況春偶入帷，黃卷原無味。何不南窗下，看梅著花未。

其九

笑人頻看劍，無力敢回天。中流擊楫誓，不聞水嗚咽。德微讒銷骨，智暗羽沉船。孰與禰衡鼓，或邀阮籍憐。熙春體行樂，涼秋酒勞宣。但能遠麟閣，灌園自成仙。

其十

剪秋入吟卷，送月到牀前。無人還自娛，有事每從權。閒臥陶令醉，高枕陳摶眠。素手拈斑管，白髮整花鈿。一念空石劫，萬喙息松阡。興公清福好，雲皋可忘年。

其十一

望空平蕪秋，蕭蕭凝暮靄。雜樹交巖庭，鶯吟亂沙瀨。客能拂鏡塵，許心垢俗外。但憐時污隆，未知世否泰。花瘦春莫憑，樽滿興有賴。子猷不造門，嘈嘈聞天籟。

其十二

畏雲遮行舟，聽雨斷送秋。香淡花閣淚，酒濃人銜愁。鳥聲同日落，物色感光浮。瀛海誠幻化，崑丘何足求。念此堆山枕，歊霧結蜃樓。勞魂空諸界，役夢勝十洲。

其十三

生年何須百，天命豈有終。會當芳樽夜，吹盡柳岸風。及長酬青眼，悔少還漆瞳。半銷住世恨，盡識等鷄蟲。何人發妙指，清音透簾櫳。感此歲云暮，洌彼泉下翁。

其十四

謂誰夜歸宿，譬如鳥投林。因他頑劣甚，顧我年鬢侵。騰空力不洩，拔地勢難禁。何時蓼莪想，翻爲遊子吟。宵月通人意，晨風度松音。一朝渡海去，要識家翁心。

其十五

滔滔從來是，役役未稱鮮。人心每局束，封塞爲苟全。養高玩世典，邀譽訪潛仙。臨流妄語海，坐井敢窺天。較之振吟袂，醉笻可忘年。促程與風露，何處不高眠。

其十六

生小盛意氣，及長舞跳踉。望遠歌沂曲，登高賦九章。情曠違世轡，志僻行孤芳。但令庸末困，嗒焉若有喪。忽忽雲鬢改，冉冉罷霞觴。因憐雨初霽，容月半照床。

其十七

河橋行酒春，畫閣傳漏晨。夜分琉璃月，晴隔逍遙人。竹牀時侵露，芸帙久沾塵。攢身樂無事，對影苦有身。因思混沌鑿，澆俗失天真。誰識風吹皺，遑顧海彌淪。

其十八

一別浮雲闊，十載流水傾。朝市會舊雨，山中賞新晴。伯琴經歲絕，鶴夢逐年生。知從花間宿，懶與堂上爭。迴念清宵興，酒熱翻暑輕。漫學屠龍術，不聞奏刀聲。

其十九

群俗多尊經，獨我好讀史。心同聖賢違，見與南嶽似。核論求全真，品題重知恥。商山豈棄君，潁川敢避仕。日月朝暮懸，蜉蝣旦夕死。班馬雖云珍，春秋徒費紙。

其二十

矯矯廊廟志，昂昂經濟才。清光凝曉露，華草起蒿萊。然疏多稱旨，猶詩少別裁。曲恩祖宣室，超擢備雲臺。臚傳綸音降，廷對錦字開。致身安且吉，惟册有餘哀。

其二十一

隙雲纔洩日，又送雨浥塵。峽束過眼綠，山盤入望新。村寺少芳枳，柳塘多游鱗。念此甘肥遯，頤光做逸民。況恨杳難訴，俗世未可親。且別桃葉渡，來吟逍遥津。

其二十二

孰謂窮巖險，曲岫偏有春。佳木負偃蹇，卿雲鬱輪菌。客或迫糾擾，欲避寄閒身。松窗圖剩醉，薜戶乞全神。不意夜驚起，丹籞誤紫宸。可憐清涼月，照此彀中人。

其二十三

長以己昏昏，輟寐候曉暾。問學但襲古，立論每近村。萬物雖無二，趨向偏多門。知類不昧事，通方乃道存。奈何封四辟，固蔽局鵬鯤。六鑿嘆攘廢，高明惟舌捫。

其二十四

音好鳥鳴澗，談快玉振金。苔跡屏無趣，松聲接有心。修巾拾香翠，薄袂奏瑤琴。道合故投分，神契且披衿。忽忽歲云暮，秋深促蟬喑。堂前人緘怨，月下鬼長吟。

其二十五

疑雲新過雨，將月來河滸。傍簾樹亭亭，入檻山午午。會君少有心，感己身無主。分袂夢西洲，交手別南浦。玉臼丹未成，冰甌茶自苦。攀條折相思，韶景已可數。

其二十六

纔起聞水聲，便作浮海想。乘風漫雲遊，窺月候清賞。感時徒行歌，傷俗廢擊壤。茹芝有商山，采薇誰服饗。念昔易榮枯，亘古如俯仰。但能陰夏條，何復銘几杖。

其二十七

爲因山中靜，乃棄市廛喧。雲間人閉户，石罅花逾垣。寒重寧號壁，恩深豈負轅。恐淺芳尊憶，敢殊歧路言。松看月已老，鶴聽水正湲。願從赤誦子，遊玄滌心源。

其二十八

冉冉歲華去，蕭蕭白髮侵。年少倚聲醉，老大托夢吟。猿咽嚮枯木，鶴唳背素琴。可對風掃榻，難與人傾襟。有待誰愛死，養身何所歆。江海從此逝，逸跡豈復尋。

額爾齊斯大峽谷

天寒翠暖盡，惟見霜露横。山勢多蒙密，谷泉誘人行。躍鱗伏澗石，羈鳥亂溪聲。列壑競奇秀，攢峰嵐色盈。杪秋氣蕭索，黄葉覆落英。嘉木森虧蔽，白雲紛霄崢。客有思結宇，策杖繞軒楹。迫暝歸門巷，坐愁困宿酲。日入浮光照，霧開路轉生。晴眉分遠樹，雨宵隔晚鶯。排悶期汗漫，尋幽訪蓬瀛。朋遊興未已，玄律還促程。

可可托海晚行

煙鬟分薄暮，雨袂已交涼。山骨其銷朽，木葉盡飛揚。鳥巢失故草，人跡掩新霜。春恨已消滅，秋濤正鬱泱。

蘇州大劇院觀演

堆愁憶前度，照跡南橋路。一棹歸去來，五湖感風露。迢迢子將行，凜凜歲已暮。翠黛換秋陰，晴皋隔曉霧。適興誰結遊，忘機失故步。絕憐潁水清，偏嚮吳門住。

再憶小蓮莊

由來丘壑性，偏好聽秋聲。流水暮景迫，落花孤歡傾。有情承不棄，無語自相盈。轉瞬新妝事，翻爲別夢行。看鏡憐香伴，聞簫絕希迎。白雲纔出岫，玄髮已歸耕。

秋日至永嘉

偶俗失員丘，尋真到東甌。連城有靜樹，斷嶠無停流。江煙隱沙際，浦橈出鳧鷗。臥聞欲生喜，起視反增愁。因念山中客，款語誰遲留。斜川歸興晚，逸致實難酬。

永嘉書院晨起

凝床霧翔起，在門水淙潺。青桂棹偶動，白蘋溪常還。聒晝數羈鳥，驚夜因鄉關。曲殘任雨補，吟成屬風删。嗟爾黄金盡，胡寧鬢已斑。聽人彈長鋏，猶自憶小蠻。

山中觀瀑

追爾上城東，心事與雲同。山因落日紫，水趁雨勢豐。重巘千丈麓，孤嶼半溪風。望隔煙巒遠，聲到晴瀑窮。猶思初染鬢，殷勤對花紅。欲由扁舟去，愁深付少宮。

與友人過林坑

松籟風在林，嵐霏雨方侵。企石撫尺壁，陵岡賦高吟。雲徑照柳陌，魚磯動瑤琴。遊目寄飛鳥，送杯對鳴禽。坐曠喜開霽，矚遐滌煩襟。江上無閒棹，孤客有遠心。

林坑閒坐飲茶

出谷黃鶯前，來巢識紫燕。度竹纔匝地，穿桃已墜仙。獨步偏著意，閒隈隨弄弦。滴瀝孤村雨，落漠斷橋烟。坐依蝶來顧，起聽客俶還。勞悴江南路，相思到隔年。

隔江望獅子巖

芳歲多離別，佳期有誰知。江嶼樹翳鬱，蘭渚水參差。煙含青嵫岸，露帶翠耀池。鏡裏每端默，尊前總難持。惟人各有性，萬籟無所思。一霎微雨過，猶憶謝公詩。

晨起登山過午不欲去因作詩聊記遊興並謝衛東

叢霄隱曉星，頹雲投在瓶。池光流未歇，草色聚更青。近岫鳥來顧，遥岑翠到亭。被服常修潔，支酒難匀停。想食非塵甑，歸心似浮萍。且倚風中竹，邀月共客聽。

與子楠溪江放舟邀涼意殊快也乃艤舟樹下爲作一詩兼寄衛東兵兵

江天曉霧盡，清溪沙渚平。浮雲山容淡，喧梟水色輕。舟行煙作障，棹鳴風弄箏。緑蓑欣細雨，青箬厭浮名。客有深宵恨，羡我晨對枰。聊將衰年意，與子看分明。

山中雜詩

人生尋常見，欣戚不相重。前宿纔振袖，今宵已龍鍾。抽簪對白髮，繞砌扶孤松。逸遯山中賦，清談月下逢。客問日高起，何事偶到胸。檐喧認雨跡，陂靜辨雲蹤。

風雅頌美宿

芙蓉到畫井，薜荔交牕陰。妝樓臨大道，舞閣高千尋。豪竹亂退志，哀絲動素心。覓句值永夜，候人怨堂深。因思在山院，筠簾隔煩襟。漏斷無不寐，鐘疏響瑤琴。

過江心嶼

潔夏逐鵖鳩，篘風動芳菲。孟樓雨散落，謝閣雲霏微。劫運存浩氣，嚴節揚烈輝。浮生歸妙軫，俊聯啓玄扉。甌潮豈覆井，東峰何嵓巍。見泉思持鉢，因覺昨日非。

攜子攀天柱山百步雲梯

霜磴傷暮節，陰崖感蕭辰。暝值怪石聳，曉度寒藤伸。坐深松增色，望久月親人。偶思醉時語，翻疑夢裏身。棧懸危在途，橋斷香隔鄰。駸駸歲云邁，落落可存真。

陽朔碧蓮峰閒居

遠靄空翠合，近樹曉煙浮。秀眉暈黛淺，羅髻望雲油。蕉葉風舒捲，紫荆雨含羞。買春銷千緒，結愁計百籌。空夢今已去，斷魂轉屬秋。拼將澄江水，為君洗青眸。

卷二　五古二

幽鶴國家公園銷夏

露華垂天幕，煙翳失平林。巖斷雲初合，澗盤流清音。有客方企石，期仙夢難尋。澄觀思朝暮，曠望感晴陰。捫松連山骨，撫風念瑤琴。坐夜息百慮，蠲俗惟長吟。

落基山夏行

光陰越年邁，屏列鬱奇峰。浩茫剖天海，攢叢起蛟龍。鳳翥九天雨，鸞駕五車風。雲霞爛錦綉，輕靄紛豐容。偶或平波起，有魚倒吸虹。松靜時因雪，泉落全憑空。又常驚熊羆，駭羊走西東。青鳥不堪使，蓬萊失影蹤。我來尋勝跡，希賢歸山中。青山無限好，白雲每相從。重巖月掛壁，砥路窅無窮。盈天明霽處，玉山一萬重。

登密蘇里號軍艦

尖岬束洪曠，浩蕩鎖大洋。灣港屯樓櫓，海汊列排檣。風飈浮寨動，雨急鼙鼓鏘。虎狼頻破陣，號吹徹天響。忽有長鯨至，驅魷出封疆。猖狓吞大慾，神風逞倭強。由來縱驕横，片刻遭禍殃。百千禽填海，魂歸烏有鄉。應知攻謀略，首鼠忌中央。刻意自顧惜，翻爲夢一場。慨懷今與昔，今昔理昭彰。歷跡尋遺訓，棧橋過斜陽。

地卡波湖二首

其　一

四更山吐月，薄明散流光。有鳥驚飛起，倏爾翻霓裳。

其　二

趁雨勤拂拭，爲倩佳人妝。佳人琉璃碎，明月照空床。

題英倫街頭藝人

漫說空孟浪，要非強悲歡。遇酒忘故舊，逢場輕客官。詠笑出千巧，嫚戲藏萬般。已知人不識，何妨對牛彈。別裁琵琶曲，交換步搖冠。假夢雖無取，托幻猶可觀。

過劍橋戲作付子

體元誰立制，茂育爲群生。春誦溢閭巷，夏弦戛金聲。文軌繼前武，風猷樹未更。白髮思俗化，青衿多志成。由念子頑劣，困學坐愁城。廢書事遊戲，敢與鬼爭衡。感彼孳實氣，愧己失課程。深衣有博帶，悟悔猶蚩氓。

愛丁堡皇家一英里漫行

文明孰肇始，鬱起何微茫。感極恨交注，思深每欲狂。在昔舊門巷，濁穢圬女墻。煙火熏城半，市聲溢明堂。世事殊難料，啓蒙有嗣芳。荒壘逐鬼魅，通衢張文章。人性任休默，自由歸亞當。機行賴蒸氣，說史辟周行。嗟爾多英傑，雅典出北方。獨憐羅伯特，高才竟夭亡。

登愛丁堡城堡

夕鳥負雲去，荒堞帶雨來。樹光動秋色，霄崖增氣哀。地控川原固，勢扼孤城頹。玄墀列鼙鼓，鏗鍧震九垓。謂嘆隔山重，人悲不相逢。丘陵盡喬木，耆舊等寒蛩。旐頭分雁字，鴟尾失鴻蹤。感激華萊士，仗劍真可從。稜稜霜猋洌，萩萩風威嚴。士欲酬恩渥，王自歸西崦。倚筵看燈灺，懷情下朱簾。奈何委骨久，何處枕黑甜。

愛丁堡秋日雨後登眺

常從深宵醉，未解薄暮愁。塞雁過五鎮，邊烽繞九旒。黄雲出涼月，沙塵蔽霜秋。幾時温素手，何人恤白頭。看燈與星亂，放海交天浮。寧可空銷黯，休念上城樓。

卡普里島望海

別來人已老，到此心始安。升望勢漭瀁，瑶光正汗漫。丹霞嘗駕鶴，紫雲似驂鸞。露浥沉璧月，水激起素湍。見説桃源好，常思蓬島歡。不知秦皇去，漢使旄羽殘。

過荷蘭羊角村

羲和驅日月，光景忽西投。雉雊歸墟落，鐘疏過別樓。此時聞客來，中宵累觥籌。爲惜有限樂，不識無量愁。春華瘁復榮，葉落秋意稠。且聽雨屐濕，晚浦正煙舟。

挪威峽灣弗洛姆旅次

維舟絕曙烟，曠望物彌鮮。峽令雲鶩落，花因鳥倦眠。有心長澹靜，無累不狂狷。感彼荒疇意，萋菲自可憐。

挪威峽灣弗洛姆旅次又一首

青川色鬱芊，綺陌草連天。野霽鮮人跡，崖霜總迸泉。紅紛增慘黯，綠駭去纏綿。烘日消霞陣，安然送舊年。

弗洛姆山居

貰酒陟廣皐，梯雲覓窅幽。風來收暑氣，雨過成涼秋。鳥聲咽枯樹，花氛增故愁。傳歌簾夜動，切語芸窗留。念昔據要路，恃驕輕前修。而今顧來徑，了了識重頭。

峽灣獨佩湖早秋

深山隱蘭芷，曲水開瑞光。天地有勝跡，萬籟自宮商。人生多苦辛，每仆大道旁。謀進常躊躇，求退偏無方。我有盈樽酒，爲爾獻壽觴。百年旦夕事，微命誠可傷。輟彼渭城曲，來從五柳藏。再效五湖客，滅跡海天亡。簪纓賴朝旨，蘿薜自可當。起居安漿藿，歌呼動八荒。

赫爾辛基訪西貝柳斯紀念碑兼賦左近圖奥内拉天鵝雕像

北原多崇嶽，坼地出關河。野曠邊聲疾，湍駃與天摩。冰洲辟古史，冥府絕天鵝。暴風祭宗匠，頌曲拒沙俄。奈何鬼魅横，銜恨轉蹉跎。百年誠勞績，歸眠南山阿。

值格里格逝世110周年憶及舊時追聽《山妖洞窟》並前年拜瞻其故居撫跡不能無感

空將舊時雨，裛妝洗秋眸。蕪盡雲槎渺，鳥絕煙嵐收。屏山妖作劇，林深風精愁。竭思爲繩祖，殘情付町謳。謂予鄉思結，百叠上眉頭。顧懷重茵處，歌板落綺樓。

柏林菩提樹大街漫行

裘馬證身閒，縱吾地行仙。欣夏色雜沓，悲秋聲喧闐。鶯韻潤郊甸，風筱亂雲天。班荆嘆無坐，枕雲幸有眠。棟宇何累累，檐楹多娟娟。群物未周道，大化已敷宣。

往波茨坦北郊遊無憂宫

池館掩重闈，别殿出香輪。極夜值早漏，繁更候初暾。標藻人倫絶，含章恩遇存。承歡鱗誤跡，懷怨啼認痕。密意難深體，佳期堪重溫。鸞躅享上苑，瓊室哭長門。

橘園宫

能窮惟芳意，不盡是歲華。空返獨眾鳥，難回豈故家。玉階知落葉，金砌識寒鴉。鸞歌廓鄙吝，鳳舞競豪奢。解顔愁猶甚，傾酒恨愈加。五侯俱離散，誰與看日斜。

過萊比錫

仙乘白雲去，夢逐黄鶴來。絶憐狹巷樹，錯嚮交衢栽。歲朋輸松翠，客鬢勝雪皚。嘆非花易殞，恨似水難裁。香車人爭道，金鞍馬騰埃。追遊循誰跡，遺蹤徒費猜。

過埃爾富特因馬丁·路德事感作

念彼莽蒼蒼，役眾生迷狂。儀盡非所願，禮殫出金囊。懶有士祛弊，負俗拒泥常。休徵豈罕識，瑞應本無方。心蛩蛩懷顧，魂眷眷感傷。大道依稀在，至聖何微茫。

雨中班貝格

有客棄塵意，恣情酣高樓。吹笛已神往，剪燈還形留。阻路感花密，隔香嘆人稠。猶昨懷遠去，似早與孤浮。空階胡為綠，委巷誰云愁。吟倦市橋月，更闌下簾鈎。

行經巴伐利亞州喜晴

為歡止盤阿，行歌度關河。看山無靜樹，問水有清波。春嘆鄉心淺，秋悲旅恨多。養性每落寞，適意豈蹉跎。流光誠足畏，迅景本如梭。爭奈纔構局，彈指已爛柯。

巴登巴登訪勃拉姆斯故居並轉維也納往吊其墓因思彼待克拉拉至誠至於孤獨終老不免重嘆之

會逢來知己，無計入情關。殷勤托幽素，不覺是仰攀。遠情難重述，凝佇去復還。臨歧勞思苦，當風濕雲鬟。都道相識好，孤愁爲哪般。一曲瘞香玉，從此隔千山。

維也納中央公墓拜謁諸音樂大師

長早識貞芳，每遲傾霞觴。玄墀結滈露，玉階生瑤光。有聲叩乾宇，無人會麗章。鏗金出幽素，戛玉發清商。俄頃雅調絕，輕才別奏忙。犧盛陳薦奠，思極增感傷。

維也納分離派展覽館

離俗雖有方，分道豈周行。蛇髮散倬峭，獅帶約錦章。戧金間螺鈿，嵌朱鈎霓裳。雪肌交光爛，玉容紛華堂。嘆彼克里木，霍夫曼難當。清貞誠足慕，孤介恆流芳。

因斯布魯克觀軍械有感為作休兵革行

初識雪積野，從看火連營。邊月照古道，陣雲壓荒城。謀深銷鋒鏑，計詭利甲兵。戍角與日落，征鼙交沙鳴。可嘆違春服，堪憐識鞶纓。看舜持干羽，鑾觸事紛爭。

遊愛沙尼亞塔林上城

乘興登高處，勝景入望賒。天青失遠樹，山隮接窮涯。雄關據要津，綺戶競豪奢。地堡如雲集，碉樓映太霞。連翩九城路，戚里故侯家。財通勢焰熾，氣橫爭矜誇。轉瞬愁壓境，憔悴肅霜華。無限登臨意，挹情入鳴笳。

秋日登馬特宏峰間或徑不受履然能暢我遐矚不可無詩

壯哉彼洪覆，厥初孰開張。遐矚延金氣，周覽披嚴霜。閬風乘曠野，辰極沒星光。執玉晨入室，帶甲夜照床。看雲落影散，任鶴度夢長。嘉招誠可遇，尺書難盡觴。

琉森閒居

褰裳涉長道，隨雲到溪亭。推戶驚水淥，脫巾感風泠。天淨岸曠遠，巷狹鳥閒停。羈思無銷處，未免對曉星。晨興和鳴禽，湖山演漾金。端居念何促，顧此安可吟。竹牀消百慮，芸帙滌煩襟。綺席歌纔罷，誰已動鶴琴。樽淺笑昏眸，客心好登樓。昨方良宴會，今已唱白頭。看山皆殊色，掬水成浮漚。少時百廢舉，歲暮萬事休。踞視究來因，坐邀往古人。羅襦傷灰燼，繡黛碾作塵。魑鬼時憑樹，魅虛不擇鄰。敗穴有殘魄，宿草見青磷。因嘆春山嫩，暮揖夏姿容。瑤光侵白髮，嵐翠近秋濃。遂持新篘意，灑然更枯笻。自足甘肥遯，逍遙醉扶松。聽夜舊分月，享晴新隔楹。巖庭多木葉，石瀨碎波生。流陰深苔跡，返照閉市聲。暑寒代征邁，有子正促程。

布拉格老城廣場

平生未書空，萬事懶到胸。目不辨征馬，性常喜過鴻。憑酒壯膽氣，嚮日借顏紅。消得四時醉，拍遍百丈松。須臾嘆歲盡，迢遞感山重。會此風淡靜，方識雨從容。

克拉科夫旅夜感懷

眇徂豈歲月，厥初竟何求。多風來谿谷，沾衣立礫洲。霞景光玄鬢，露氣侵白頭。偶嚮花問夏，每願月續秋。山久牖下伏，水間酒中浮。已知歸程迫，誰識心量稠。

從子登凱旋門及至埃菲爾鐵塔意已闌珊因作詩自嘲

川原浮雲外，曠風動絲緲。身閒偶引望，興闌賦離騷。仰聲樹光翠，降意醉村醪。恨月偏團欒，悵懷損眉毫。交遊半零落，故舊多徒勞。徂年人岑寂，歲鑰利如刀。因感太初意，空廢萬古豪。薄名孰云慰，輕貴非敢褒。念秋日以近，綠草腐江皋。但求水淵靜，何須山海逃。而況天壤間，舉世皆滔滔。故從犬子請，笻杖勉登高。

巴黎值機應子問遂作詩付之

嵐霏忽明滅，皎光與夜浮。際天渺無岸，薄海失蜉蝣。在昔輕形檢，每登百丈樓。當筵盛意氣，臨去割雕裘。老從東籬醉，宿酲亂吟眸。投牀厭筵晚，促程未遑籌。晨興識寒洌，孤懷盡別投。熟念斧柯爛，局碁何足謀。堆案懶經眼，視名同贅疣。欲渡思何濟，難免狎東鷗。清音來佳木，暗移芳信柔。寸陰與尺璧，不誤少年遊。因告鐵硯穿，韋編爲爾留。駒隙等閒過，倏忽便白頭。會須扶搖上，愼與世糾繆。行雲貪風看，好景過雨收。然亦勿多慮，道非執象求。負書三十載，落拓賴德修。花乘流水意，月照汀前舟。淡伫煙篆冷，慵整曉牕秋。須減相如病，棄賦宋玉愁。天固厭才士，人更視寇讎。薺華誰與換，虛曠萬事休。惟能知養拙，得喪俱悠悠。

夜宿馬賽

從來四戰地，財貨通八衢。圖安交羅馬，謀遠結高盧。畎澮決海水，沃灌開平蕪。勇士奮氣烈，貴胄怯膽孤。有女貞且靜，俟我於城隅。由嘆川原異，敢望日月殊。

圖盧茲值秋閒居睡起

一夜清霜冷，半床花月明。芳徑初日照，翠袖感雲生。閉戶夢五嶽，擁書敵百城。以昔愁思重，翻今意縱橫。因念學徵古，素節固難更。致君非所慮，樂道懶爭衡。

圖盧茲夕行

湖山增眼明，市橋立三更。坐深書中趣，吟久物外情。感夢闌興乏，覺花落心驚。歸匣疏寶劍，横几賴瑶箏。迴念冠蓋俗，安事逐華京。盈縮誠大運，任兒自長成。

奥朗日閒興

委巷晴光動，廣庭淑氣浮。飛絮方投幕，落花已著頭。簾捲因風急，檻穿感雨柔。來蝶能解意，去蜂不自由。稔知少壯好，相將秉燭遊。擾擾行雲度，漸漸歲年遒。

菲安登拜瞻雨果故居

清風過別巷，微雨侵晚陽。雲間峙危構，林端獨鳥翔。看水如縈帶，繞城泛夕涼。孰知山横素，未識花殞霜。從來鉅子出，休聲流日長。使道不墜地，爲文義不喪。而況情懷烈，點抹豈文章。推誠憂黎庶，嫉惡斥強梁。無奈非喬木，爭知日月光。造庭聲寥落，遭際尤堪傷。何幸命未絕，天衷恤流亡。殷勤九三年，垂老氣恒昌。來者拳拳意，去者何倉忙。雖難稱孤嗜，亦覺已無當。忘憂藉杯酒，遺懷反愧惶。見樹籠煙直，星斗何微茫。

尼姆坐晚

池苑有清陰，林泉演漾金。陌上秋連草，阡頭交鳴禽。看山頻入夢，白髮偶驚心。新愁何足問，故壘渺難尋。謂渠苦離別，搴芳徒侵侵。取蔭豈在遠，松風好開襟。

塞特雜興

暑候方云夏，海聲已入秋。程促頻傾酒，日長偶上樓。檐月任衫薄，籬雨轉念幽。緇塵初浣盡，埃壒獨殘留。陽阿羞倚樹，名都懶維舟。長閒無得喪，不恨有沉浮。

蒙彼利埃清夏

鏇地花籠香，緌羅翠袖長。千門掩松桂，九陌涵清光。雲合身後白，月散雨前黃。斷夢鼾方穩，勞魂枕已涼。忍嚮蝶餐秀，剩與蜂啜芳。爲謝歲痕淺，未肯費評章。

布魯塞爾司法宮係19世紀所建最大世俗建築雖迭經整修仍近荒廢塗鴉滿墻增人感傷

雲標聳金闕，樹杪開玉堂。直欄圍棟柱，橫檻承椽梁。層臺相搏負，盤梯盡玉璫。萬楹多叢倚，磊砢每扶將。乃思要紹態，公輸意已喪。雕鐫始就範，剞劂仍更張。升階驚豪奢，斲功感無量。緣勢頻上徵，俯突竟龍驤。因嘆空懸月，照墀似凝霜。輦路苔侵重，殿闥獨淒惶。林端頻曙色，夕霏間末光。瞻彼草紛委，零落在道旁。

登盧森堡布爾沙伊德城堡

地偏築堡城，風寒薤露生。百道泉流急，千巖笳悲鳴。錦屏淨曉色，秀谷出晚鶯。聲擬松帶雨，勢與鼙鼓爭。爾來兵氛動，四方干戈擎。沉雷撼行伍，雺霧侵列旌。少年好顏色，志願受長纓。百戰每旰食，無所懼鼎烹。憑闌漫遙矚，悠然興遐情。日氣方結露，霜陰未破酲。孰謂關厄固，王權倏而傾。旄頭尤映月，鐵衣獨照縈。芃芃黍苗長，藹藹草木清。連山藏澄碧，瞬忽變嫩晴。因思雲浩汗，難敵意縱橫。敢念爲人傑，死同鴻毛輕。

塞維利亞大教堂拜瞻哥倫布墓

花氣烘衣暖，海色動客愁。浮天香浦遠，沃日雲帆稠。猶念深宮裏，恩義每相投。坐將共春老，安與利交酬。五色透鮫窟，九光映蜃樓。徂茲夢有岸，當時骨難收。

里斯本帆船酒店閒居並酬友仁兄見贈

日長棄枕書，養拙就閒居。鶯花常過眼，鷗鷺亂霞裾。雲根來鶴舊，石底鰷輕徐。當暑陰鴛樹，對景惜紅蕖。因自嘆遲暮，晨興意轉舒。念子詩每綴，舉杯還復初。再思人懷役，孤征感交疏。處夜傷寂寞，居喧恨難除。鼓動失故性，習靜忘羨魚。移時耽月瀉，凝佇賞玉蜍。何處元亮宅，幾曾子雲閭。吟嘯肯荒廢，環堵仍晏如。

羅卡角望海

天拆鶩遊目，亢炎嘆茫洋。光掣鯢吐浪，雨挾鯨吞航。孤鳥尋津鼓，斷虹識海檣。快與送新恨，難甚紓舊狂。波分翻蜃闕，雲漾沒蘭章。老去多餞別，相思各盡觴。

波爾圖閒行

臨風結綺樓，映日到西疇。割晴疑春雨，截雲或近秋。交芳引景黯，含輝發境幽。隘巷紛鬟影，衣香當衢流。從來養聲利，財雄溢估舟。華牖醪方熟，雕甍光正浮。我來值熇暑，託興狎盟鷗。卜築非本意，偏好爛漫遊。

法魯望大西洋

天光屬冰輪，海色動鱗珍。掛席赴蜃闕，容與逐北辰。朝嘆鴻瀨遠，暮覺鷗鳥親。流夢去同水，勳業翻作塵。然則洗兵甲，敢負浮浪身。不拜阿方索，笑送摩爾人。

因冠狀病毒肆虐憶及歐遊所見各地黑死病紀念柱尤覺愴懷

謂誰伺閒隙，教人蹪道旁。窮巷花失色，泥塗月無光。槁苓千門閉，莽榛百業荒。將生試重泉，丘墓蔽崇岡。迴念多艷日，桃李增春芳。洛浦人有意，瀟湘多嚴妝。看裙綴蛺蝶，爲髻插鴛鴦。撫序不遑夜，驚時樂未央。奈何空云麗，身垢徒霓裳。瑰姿頓白骨，綸組委綉床。百毒流地脈，遺溺在陂塘。奄忽沒塵埃，聽鼠壁間忙。籲禱憂方始，天眷總杳茫。轔轔喪車去，鬱鬱志若喪。幸癘已肅物，災祲可求償。毒沴啓知覺，傾景發精芒。從此尚科學，人文何堂皇。

感彼神威息，啓蒙正道昌。

避疫困閉因感昔訪蒙克見其所作病室死亡圖爲作長歌以存意

浩蕩歲月遷，寒光照芝田。臨風悲景促，當月思重泉。念誰新墳小，憔悴隕芳年。翻見墓木拱，纔老竟棄捐。緬憶昔花媚，日遲步印蓮。淵谷吝留影，旄山自榮鮮。未幾青鸞合，魂殘歸松阡。容盛豈足慕，福薄實堪憐。冰床覆雪被，蘭炷裊青烟。行行長有恨，耿耿獨無眠。嶽嶠雲蓄雨，蓬隔忽來仙。枕上香猶鬱，匣内已斷弦。白門秋閒暮，冬窗斗焕天。闌干頻宿夢，靈臺多訣篇。爲生何其短，晝與夜叠聯。傷摧惟思慮，空懷了掛牽。

卷三　七古一

憶　昔

憶昔風流足秦淮，經花歷歷今復衰。若問愁腸入何處，樊樓燈火樊素懷。

吁嗟篇

吁嗟薄衫礙優遊，怕濕琴書懶登舟。花爲愁濃香勝故，人因恨深貌轉幽。眠春詩懷承立賜，對酒壯心愧還酬。清芬徒剩輕白璧，孤傲空餘辱青眸。看世多故銷雲鶴，悲時少才貫沐猴。羨彼斗金結豪客，孰與緣仙酣高樓。寂寂零雨應風落，漠漠輕寒載萍浮。接天水程枉映月，捲地松韻自吟秋。

擬樂府

憶昔樓臺結清歡，笑嘆月明影孤單。爲照流水歌永夜，始信情深莫憑闌。

擬搗衣曲

誰拭清淚黯卸妝，中夜愁坐意仿徨。風怨飛蓬離散苦，雨泣蕙草尤可傷。念昔與郎兩情好，背面鞦韆倒衣裳。坐視階前春蘭濕，轉見籬菊結秋霜。金戈帶月徙關塞，鐵衣橫沙陟重岡。芳心注繫在無定，闈夢兀自鳴鏗鏘。因彼行役滯陬澨，故我寒衣綻正忙。金斗火燃熨回字，銀鍼冰冷走鴛鴦。入夜寒機裂輕素，望曙纖手束行囊。井梧葉落金風起，庭月露墮正夜涼。珠鏡猶能照鴛枕，修眸妄自過明璫。伺漏杵影弄皎月，驚烏砧聲疊青緗。何處清泉供浣濯，幾家重闌空醉觴。玉杓斜指天將曉，抱影亭皋木葉黃。感郎恩深甘獨守，思度隴雲效頡頏。

擬從軍行

念君關山未分明，感妾穠李自多情。歌縈寶篆存昔夢，樂簇畫屏起長庚。重愁縵綰嘆興往，輕顰凝佇候詩成。洵美結束人不識，都雅妝扮裊新晴。秋風商量問尺素，春恨解釋賴瑤琴。看淡廚下慵收拾，寧將枕上懶送迎。君不見，星霜早換認碧瓦，長河遙落數朱甍。雲浮光馳來玉碣，星照景流落雕楹。又不見，冷月清照何足慕，寒江耿懷誰可傾。城南並無斷腸客，薊北從來有名卿。故與戎裝好擊鼓，敢笑儒冠恥論兵。耳聞半墜歌破陣，身赴孤撐學造營。燈底燭剪意未足，腰間秋水光已盈。黄塵鐵甲傳笳鼓，白骨寒砧發悲聲。因憶含睇羡仙眷，擬想翠眉宴蓬瀛。自小琵琶爭鶯語，不意翻作從軍行。

長安故人行

四塞爲固枕高丘，八水空瀠逐上游。關河冷落晦函谷，嚴闕通驛絕星郵。雨侵繡陌芳消歇，聲斷綺門渭橋頭。暝色纔合舊夾巷，天街已添無盡秋。新市酒，曲江求，玉輦縱横歌無休。龍銜寶蓋奪中禁，鳳吐流蘇掩五侯。春坊聲吹侑歡醉，街鼓樂奏合遐幽。瓊林雲盤流素液，仙蕚鸞鏡照鞮鍪。青樓月，難繫舟，金紫少年夢仙洲。重熏奇芬服妖異，鏟冠鶏豚入溫眸。看鶯遷樹逸興起，思人度簾不識愁。露堤催曉迷歸路，御柳惜陰感歲遒。轉瞬漏下五更樓，大醉高吟作酣謳。因秦阿房悉灰廢，嘆漢諸陵土一抔。依稀花驄槐楊道，無那香塵逐髑髏。麗人離鬟傾琥珀，征客旅腸恨難酬。

因爲諸生通講俠史遂起興爲作結客少年場行

灞橋剽掠誰家子，杜陵博揜到幾時。鞍韉夜玉照矮馬，櫜鞬秋金落雁遲。燕肆樓高傳擊鼓，吳市聲喧曉月侵。暮投東郊常撫劍，晨過南皮好縱禽。爾來邊烽傳千里，羽檄夾道驚龍城。爲感世人交態薄，敢赴樓蘭起北征。雨打鐵衣迷星斗，雪覆磧沙朔氣流。健鶻且放南山下，驕驄披甲上隴頭。恍惚筵前佳人妝，難賞席上才士狂。新豐宿霧攀達貴，曉月長樂獨仿徨。門前寶車金吾婿，閨中玉色驚綺羅。纔見秋風下易水，已知江海客恨多。再顧綠槐光景迫，九衢清晝懶入眸。意氣生春還四顧，肯將毬獵換封侯。從來肉身非枯骨，曲房會聽行漏聲。且任柔情誤剛腸，猶勝錦衣過此生。

新麗人行

世道頹靡生意少，横出宵小有奇招。自言絕技欺聖手，能教蒼生億恨銷。腰帶金玉麒麟舞，掌盤珍玩虎招搖。謂輕通天拿蛇技，當羡入地祛魑魈。大言炎炎誘昏昧，小桃灼灼來妖嬈。騰致暴富原非分，貪求庸福爭折腰。而或榻上起歌聲，曲宴笙吹動春早。驚起達貴出上陽，王侯公卿競稱好。孰知風過喪魄魂，志神捐棄形枯槁。花庭忽作青蕪園，陌上孤冢落葉掃。因嘆遍身滾紫青，腹內空莽同蓬草。玉顏翻色亂寒鴉，紅粉辜負徒傾倒。

海舶行

泉山南望水之陽，限江隔海何荒茫。瘴地土瘠盜絕跡，蠻陬人稠物難昌。因思無計嚮絕域，殊鄰刳木裂衣裳。登足田賦既不至，敢恤顛沛苦備嘗。路遙風來秦雁斷，海曲春深越鳥翔。駢帆艱阻裂箱帙，跨鶴沉溺折危檣。羲和馭龍能勿迫，天狗吞日照嚴霜。扶桑之東虞淵盡，直下吳越意匪遑。又易十洲迎蕃客，盤驗三島充百行。來貢象貝紛番菊，再益伽楠暖沉香。看燈列宿犀獻角，樂似鈞天歌未央。拼下酒籌渾忘反，頻敲鐘鼓醉道旁。百年身世浮名誤，萬里瀧濤意可傷。世事君方厭蝸角，生涯我欲付北邙。臨風騁懷思海裔，酹月振袖且行觴。曾不期年利百倍，梯航萬國樂無疆。

戲爲焦慮行

晨起露晞好年光，鳥鳴一路過橫塘。因依家嚴如山責，遂教髫稚轉倉皇。謂誰有書自閉門，開卷青山滿梨棠。半畝方塘共雲影，孰與超人陟高岡。轉瞬東風花零落，白髮秋盡纔霞觴。少年易老幾人識，學書不成又何妨。君不見，堂上經生句下死，羽林俠少正當行。與其分燈辨魚魯，何若拔劍橫八荒。

松陰溪行

平林宿雨浥輕塵，漫拖煙景上峮嶙。列檐坐憶從前事，遠岫臥遊未來身。地僻漁磯散晴旭，夏長旅壁辨芳辰。漾金明沙追天淨，似水嵐光滌夢真。百般弄妝豈國色，十分梳洗難爲純。因趁荻風吹將去，溪山清勝屬何人。

峽江嘆息行

嘆息復嘆息，客心欲何爲。大江流日夜，盤束何阽危。見說崖崩地險絕，未識波頹峽足奇。長雲絕巘滴蒼翠，落霞崿嶂聳崟崎。藤蘿青垂棄蕭艾，苔蘚紅覆擁紫芝。鼉呿潛魚傍凍瀑，犀踏飛狖過殘枝。再探連霄壑飲月，匝野喧囂勢難萎。相隧水滑如寒玉，欲掬脫手不可追。朝暾熔金求仙遇，午漏蝕木怕鬼窺。飛湍斷岸似瀛海，濺灘決石豈湫湄。霧隔行雨慰昆季，煙遮奔雷驚孤嫠。攢聚春候看雁列，合匯霜威動鄉思。送聲棹唱不知曲，入聽樵謳難辨詞。松暝葉軟欣埋腳，江寒風烈苦侵肌。別情來似雪，愁殷去如絲。既已思君遠，況復君衰遲。君其爲我欺貞石，我亦浼君結淪猗。寸心一段付逝水，水激迴瀾其云癡。

良渚行

㬈陰圃花感光韶，含煙園柳發青條。絲繁春日風剪斷，叢輕古原雨招搖。塵陌歷寂石晶瑩，霜郊蕭瑟玉妖嬈。乍疑恩深徵遠史，猶怕怨輕過小橋。蘧蘧懷散非不遇，栩栩意適歸津渡。水落漁浦見纖鱗，雲移竹塢出嘉樹。迢遰似新草木心，撩亂仍舊關河路。追彼始祖美初鞏，奈何後昆失故步。杖藜對酒氣縱横，廢壘深葬酹傑英。已絕黍苗際天曙，空餘茅楝值暖晴。徂歲秦苑豈緬邈，陳事漢庭旦夕更。悄吟鬢華辭遠嶽，怕看王孫哭蕪城。

又擬少年行

從來英雄忌心大，難知豎子多眼空。相逢意氣求神駭，劍歌騎曲每技窮。然則朝歡接暮宴，俊遊日日無有終。五車書未開一卷，幾兩屐竟度三冬。南浦已見孤棹遠，煙驛罔聞旅色匆。庭花落盡渾不覺，淒雨愁殺白頭翁。玉堂生春草，瑤砌感秋蓬。千古多逐客，八荒渺歸鴻。誰能使羲和駐節回歲序，漏聲寂寂伴土螽。又誰使暖律潛催紛桃李，輪轉偷藏等叟童。如梭迅景須臾過，掣電光陰偶相逢。山中眠起欣命酒，海上信至懶啓封。雲麓望極夢銷黯，危樓倚久月朦朧。閒身未老笑奮烈，且盡清樽候晚鐘。

賀蘭山月歌

塞上淒風斷弓弩，隴頭怨月照鐵衣。將軍持節好畋獵，壯士吹笳交露晞。玉龍騰踏抬望眼，横嶺遊臥識戎機。紫駝醳酒如山倒，沙羊冰脂尚可依。石上鏤飾舊相遇，人間換劫幾欲稀。故壘雄圖今安在，烽堠無語嚮京畿。

月牙泉歌

玉塞嚮日接遠天，金鉦匝地隱術阡。周垣離坼勁聲急，邊城蔓草肅氣懸。空郊鴻哀振鳴磧，黃雲猿悲響瀵泉。駚雪慘結良家子，冷雨淒望俠少年。錦韉輕陰虎銜箭，鐵衣薄暮鬼弄權。朝屯虜帳勸姬飲，夜宿蕃營傍酋眠。依稀青驄驚雁落，平明寶勒會出畋。獨趁露布振詛誓，遙憐雲旌捲虛弦。綠鬢久慣曾放蕩，朱顏奄忽究可憐。堆沙衝寒候清霽，吹徹梅花到誰邊。

崆峒山月歌

常思仙仗過崆峒，北戴斗極掠輕鴻。雲車六盤趁霜曉，花蔓秦川騰日中。檻外蕭關初無路，松巔蓮座忽可通。孤峰能窺姑地月，丹壑難掩戎翟雄。居人且悅三教盛，高士寧識萬善同。春融蠟燭常疊翠，玉噴琉璃偶架虹。朱顏丹穴鑿地險，綠鬢鍼崖嗟天崇。九宮八臺十二院，誰人與我傾酒盅。君不見，芙蓉碧，有客憂懼正怔忡。又長嘆，物無竭，與誰共度廣寒宮。縱使吸景煉精魄，枉迴玄洲倒乾穹。再因狂歌擾殿闕，碎爛至道棄事功。軒轅治術誠供笑，柱史言足啓惛瞢。即此攜爾手，勸彼白髮翁。撫枕遍尋廣成子，振衣莫失白鶴童。中懷幽鬱高結冠，漢武秦皇皆成空。

羅浮山思遇高仙歌

羅浮懸隔九重天，望鶴秋水兩相聯。山骨崚嶒聳奇秀，崖嶠盤折漫無邊。安期食棗寓海島，稚川結菴移醴泉。朝餐風露親玄圃，夕餌松籟覺味鮮。霓衣映月照石室，霞衿挽風傍紫煙。坐移朝日花常誤，閒看白雲不知年。既已逃名離生死，如何奔走權與錢。縱識五穀關長壽，仍服四氣猶存先。崑嶽窟宅求輕舉，十洲迷航忘驟還。純陽憑闌非幽棲，坡老欹枕悟雪顛。沖虛觀外碧潭冷，玉女峰頭唱杜鵑。因陟高岡吟中夜，深憐振策難甘眠。春惜秋悲等閒度，松喬原非事丹鉛。由嘆勝跡紛曉市，未見有人自成仙。

觀巴蘭欽之夜爲作霜月清曉歌

九重天仙下崴嵬，燕裾一片與徘徊。泫露銅臺藏鶴語，隔簾玉甃霜漏催。因何壓愁徒喚酒，爲誰挹恨每擊缶。江聲日夜流歌席，花氣動輒侵殘朽。乃憶雨寄漲秋池，凝眄心託覓相知。謂誰年少窮碧落，翻爲宿艾每失時。何處明霞照星槎，影動娥妝透霧紗。簫韶紅酥初拂水，鸞鳳鑾腰傍身斜。彈袖漫移由香篆，掩面閒隈嚮儂顫。纔欠佩聲矜麗色，又恐俏折望風軟。含情且旋應莫違，微睇稍送揚清輝。釵墜慢態悄鶯語，鬟聳繁姿出羅幃。無奈朱顏難爲容，霜隕白髮動寒蛩。夢依湖畔思香澤，情歸月下豈相逢。

和順圖書館歌

天不廢人逐上游，能傳斯文到窮陬。集美僑鄉良有以，采聲文津誠罕儔。好藏營窠儲四部，善訪選地結崇構。數椽拱連平峰麓，半亭檐挑豁青眸。群經過眼既難棄，百氏兼蓄備搜求。緘珍縹囊嚴類匯，編奇緗帙細校讎。富壓善和三千册，鑰啓小輸唯鄴侯。爲其石渠吞天祿，且超海嶽步仙洲。日照玉軸通牖戶，奎耀牙籤散煙樓。千題簡册紛丹墨，百匝湘芸香正稠。從來問學歸性命，豈拒造庭士效尤。月下積架皆道境，燈前堆案可絕憂。無奈甚矣書多厄，藏守與讀不相謀。口躬相違非赤子，心與跡忤盡冕旒。隙內白駒任它過，樽中綠蟻從我浮。嘆誰積篋少點抹，論何盈匭多朗謳。再嘆充棟盡殘蠹，琅函劫餘每覆甌。援神叙教今何在，並務恢張愧前修。

湯哲明畫山水歌

由來造物能窮人，追趁幽興方有神。欲將山水酬懷抱，目想心存乃忘身。湯生高才擅丘壑，行披坐閱數十春。濡筆咫尺寫奇趣，坐令萬象悉歸真。有時躋攀風拂足，憑闌笑忘雨濕巾。感春掃鴉與意滅。驚秋和雁同草泯。氣共雲分日光薄，煙與霧合嵐翠醇。瞻彼巉巖月幻出，崇岡滃鬱浥宵晨。誰抹林眉霜柯裂，能與勢藏磐石皴。復嘆寸楮千嶂碧，信掃片縑萬丈淪。挈酒玉管紛腕底，分燈朱墨爛寶珍。人有盤礴羨別史，彼好攜笻每兼旬。又有乞靈問名跡，疑甚孔思何勞辛。孳孳周精可勿怪，豈爲消磨與道親。子猷興盡感招隱，我非元亮入望頻。嘗憐芸芸何局束，降心從人孰爲鄰。

稚子觀魚樂歌

一自問學日繁憂，晨昏煎迫幾無休。盈盈晚翠難成趣，冉冉輕陰止供愁。海色隔城來磯沚，江聲挾雨落汀洲。幸有柔條時照水，供我心花逐鳧浮。看爾陸走何局促，羨彼淵潛駢頭游。作隊淺瀨叠亂錦，墜紅空潭畫圓漚。君不見，在壑丘，平生感激意相侔。又不忘，乘驊騮，翩翩獨征罕其儔。微行豈無龍門志，避罟非爲口食謀。性從藻動本有度，奈何波生盡作秋。樽前乃父黯殢酒，人後阿母獨倚樓。彩雲漸逐笙簫去。誰賦濠濮對惠周。

潛山三祖寺歌

載將春夢別舊緣，應感梵磬正送年。南風鬢侵流蘇帳，北地眉顰起花筵。稔知到戶隔慧雨，何人棲門思教圓。新愁水付每自去，老境悲折不可宣。將進酒，聲已咽。宿墨滯，難成篇。悔追拜懺誠未足，恨銷齋潔意欠專。霧凝光搖落，雪掩鳥別枝。石床因坐暖，殘經賴力持。妙色金容豈能久，萬億靈通仰布施。無奈心惱稱修漸，雜染客塵頓悟遲。珠林說法祇鬼信，妖祥示相乏人知。恆河沙劫空極樂，究竟涅槃多悲辭。是身有涯如露電，福德誰主非所思。

蘭亭秋月歌

清霜一夜纔落茵，朱顏已失感遷逡。閒暇風柔好雨至，熙恬氣和錦雲臻。霏霧成陰無翔鳥，峻崿傳聲有騰鱗。披草玄泉疑絲竹，聽蛩紫洞響天均。伊昔踏花香屐齒，諸子嘯傲散角巾。祓除其心親景物，興言觴詠不勞神。山眉芳靄若掩月，波縠綠煙似到身。外求紛紜集燕殿，內顧欣然遠槐宸。昔月流杯傳幽勝，今宵傾酒送古人。俊遊何時暫形忘，意適片刻豈足珍。無奈委心甘隨化，良儔最難屬道真。曲水固多龍門客，茂林已失永和春。

觀吴德昇大師琢玉歌

自昔丹竈夜長火，差見禪床日高眠。若昧似暗歸淵谷，乃沖且盈屬昊天。然則世俗渾不識，寶金委積攢青錢。升堂粉妝使駢溢，入簾停杯令跂懸。盤雲膩髮滋香澤，偃月修眉妄稱仙。虚窗雪艶同耿絜，素壁霞明殊可憐。乃有匠心尊節度，貞居跡絶近古賢。看山隱曜思崑玉，親水韜光慕冰弦。難起瑶樽坐吟久，白醪分茶幾忘年。鍾山之陽欣留種，審音琢刻嚮藍田。鏡臺鸞去青螺色，繡閣鳳至亂于闐。堅廉懷璧非羽佩，溫潤握珠勝花鈿。不受鉛華自來韻，顧盼隨步即生蓮。馳英象德誠美質，振聲祈實止清圓。君不見兩間粹氣鬱纖秀，獨不聞此老玟琁妍。願作雰虹合幅裂，常環流映照燈前。

旅次有感錄客中戲兒詩寄贈諸叔伯

吾家有子貌甚柔，自小長於阿公手。晨夕不知拜庭闈，但好輕肥滿地走。阿母見此生重憂，欲責惜時行不苟。日居月諸爭嬉遊，夙興夜寐鬥鶏狗。我笑阿母蚩騃甚，後生自有福相酬。惟能正心存良善，無須局蹐自作囚。而況年促日無已，物是人非豈閔休。忍看群小飾瓊玖，清高何必賦登樓。邀絲竹，繫紫騮，誰願書牘滿案頭。誰爲繒絮棄錦繡，膏粱菽蔬不相投。但知離群能慎獨，睥睨中貴如寇讎。朝市方賤飽學士，晚課仍能輕名優。更兼放意愛畸異，能絕市交親靈修。四時宴坐懶攀附，一技莫名未足羞。兒聽詹詹乃翁語，茫然不識可與否。但問遠處鳥別樹，尚留若個在上頭。因感三萬六千日，望彼日日蒙庇庥。以樂腴身閒養壽，不辱不殆自風流。

黃龍彩池吟

流光著我老清宵，吟斷孤檠逐夢遥。花底記有少年會，月下曾無長者邀。豐邑園亭拒寶馬，郊陬池館酣桃夭。絲履應惜彼浩蕩，羅袖敢招此泬寥。雲軿蓬山鈞天樂，鶴馭圓嶠白雲謠。濯盡微塵星斗下，誰憑青鳥訴翠綃。

關路河沙吟

比來翠幰交電馳，笑誰油壁嘆零枝。佳音爲嗟歲將暮，秀色因惜語到遲。春深寂寞雲靉靆，秋盡蕭條雨參差。嵬崿崇嶽光度影，遼落曠野月動思。雁斷笛裏清曉夢，螢流琴邊中夜詩。河冷地作興幽怪，塞寒天垂覆妖魑。軫念西風急，捲起商聲悲。古木流陰日，清泉返照時。騰虹蕩素炫金殿，駭蜃噴雪埋玉墀。天際薄籠星易墜，人間暗洗恨難持。始衰看鬢無所憾，未老論心猶可期。惟斂豐韻聊自奉，懶采虛聲究貽嗤。堆盛酥醑豈足羨，占穩青山始稱奇。高情滌暢留有待，達生何妨遠貪癡。

歲末客中吟

憶昔畫堂初結盟，相約涉江採芙蓉。良辰苦短繼良夜，消卻年少情萬重。俄頃明鏡悲白髮，落盡梨棠成秋容。因思一身應世拙，忍看朋儔哭途窮。誰人不欲長安老，誰不人老期壽永。纔誇金鞍春衫薄，轉瞬玉勒纏秋蟲。此刻羞見舊時月，中夜驚坐失怔忡。羨我被酒慵未起，閒放蔬圃理枯榮。有時墮懶息交契，間或無聊覓新寵。三更披衣觀法帖，四時發篋書不同。又愛遠遊迷歸路，窮極古今識西東。知鷗矯翼無相失，原鰷出水欲爲龍。邇來清風入松谷，一夜驟雨砌階紅。落葉自喜罕暗恨，沉雲倦起九秋蓬。分燈讀經憐荊妻，滅燭談狐娛髫童。世有清歡殊難遇，歲近殘臘敢放空。

廣行路難付子

君不見，長安道，路殿每生粱園草。君不見，渭橋上，霪霖積潦行滈滈。逝水如彼去難復，人生到此意何如。見他塗窮效阮哭，顧己門寂悔當初。因笑朋輩互稱老，未識廣庭敢曳裾。千炬章句力已殫，萬行鳥書猶無驢。春蚓秋蛇多紙費，牛花繭絲細爬梳。顏回簞食感失意，伯夷葵藿甘咀茹。俄忽紫機荷恩重，青瑣任隆足堪驕。朱庭奕奕張歌舞，黃扉藹藹傳笙簫。當其力竭驚歲序，始見竹院檻花凋。掃徑愧識孰簡貴，日月流邁誰相饒。由念賈生困下國，士衡入洛莫辨亡。自古高才欺年少，白帢聞鶴徒堪傷。黃榆蕭索白楊暮，半巖松暝銜殘光。初筵善解聲婉轉，唱罷淚濕豈殊常。莫停杯，休投箸，月榭風亭正安處。苔封長鋏無所歸，花闔北牕可鳳翥。而況岡頭墓木森，如年長夜鬼唱曙。揚雄草賦徒廢辭，劉向窮經總煩絮。再追西山親落日，敢投清江結盟鷗。交情喜學秋容淡，投意懶與市道稠。顧爾知寡豐服食，且盡霞觴鼓腹遊。酣醉從來宜少艾，狂夢自可漫登樓。

答山中何所有

貪涼誰教愛巖松，敢與諸仙爭崑峰。鳶魚性分隨逝水，風月情懷歸孤筇。霞紛窗竹開錦卷，雨潤瓶梅擬石淙。咸陽酒客枉見顧，邯鄲博徒偶相從。匣劍不發感興盡，架書懶收體道沖。等閒紅塵交馳急，芳心暗許慕雲重。

古意十九首

其一

閒身湖海安閽聾，懶見世事成鷄蟲。嘗因責子愧言廢，遂更負暄候雪融。貧未嘗憂朝復暮，飲每至醉夏繼冬。不肯共處爲堂燕，敢與同愁惟霄鴻。間有詩來酬落魄，忍謝尺牘慰陘窮。推戶影亂輕懸隔，登樓光銷期幽通。百面青巒徒殘寺，兩行蕭瑟幾剩松。官溝柳折嚮日舞，御路花謝引杯空。廣成山中誰望月，安期海上豈拜公。但修骨相清於鶴，仙去何妨白髮翁。

其二

夢覺惺忪和露圓，花光相護到枕前。蟬鬢風顫香籠霧，韶容檀柔雨生烟。值春心寬時按曲，致秋帶瘦偶愁眠。油車已慕蘇小小，縹囊仍憶疇昔篇。又挽薄袖太霞色，試贏曲闌水雲憐。逐涼交扇猶在目，忘情追歡是何年。黃鶯趁月偷聲半，青鸞際夜吊影全。攬舟有意歸斷浦，傳信無人赴淵泉。見說恩厚結鈿合，班管因邀歌初筵。高梧固自棲紫鳳，幽懷徒然託素弦。

其　三

慣看人彈馮諼鋏，至今未登王粲樓。岫雲多從鄴架出，谷雨更嚮琅函留。鸞嘯見誰驚鶴嶺，清宿孰爲下駝鈎。興來促席延故老，醉後狂歌背俗流。陶朱懶交豈賣富，原憲惟結因無求。眠窗日暖銷世慮，步野花紛弭閒愁。湖上波寒思彩幄，閨中漏殘候翠幬。風情憐她莫名醉，月章許我汗漫遊。半生詩酒甘寥落，一霎歡娛樂白頭。袁安若能臥夜雪，張翰心思可付秋。

其　四

苔封斷碑見白田，草暗殘碣隱嶽阡。人從今此惜舊物，風違疇昔勝當前。憶昔班超功定遠，李陵忍辱空對天。邊亭羽檄雲歸斷，戍樓刁斗日落圓。既而誣金誰身免，辨玉幾度化塵烟。高臺已傾何足恤，愛妾尚在究堪憐。因顧良弓縱羈鳥，忍放駑馬逐跕鳶。書寄西都難去就，面縛東市死生懸。又念素性諒匪席，但能優柔不可捲。趁醽新熟候月好，且傍丹井枕花眠。

其　五

金戟頻敲唾壺缺，鐵衣猶帶五胡塵。勛高命賞金笏帶，恩深旋賜車軒轔。可嘆光曜淩煙閣，等閒朱門傾積薪。滿朝爭言擅文武，舉世怕見惟譽臣。曲筆加誣尋常事，直書昭雪有幾人。纔驚周遮每承誤，尤訝錮結已亂真。放跡去就遺無計，行吟進退恨有身。白草彌天歷劫數，悲聲匝地付眇因。石上雲生思歸臥，山間樹老計結鄰。北邙荒丘祇抔土，青史名姓豈足珍。

其　六

慣看烈士抱義峻，來循高明體仁溫。霧夕邀花接遠月，霜晨款竹閉深門。露華暗洗歌尚怯，清光和沐心已敦。但遺詩興屬鸞鶴，不驅血氣搏鵬鯤。江郎賦別孤衾夜，杜陵傷時獨老村。清簟入簾樂嚶鳥，翠幬隔寒思鰥豚。會客殷勤誤訪善，悃愊聯床破旦昏。固嘆白頭疑德貴，終驚傾蓋有道尊。鐫天寄恨誰輕置，傾海量愁豈苟存。惟許雲山頻傳信，慰我煙洲苦銷魂。

其七

輕陰慵暖投雲宿，余靄嬌寒嚮雨傾。半樹綠怨分江渚，數株紅倦近鳳楹。烈士興盡疏往復，佳人神黯懶送迎。懷遠夢斷驚四序，悼亡魂殘感五情。從日光艷盃盤促，背月香冷歌舞輕。寫爲秋辭纔成緒，刻入相思已吞聲。曲陌車騎看看廢，畫閣珠翠冉冉更。嘗輕列鼎會貴素，尤怕試妝對遷鶯。山中豈可無芝術，海上空傳有蓬瀛。聞道若能脫生死，何必秉燭作曉行。

其八

早知餞花乘流水，渠識漚鷺點前汀。月下曾惜麗人白，堂上還記醉眼青。有信春色爭晏歲，無情光陰逐茂齡。勉許淺斟侵曉露，敢付低唱對晚星。晨氣含霜風瑟瑟，暮煙凝冷松亭亭。千念紛集抽刀斷，萬法孤起聚鬼聽。因識此身誠浮芥，郤驅濩落隨流萍。夢來屬我知日促，仙去感君悲運停。恨交愛釋惟任數，生由死決豈貴形。殷勤世路若相問，且候孺子告歸寧。

其九

憶昔快哉篤交道，登高浩歌更披襟。顧己沖懷笑管鮑，泥他厚誼棄帛金。相知通曙水共石，相許徹宵樽與琴。無那春瘦頻入夢，況惹秋悲每覆衾。孤懷永日難爲伴，幽恨空山獨成林。因念丈夫不計利，何如佳人衹論心。月待西厢猶自怨，樓倚南陌漫愁吟。暗辜芳約誤良夜，偷負花期違好音。窮通流輩敢目許，得喪時賢豈意欽。晚將蒲風過松雨，雲車送遠最堪尋。

其十

戶闔仿佛染初昕，院歸殷勤識禽紋。朱衣倜儻爭踴躍，白馬連翩逐紜紛。北里春風旦夕度，南郊清光陰陽分。披懷厚酬虬髯客，對酒輕辭平原君。轉瞬芳林生秋草，藥搗冷月不堪聞。憑几睡伏困熱霧，張燈夢殘覺霜氛。開卷養素每稱意，閉門抱疾難成文。幸有雲笈存真骨，露凝珠林多遺芬。人因損年畏無樂，故惜長愁好離群。且睎前身遊原隰，來紹後世吊墟墳。

其十一

久追聖賢忘宵晨，思徵千古存道真。因知摛文誠小道，敢期掞藻可絕倫。日錄家乘盡供史，卜筮醫書與子鄰。不許立言每覆瓿，未覺著述終代薪。一寸心孤起嘔血，九迴腸斷徒費神。名山有意韋殘竹，石室無處存遺珍。忽忽鬢皤簪難勝，風雨吹老瘦殘身。迤邐流景來新歲，浩蕩逝波送故人。花底題襟今尚在，月下囊螢翻作塵。由思寒檠苦披卷，何如清江閒垂綸。

其十二

年來綺懷轉蕭疏，怕見西風凋碧樹。人因淑慎求不愆，事從簡省思合度。無奈情深勞修齗，恨辭每每動尺素。更兼流年去孟陬，斷闋經歲嚮日暮。九天涼雨侵寒螿，萬葉秋聲凝灝露。隙內白駒逶而迤，樽中綠蟻傾還注。吉士行重棄狂言，躁客性浮用麗賦。岧嶢崇嶽月將迎，清古松鶴鴞相妒。擾擾車塵欲曷歸，譊譊訾議豈能訴。且憐越禽長鉗聲，閒心祇與湖山住。

其十三

未覺琴心隨年更，隤然一室浩氣橫。看人游合滿湖海，怕顧毀譽半王城。足跣尋夢常驚睡，頭童中酒少解酲。伫思尚友分損益，何如閉戶考昏明。雲鄉志難同水石，市道交易論輸贏。騰聲鬥詩讓太白，潛跡割席愧管寧。草露階循蛩與語，風清窗推月將迎。舞歸燈闌迷良夜，歌殘花落誤晌晴。海棠開後偶聽雨，燕子來時聊歸耕。誰羨廣榻坐擁日，且樂短笻倚吟行。

其十四

春來非煙誰行路，冬去似睡欲曷渡。蕭條輪囷侵碧虛，施暢熏暖著草樹。太室天梯未可階，玉房棌椽能結露。望日星卜無多閒，競心象緯百千數。暗靄金輅人所求，文驥至今笑篳輅。六合紛擾求清明，萬乘宸命反營誤。又羨風虎相依須，與龍感契勝親故。轉憐眉翠難爲情，偷緘心曲枉矜顧。既已鏤月扇作團，如何愁衣輸縠霧。結菴因棄廟高唐，放月出岫伴鶴住。

其十五

誰解熏風過柳堤，暗與春水共岸齊。人無形勞遠田徑，天教身閒樂圃畦。有桃夭采欺晴雪，薄怨檀杏壓雲低。看歸紛紜襲香骨，聽殘歷落亂虹霓。正色茫寒誠大德，側艷融暖屬山妻。薜戶拖佩纔染夏，藥欄曳帶已霑泥。巷中舊隱罕訪客，竹裹柴扉絕鷄啼。事不關心笑短李，筆能放意親迂倪。故能闊視青霄上，直步彤庭路轉迷。五湖未傳秋聲老，煙月何曾棄范蠡。

其十六

爲謝一捧來天涯，揀薪杓取看乳花。摘鮮金片色未散，焙芳雲團香堪誇。銀瓶輕攢隔愁遠，銅碾小破接期遐。因感佳麗近蕙蕊，隨翁汲泉候蘭芽。珠跳葑爐忘日促，雪沸槐火覺年賒。松風乍入融午夢，竹露旋傾會晴霞。吟秋濯魄意歸正，恨春凝神思無邪。清峭齒頰每細啜，疏曠襟靈少戚嗟。交淡眠雲不宜酒，味永跂石惟飲茶。看人燒丹懶煉玉，直欲登嘯傍月斜。

其十七

應憐弱女未解時，稚子頑劣祇是癡。腕輕籠袖誇結束，足健裂裳逞秘奇。露華旋洗送流水，嬌俊問省竟如儀。兒知撒鹽擬紛雪，女早因風上穹枝。或喜藻思能繼父，斐几攤書擅芳詞。習禮修容固本事，循世作態非所知。鬱鬱園柳綻新綠，沐沐春陽漱榮滋。看人團欒誠易得，念己寡歡去何遲。且張舊日別親賦，來體乃翁載酒詩。德澤之溥空自許，寸草之長應可期。

其十八

自慣無夢到枕茵，未嘗關心徒費神。既憐黔婁誠窮士，敢笑梁鴻妄飾巾。欒被繒絮甘從簡，厭飫膏粱非爲貧。嚮時花羞人似月，今日翠繞曷足親。性好紉蘭寧綴蝶，趣異衣黻豈逐珍。世路因她親水木，勞生泥我訪巖濱。西崦南埭獨語共，愁潘病沈偏結鄰。錢山鄧通嘆瘞玉，金谷石崇悼弄蠶。同晨梅軒解醉晚，分夜菱浦入望頻。且撥冰弦凝燕澀，懶問畫眉倩何人。

其十九

年來何事契遐幽，閒捲孤懷懶登樓。交空八荒畏天近，思接千載感歲遒。釣月棲沚常得趣，眠雲宿巖未識愁。階闥每有春草長，軒屏幾無寒晦留。金粉誰共狀駛景，素墨獨我寫宿遊。雖舊生涯累妻子，足鮮衣食款朋儔。逐水年光流星夜，繞岸漚鷺亂灘舟。觴怯靈霞還賓座，書驚旅雁迴秘丘。消遣鐵笛逐夢去，玉簫參差際海浮。且將宵床一半雨，並與西窗黯吟秋。

銀川遊西夏王陵

塞外青山依日斜，勢壓賀蘭接平沙。獵火光焰衝皓月，羽書聲色動胡笳。彎弓百谷殺無算，盤馬九垓勝可誇。白露摐金橫朔漠，青磷伐鼓絕天涯。臺傾禾黍悼毅魄，宮沒楸梧迷昏鴉。因酤坊市新釀酒，投老村家且煎茶。

遊畢節百里杜鵑

獨耽流景響林琅，不意躡雲到仙鄉。鳳軒鶴馭佇驂鸞，雲佩霞裾曜明瑺。嬌憑沒階浮深翠，慵鞸侵徑亂修篁。合趁妖妍偏兼喜，會逢娟淨徒感傷。滿酌臨風知山近，盈尊當軒一自耕覺衣香。照夜還同月浥露，玉容明滅疑崑岡。無奈芳歇與人老，行盡春山促行觴。一自耕雲人去後，幾番煙草棄道旁。駃紫癡紅紛無數，尋壑經丘絕郊荒。東君冷看催清淚，苦嚮秋暮嘆倉皇。

遊荔波七孔橋

切思儂家堂上燕，分我靈霞到眼前。冰綃輕著風試暖，吹雪小遮雨隔烟。已嚮雲中染翠色，會逢石罅漱醴泉。孔橋倒景浮香細，松瀑藏山動碧淵。客遠五嶽行未遲，遊夢十洲期嬋娟。瘦笻貪賞扶野步，羽扇添興動雪顛。榻上冰簟盈波淚，月下錦屏薄靨鈿。坐愁花落魂作土，仰窺星隕海更田。玉液初篘方歌起，熏風徐至正甕眠。念中要須行功滿，世上何妨任狂狷。自嘆平生無歡事，孤懷閉捲問道全。送聲清嘯船載去，莫誚養慵可成仙。

再過黃果樹

誰能灑落嚮茫洋，噴玉跳珠到遐荒。暖陌和風纘綉戶，晴嵐送翠光北堂。羨爾年少春衫薄，紅袖歌長樂未央。劇談花事漫縱酒，輕看嶺雲意氣揚。轉瞬秋深心緒懶，藥欄香細交早霜。老似饋歲悲時促，病如抽絲覺夜長。從渠千迴凋碧樹，賴彼百轉生淒惶。看雪成愁鬢如斯，視身如木尤可傷。因思雲物循大化，遮莫榮枯總消亡。胸次丘壑貫大道，頓悟急景輕軒裳。學富五車成底事，樽開千尋乃盛強。盤蔬盂飯酬詩債，彭殤同歸烏有鄉。

又訪陝西省博物館

一從蒙昧透天光，萬方才巧聚豐堂。擬議宇宙侔神鬼，雕剜品物入百行。鼎圖仰循可稽古，圭璋俯跡好磋商。器以藏禮從舊制，窮美極麗煥文章。爾來歷劫多澌滅，託身孤館誠可傷。譬之寶劍每銷爍，竟如雜佩忽泯亡。情試樽杓陰過午，歌上春臺黯笙簧。濃麝流散別鴻鼎，沈香形沒入愁腸。又感紫宸鬱岧嵽，淑景芳醪轉凄惶。寶枕初醒還殢酒，鮫珠猶迷菱花妝。秦禁驍騎何烜赫，漢廷車仗亦猖狂。過眼紛紛皆蕪沒，獨留靜氣個中藏。

過乾陵黃巢溝

畢竟草軍是前身，傳檄諸道未作真。纔去都統爭努眼，便來陷州逐奇珍。夾壁公卿皆受死，封土君王固非神。念昔雖謂尊幽隱，度後終究愛霄宸。鬱鬱黃花人憔悴，瑟瑟谷風雨漂淪。看其不第賦秋菊，果然錦袍落荊榛。

出嘉峪關

一自玉節朝至尊，盡日朱旗出轅門。風嘶邊馬來大宛，雪引胡笳屬烏孫。攬轡金甲馳故壘，破陣鐵衣浸酒痕。塞迥駝鳴動海色，鄉遙雁帶逐天門。嘆昔強虜窺烏堞，感今香塵掩烽墩。極知庭月照敕勒，應許秋霜到重閽。

過山西王家大院

未必江南伫晴柔，曲院深處有凝眸。帶雲魂輕慵看鏡，和露香膩懶梳頭。芳時易見簾不捲，密約難通意可酬。探春偶然逐玉鞍，惜年兀自登雕樓。誦憶寶篆裊愁醒，與書彩箋和恨休。坐盡長更伺花睡，猶待酣歌下陽丘。

平遙城北鎮國寺多五代舊構建築塑像猶存唐風誠可與五臺南禪佛光相比觀因憶廿年前遊寺之人烏髮勝雲於今望秋而凋能無慨然

翠裝高甍垂鳳翼，丹髹巨桷實堪嗟。看寺崇曠證禪悅，觀佛莊嚴坐趺跏。平生悔追由鬘飾，中道恨銷悟袈裟。希世熱惱被薤露，閉門清涼感月華。因求外適隨雲水，敢期內和約煙霞。身似賓鴻歸無處，小坐蒲團且爲家。

登懸空寺

年少抗行求志伸，寄思靡涯意絕塵。歷石巉峭追霽月，捫壁嶮絕候霜晨。足底風軟常有色，眼中岑重幾無皴。架虹方畏聖貌古，構雲已喜物態新。白日鳥背驚景驁，晚夏山骨懍響臻。嘆人信佛三生轉，何如從仙九天巡。

宿婺源上曉起村

誰倩暖風過塘池，看樹花重枝難支。催眠意雨雲占盡，對酒懷孤月來遲。寫憂常吟歸田賦，遣興漫作招隱詩。應羨體調同庶士，敢望風度近紳者。門占煙霞欣作客，院落笙簫懶凝思。由念當年朱橋事，達生何妨笑遊癡。

訪天水市博物館

鎮地鬱盤崖峻極，虬紛星漢旋迴光。雕輪月殿刻花鏡，集靈真館藏仙章。眼前土石嘘生氣，終古煙雲彌八荒。更有靈源寄樂俑，造簧作笙頌上皇。貼金繪出石屏翠，麗澤恩深溢華床。冰瓷銷盡天青色，力士大勢壓無常。我嘆良工奪造化，春蚓秋蛇豈敢當。蛟龍變幻登高貴，鳥蟲發端墨沛滂。從來開畫留名跡，賴神託附轉微茫。牲漁祭養固綱紐，書契傳道尤昭彰。圜垣一曲開九域，意中八卦出千行。極知地靈辟混沌，信有百代傳赫煌。

應明傑兄召邀往觀劉海老大作感賦

暑候炎蒸雖云夏，江聲蕭曼已入秋。到處奇峰皆玉立，入眼椽筆盡囊收。松根水容隨風改，石罅霽色與光浮。寄情宵興感度曲，耽美晨粧忍豁眸。腴紅賴聖存鮮麗，潑彩獨翁發壯遒。守先年少誠有恨，待後老成更无儔。

賀上海民族樂團音樂季開幕演出

孰人投老愛輕攏，纈羅舞袖看青蔥。修巾薄袂拾香翠，背面鞦韆對黛紅。爲聞四弦能徹骨，五音新翻誤曲衷。瑤瑟慢奏非裂帛，玉笛破唱近吹銅。見說江南繁華地，花影透帘亂酒盅。佳人鶯韻纔出谷，金聲已自入高穹。危檣偎日悟潮靜，黃荻席地搖江楓。雪映亭皋閒招隱，雨潤芳樹正迷蒙。抒思千夜光似水，寄賞萬戶月輕籠。此去勞生莫相問，漫遣詩思付秋鴻。

戲　兒

天天不是讀書天，且恃末學傲人前。也愁塾師捉將去，還趁散學作地仙。

又戲兒

一日無賴仆道中，銷落靈性成泥公。弓走喑啞失流水，惶對嬌啼過春風。

訪羅店聞道園徽派建築

每期妝樓生春意，居然舞榭失故梁。花檻支離散攢鏤，雕杇剝漶沒寶光。幾處苔生新雨後，誰家雀羅伴繡床。廊腰漫迴過舊雨，簷牙高啄接短墻。窺情熏風挑重闥，破悶乳燕喧畫堂。半河殘煙破幽夢，一軒明月入横塘。

讀陳眉公集

平生幽棲夢邯鄲，獨對晴窗誤長安。謝去青襟渾無欲，不識委巷有儒冠。依山曉嵐蔓古麗，傍石竹籬纏綉團。戶敝帙盈容膝足，庭廣貌臒絕悲歡。鬥弈葑爐依修梧，納涼藤几憑讕玕。朝絲暮竹並硯席，左弦右誦共銳翰。日下意氣干北斗，雲間落拓沒陰寒。酒罷科頭頑仙廬，歌徹脫屐迴欒灘。泖口煙波空日月，峰頭蜚雲正鬱蟠。負暄對影好袪鬼，簪花當兒可入棺。都道耽樂終福薄，豈知苦極方雄完。笑爾憂思每憔悴，羨公通明天地寬。

春日遊辰山植物園

莫殢春光花下遊，管領鶯聲到晝丘。簾傍快晴映草碧，檻入疏雨隔啁啾。穿櫻鮮衣分煙樹，度竹嬌吟亂清流。夭斜柳絲纔開眼，浮漾雲絮已黏愁。思婦金縷勸金巵，王孫離騷登玉樓。鸞屏晝靜黯凝佇，翠幕宵寒浮夢悠。顧念少艾好顏色，可與忘情惟剩秋。爲惜百年傾玉斝，欲回澹淹問訪舟。

五十六初度

猶憶山中星初換，還看廊下露已沾。地氣方潤新屋礎，天光已照舊軒檐。雨堂絳帳總沾酒，風帙牙籤鮮捲簾。南陌清茗空浪許，東山古香每厭嫌。百千塵劫好經過，萬頃滄波海成田。白眉敢笑非幽叟，綠髮不欺似從前。豈甘穹龜較寸尺，寧與蒼鶴同比肩。隨分生涯等閒度，強飯猶自學少年。

過貴陽黔靈山蔣張會面故址

夜闌何事歌大風，敢叫將軍愧江東。國難有臣悲運促，家恨無子嘆數窮。也曾銜冠求一逞，終究攘臂掉虛空。違心令我每挫頓，作色辨他不梟雄。重重日暈掩秋草，黯黯星芒落孤鴻。縱使乃父非戰死，宛勝白首在巖櫳。

丁酉歲末客中述懷兼答諸親友問

惆悵徂年流人事，俯仰四序驀忽終。隔洋每感光陰速，閱世易覺勝業空。案上清供纔凝臘，枝頭初萼已春容。始到庭除傳芳信，怕登瓊樓破雲重。樓窗明月照殘漏，漏盡星眸轉迷朦。未識海田移物性，但驚人情古今同。曩歡難覓芳樽醉，新愁易興恨無窮。何人引杯樂暮節，幾處行歌起熏風。故山無計效棲遯，孤客從誰問運通。煩襟待掃倦開眼，懶見題柱生秋蟲。

客中述懷再答諸親友問

日上高樓意愀然，歸臥禪榻棄杯盤。凋年未覺新景媚，頹齡偏識舊風寒。庭槐原無雙飛燕，門柳不見可憑欄。寶篆已解浦雲澀，雀屏偏隔笙歌殘。孰謂稚子方入拜，嬌女霞帔映鳳冠。故山歸夢親難見，新歲客愁衣正單。衣單兀自厭革帶，偏堆榮名枕邯鄲。柏酒欲銷恨萬斛，富貴變滅豈足觀。況天不恤平人意，玉笙吹徹濕闌干。且將浮光寄流水，好與星河絕橫瀾。

江寧牛首山佛頂宮

三世因果一法通，真如壽量自無窮。琉璃殿映青霄月，文罽壇傍玉玲瓏。佛現蓮花歸勝土，僧去窣堵際虛空。寶王四海法輪轉，金曇一粒福高崇。交檐妙色梵天覆，重光聖容斕乾穹。無刹不收非誑語，有色難融豈真功。是身本幻微塵劫，大千如夢困樊籠。六合須彌盡芥納，何處龕燈不相同。

遊張家界武陵源

因驚湍奔勢連翩，始覺平蕪總堪憐。賺人合臥九秋雨，宜鳥留唱一綫天。雲漲霜璀隱幽谷，霧深露泠出醴泉。藏聲層嶽多霏雪，分香紓嶺剩嵐烟。未託金身期速朽，敢望微志圖苟全。幸有涼風解相送，略輸松韻到枕邊。

恩施大峽谷吟雪

神哉造化鬱清奇，地勝天谷出孤姿。新晴竹搖垂青嶂，透雨香散過蟠枝。郊鄰逶邐牛下阪，野隔瀠洄鶏棲塒。花影月亂映碧樹，寶光星閃照玉墀。邇來寒侵客愁苦，林藪倏忽掛瓊絲。石床雲翳凝不動，山閣松風秖參差。況復峇嶢割春綠，朱蕚浩蕩釀秋詞。龍騰霜威不度鳥，犀踏露氣阻行曦。蕭森槁凋生嚴冷，迢遞秀隱失華滋。歡淺綺席來何暮，恨濃錦衾去獨遲。聽夜無人驚徂歲，感時有意偏我知。幸逃志喪高眠足，昕夕未致嘆路歧。

五十八初度

如流歲序漫行年，空爾延佇到壟阡。看人命達頻入幕，顧我才菲懶登船。豈願盛名傳海內，寧甘樽酒倚花前。堪足藜燈賴香伴，惟餘藻佩結綺篇。撐腸吟邊知韻窄，拄腹枕底會識圓。非羨劉伶從往聖，敢望阮籍希昔賢。猶想平章身後事，當年何曾校書箋。橫胸塊壘知所起，掛眼江山感誰憐。過隙如駒逐水去，流光似電因風旋。日邁寫憂傍璺坐，月征遣興與雲眠。

與二三子遊東林書院

從來書生老天真，一死誰爲不朽身。攬轡縱有澄清志，伐謀未免枉忠純。念百晝夜較用捨，出處無計奪宵晨。最厭叨穢來富貴，孰敢降心逐軒轔。謂輕偷佞圖厚祿，礪砥困窮懶偷生。必以虛懷對面折，每更強項事廷爭。念茲厥初感辭切，歲日眇徂慕節貞。徽聖當思任大政，輔知行實乃功成。漢室既曾起黨錮，晉廷清談妄費時。且辟草昧奮逸足，雲霄直上到丹墀。偶或激愚甘裂眦，動色起懦猶覺遲。務求群善濟天下，但能操權孰云癡。遠霽摩秋砭瘦骨，近霜接夜濕衣冠。采采榮木剩槐影，蔚蔚洪柯見松寒。林泉寄情空塵慮，南窗騁目獨憑闌。披瀝或免國殄悴，故難慎嘿求自安。昔人遺韻已灰滅，斯夕末學愧雕蟲。懷賢千載添伊鬱，撫事滄桑增眷忡。自古直道多不偶，勛名金堅轉頭空。當此地冷惟剩月，猶感血熱仰山崇。

夏日詠荷

青鈿未圓獨難支，收暑清影覆華池。亭皋照晴因何起，林薄銷膩爲誰癡。軒靜移岸光影度，檻閒橫塘水參差。禽幽隔葉體露重，魚散蔓藻識花奇。懶雲含羞驚鸞輅，慵山隱媚傷別時。霑粉愁濃背瑩鏡，理鬢妝倦下丹墀。垂裳密訴動遙翠，曳裾深盟惑玄思。祇知全玉邀仙墜，渠識尺錦增路歧。聲納松韻分煙樹，恨入朱帷到曉遲。惟感月下蘭橈遠，即此應念秋風辭。

松陽閒望

青餘一帶迴嵐烟，香繞千山生池蓮。松風在水渾無色，雪乳得雨始有泉。愁濃高臥驚露重，思深懶起覺光鮮。坐花阻積窗月小，照樹叠稠柳影全。棲雀徒喚感秋恨，砌蟲尚留吟草芊。新醪乍試爲滌慮，可憐行客非少年。

松陽夏行兼答諸友問

偶值夏山一日晴，浣盡浮埃耀翠晶。縈空涼風清磬度，凝階蟠枝歸鳥爭。懸淙叠合因石散，偃草層分際水生。雲流檻外聲漸遠，人離廊下香始輕。誰仗酒紅稱鶴髮，難憑睡晚惜遷鶯。但須高吟銷機慮，懶維孤舟放歌行。

過楊家堂村感宋璟宋濂事

何處南風正可憐，跌落岡阜到平阡。草深山階欲侵戶，雨漲竹徑疑生烟。在水鳥聲難爲脆，留石苔跡竟榮鮮。爲爾鐘鼎倒衣苦，老我林泉高枕眠。歲云已暮誠堪慮，勞子候久未可宣。誰人道上留香屧，幽懷竟夕感從前。

山居習靜有感

衣剪煙霞好清遐，漫營雲水看誰家。丹樓百尺非所望，杯鳌在手誠堪誇。崔胭引年悲日促，蘧生知化感月賒。看人局殘猶未是，念已曲終仍須嗟。芃芃秋麥平南畝，苒苒夏條繞墻笆。相知底恨光陰速，因憐丘壑且命車。

暑夜獨坐

趁閒燕亭入望賒，睽遠煙榭隔籠紗。到今誰念青鈿小，無此何必怨情奢。禽幽隔葉出好句，魚翔掠風會詩家。夢託空帷入道骨，思過瓊閣付爛霞。雲懶孰與黏衰草，山慵如何接天涯。綺窗不知涼露重，分得水檻映月斜。

過通濟堰

綺席纔終誰弄簫，歡意猶濃過小橋。坐風姑妄念舊怨，語雨猶自訴清宵。褰裳淺瀨知何日，隨雲高丘懶寵邀。朝帆初張感心近，夕棹歸盡嘆路遙。夢中侵巾悲白髮，醒來側席避齔髫。涼月閒處無人問，晚急秋水鬱春潮。

移居雲端覓境

含情迎拒竟無言，知爲誰開到繡軒。巖庭暮煙平露砌，石瀨斜日補斷垣。門接輕風動蟬唱，窗銜遠山放鳥喧。但務狂歌每逃俗，敢耽清嘯偶值猿。甘旨難改舊食性，肥醴豈追百味原。南窗與茶攪舌本，芸帙共禪辟心源。

午後陳家鋪山行

庭葉經旬掛闌干，嚮日遮回午夢殘。潘岳有分驚霜鬢，宋玉無望感風寒。已憑四序體清獨，肯放五情擾僻安。含光簫聲好吟月，凝冷心緒偏觀瀾。空山懷遠思青鳥，斷浦悼近候素鸞。高柳有蟬雖歸晚，推杯猶邀中夜看。

山居即事

猶憶低眉閉庭除，斂跡官市門無車。鳶魚性分每寄酒，風月情懷常付書。偶用輕蓑索十里浣花野筍，時命短笠供家蔬。惟將放心拒桃李，忍棄隱媚賦紅蕖。一襟落葉深垂釣，淺結廬。夕陽漸西聲漸老，看人欣歸園田居。

登延慶寺塔

塵纓初解興問丘，貪幽重巒作勝遊。香雲度雨通梵語，靜水夾岸豁靈眸。謖謖松韻來天外，寂寂綠筱出樓頭。勞我俯仰嘆世隔，賴爾徘徊感歲遒。人間英物無非客，東風誰借盡付漚。間花僧影去未盡，穿林蟬聲已過秋。

山亭夏日

晶簾高捲誤尋芳，惟憶南溪抱迴塘。清風過書引晌睡，涼夢隨雨到竹床。壘燕香泥已憔悴，巢鶯密葉正梳妝。添絲蛛網閒結字，曬粉蝶衣忙爭光。因思無人敲茶臼，難得有心問草堂。但能容膝近水月，懶顧身外琮與璜。

過麗水蓮都

桃源香隔武陵溪，邀風盛裝上柳堤。緣階芳草照眼綠，依岫景雲與眉齊。過雨細風留檐漏，度聲輕雷讓鵶啼。烹茶片葉尋故友，洗硯一勺惜舊題。蓬瀛花困貌入古，金榷酒空意轉迷。衰年癡況無人問，稠情慵理付河西。

詠扶風合十舍利塔

大千恒沙無窮年，萬象森羅有從前。俗難緘三不消業，佛惟合十得升天。人情變幻長悲喜，世態翻覆衹海田。看生春去習趺坐，悟死夢覺始甘眠。鏨刻幢相失空性，串環錫杖惜諸緣。寶龕騰金歸塵積，法門究竟落言筌。

在京下榻友誼賓館感賦

邀下瓊樓看草萋，來會孤客傲橫霓。九街泥重值鵶噪，一庭風軟著雁迷。金裝玉砌侵曉破，寶閣珠樓屬雨題。園亭欹松亂翠管，畫壁候仙鶩鼓鼙。因疏芳意嘆日落，勉藏歲華唱景西。玉衡迅駕愁歸晚，浩茫心事與雲齊。

憶舊時過泰順廊橋

泠風誰倚過閒宵，怕見江南草木凋。帶香遊屐留惛惻，和雨羅袂失妖嬈。微吟因愁成潘鬢，低唱隨思變沈腰。借它偶會情殷切，換己頻念路遙迢。洛妃無計挽遲暮，湘靈有恨佇曉朝。照水秋色和月度，莫憑黃昏到溪橋。

南潯小蓮莊銷閒

誰令清光生蓮莊，隔斷蟬嘶到屧廊。蛩階竹韻交蜂舞，薜壁花影合蝶狂。倚秋荷色窺浩汗，撫杖白髮映滄浪。尚憐半院酥雨透，猶怯一庭落葉黃。月橋隙駟陶白渡，風檻流萍程羅堂。起看王孫纔弱冠，綺紈公子已敗亡。

夏　詞

謂誰羅襦結束好，來效綺袖交橫長。雲箋猶寫千層碧，冰弦已蒙半秋霜。性與蕙畹識幽植，志合蘭皋持貞芳。惜爾九奏音猶在，嘆我半世盡凋亡。常羨氣盛鷩頑艷，每因力衰感頹唐。看人簫管吹愁去，且罷紅粉憐素妝。

綿山水濤溝

見說高仙藏迴灘，翠跌雲崖有青盤。驂鸞横黛試種玉，駕鶴墜粉欲樹蘭。愁銷共欣夢浸綠，句琢翻笑思出寒。早歲花前紛瓔珞，老大醉後濕闌干。勞生體玄誠養道，薄遊忘情非騁觀。晏起休惱歌難度，吟罷尤覺秀可餐。

登高望錢塘江

絕勝煙月到已遲，乃醉風物感雲癡。快意有時非因酒，賞心無處不有詩。三千珠履皆富貴，十二金釵盡西施。藥圃稻陌隱浮岸，竹塢梅溪逐陂池。悠悠歸棹迴春水，眇眇去帆動秋思。當年歌狂星可摘，畢竟樓高力難支。

杭州海塘博物館

慣聽漁浦笙簫遠，怕見雁灣海氣濃。魚駭驚濤走白馬，木怒來岸逐青龍。陽侯泛濫聲咄叱，海若渺莽勢呼洶。南渡衣冠誰寂寞，西陵鼓角第幾重。憶昔殷雷枉相顧，松軒竹徑難相從。由嘆潮起真無賴，推月波靜照琤淙。

疫中感懷寄故人

頻年遊矚苦樂多，是處生涯半蹉跎。里巷廣筵盡銷黯，都門豐饌又如何。川鶩難回魚呴沫，星奔偏聽鳥哀歌。永漏梅瘦讓蒿草，連宵香濃依樛蘿。冠蓋輻凑誰威焰，衣裳雲合幾沉疴。瞑目帝庭雖春暖，歸骸瀛洲違秋和。

徽州行過呈坎村因鄉人飾辭謂遊此可保人生無坎有感

幸有明月照中衢，慰我夜深獨嚮隅。看樹交枝風雨過，期花垂障蛩螿蘇。迴汀鷺點動白草，曲水月乘搖黃蘆。支離病骨背琴瑟，潦倒秋心對書圖。誰人懷舊存常態，幾處悲新失故趨。因念世喧惟情詐，抗懷塵紛好性迂。心質寒水無賓黨，意寄嚴霜有師徒。佇芳巖樹每從季，涌流雲壑不違吾。邇來新篘笑未熟，荑手輕分猶嫌腴。嬌深綉巾增溫潤，香暖羅帕掩莊姝。雲生翠幌來促席，日照雀屏效當爐。簞瓢寡薄自稱美，鐘鼎滋厚豈覺殊。仰事欣能恭且孝，退處恨未歌當呼。雅從淡起甘樗櫟，趣由心生樂莼鱸。炎涼歲時懶筆墨，寂滅身命真功夫。冷侵西陂剩竹秀，淒斷東岡見骨枯。故知山川無今古，難追王喬入仙壺。玉階引愁吟天末，林廬守拙自無虞。

謁貞靜羅東舒先生祠堂

陡折朱橋過横塘，綺陌載陽昭吉昌。疑是戚里錦綉第，幸非皇家富貴堂。新屋梁正輸聳舉，故祠檐密勝重光。風庭叉手人字樣，雪館雀替鳳鶴妝。嚴祀難追格靜潔，歲修偶近氣橫霜。獨絕聖訓廉懷寶，甘從卓操貞含章。孤行烈烈南窗懶，薄俗靡靡北里狂。課徒種德能守業，習禮傳家堪繼常。涵養用敬畏日促，進學致知豈頹唐。窮老兒孫皆松桂，子弟璵璠盡班行。由來感盛陳菲薦，赭堊無繪愈謹莊。高蹤至今跡不朽，真節猶自挹清芳。

與諸生遊山賦秋水

一霎微雨夜聲靜，秋已徘徊宵光新。溪雲隔樹花入夢，山月連江寒遮身。霧重檻菊迴文錦，煙輕井梧疊繡茵。清漏纔怨福無分，熏籠翻喜德有鄰。鏡中瘦損豈惟月，枕上孤削徒剩貧。池亭研精屬墳典，水閣耽味甘道真。何處朝興長歌舞，誰人夕殞徒吟呻。方樂綺語可度曲，已嘆明姿或爲塵。故望洛襪桃葉渡，與我漢槎逍遥津。願半浮生棄少作，猶存舊樽對故人。

往曉輝雅築訪雨中梨花

未覺殘歲到眼前，連宵怯聽怕流年。幸從輕陰慰掩苒，難解薄暮銷萋芊。永漏煙火自入夢，殘更雲樹不成眠。照床憂殷生縞夜，映日情亂落綺筵。軒冕豈願歸閒棹，丘壑寧甘拜澧泉。空庭白髮方瞠目，盈樽紅袖已弄弦。而況初篁輸堆雪，脫籜抽萌敢邀仙。春深誰能訴月底，寒輕君其笑風前。瑤臺歸去岑寂久，雅閣重來細雨天。落後清明誠有意，香盡一檠候詩顛。

結友陽朔行

步野感它紛妖嫻，解襟得與湖山眠。雲出已知流聲漫，風生未肯放水閒。捫壁陰崖聳寒色，攀枝幽澗照霜菅。丹屐易著誠足樂，錦帆難到殊可憐。嶔岑月明窗外嶺，蓊蔚松老眼中景。鶯郊猶分池花香，燕陌已亂岸柳影。酒盟客囊無豬苓，茶語家山有桔梗。鏡銷衰容燈易知，愁隔綠鬢書難省。因拋世念惜從前，每躅囂氛驅殘年。未秋豈能辨草木，已老安敢悟海田。從子別夢違殿閣，約期歸槎問林泉。邯鄲原不到枕上，南華徒恨誤宿緣。

登陽朔如意峰

乍停薄寒到晴曛，未息悲嘯入青雲。扑地廛閈感物類，沸天歌吹傷俊群。因雨積翠光新葉，怨風隔戶黯香氛。銀橋霞曙別混沌，危棧靄夕合氤氳。嫌多庸福市人羨，怕無幽趣仙界聞。裁甚烏紗傾煙閣，盡我白髮醉紅裙。

客中答友人招飲

稠濁賓客來月下，喧溢笙歌正闌干。芳俎色洽折玉佩，山罍意奮倒霞冠。滿酌樂從雲葉碎，盈尊思託燈花團。年光看淡恩怨易，世情究深是非難。交遲已憾談方劇，歸早尚幸興未殘。看船載人將恨去，何物撐我別腸寬。

德昇書院秋日雅集

聊藉主人殷勤勸，敢違高明且盡觴。新茶試為歌薤露，舊曲豈願續柏梁。已膾銀鱗交明月，還傾琥珀映夜光。援琴夷曠成大雅，灑翰沖虛迭九章。片刻良會陶令醉，幾許清言次公狂。但能遊心玉山下，何妨息影佳人旁。離群性耽非圖遠，棄俗世欽好傳芳。興闌誠知歡有盡，情多難料命無常。依葉聽蟬語幽塢，嗟花看魚嬉迴塘。窗隙燈移驚白髮，此際涼生獨吟商。

贈明徹山房主人尹昊

平生未見青鳥使，因何邀入赤松家。檐前蕉分開天宇，階下鳥吟感物華。嘯晚風篁釀孤翠，行早蘿徑拾片霞。筆牀落盡尚餘恨，庭樹去後惟剩嗟。酒邊坐石正愁鬱，花外臨流不堪重好愁暇。初溫炭爐知節改，終放壺箭候日斜。應老一念付草木，敢惜三世歸龍蛇。不堪重憶舊識儉，但宜再夢新談賒。小闌獨倚感年暮，會心誰賞對寒葩。玉盤纖物稱幽潔，雪案巨帙溢清嘉。將半醉意方傳舞，漸稀歡聲始命車。欲倩主人度蓬島，笑能乘月同仙槎。

朝勝阿六理玉歌

倚天誰持三尺劍，割取崑岡一段虹。極天朔雲覆紘索，匝地沙磧出琤瑽。天山飛雪歌破陣，瀚海黃沙傳平戎。誰人棄名隱朝市，何者深藏滅遐蹤。同糅與石候時到，相量一概竟運通。方瑚圓璉碎宗廟，蒼佩玄圭爛禁宮。未央千門于闐樂，曲部歌舞未有終。因嘆高臺張旨酒，惜焚椒蘭熏芙蓉。草長漢皇廢苑裡，濤生吳主荒殿中。十五城去固不換，二千石來豈足雄。此刻有人起天末，未希善價求良工。袖出凍雲慚星照，差近涼月見日融。滿架華燈盤盈炬，秀葉嫩條猶蔥蘢。因客養竹肅秋宇，念己愛蘭滋春容。熒熒輝彩映菊白，鏘鏘清貞羞梅紅。化工原本無偏私，人意從來與道同。

卷四　七古二

遠遊吟

丈夫何必重去國，沾戀妻孥輕遠遊。攀條折藜亨獨樂，飄零豈爲衣食謀。翰內霜感尘鞅苦，花底眊昏意興稠。驢蹇雖難追電馳，馬病猶能挾衡軥。春困因朝風扶將，夏正清涼夜未央。看山酣倦悶瞀久，枕水熟寐浮夢長。含悲乘月數雁落，銜恨侵星吟月黃。天末歲暮資斧盡，江畔憔悴甘裂裳。遲遲行雲鬱成堆，邁邁時律催日頹。更闌解鞍醉且舞，宴散擁衾去復回。願爾馱金長爲客，九衢昂藏動新雷。遮莫海表渾不識，常覆掌中濁酒杯。

往華盛頓謁二戰紀念碑擬作戰城南

戰城南，死城北，城南城北擾紛紛。黑雲壓境結兵氣，黃塵掠地起妖氛。邊霜日曀人不見，朔吹雨零猶可聞。別我堂上母，棄爾美釵裙。丈夫豈能老牖下，烈士尤當志出群。願爲國難自奮勵，敢應王事立殊勛。不暇討罪食長缺，宵旰荷戈夢難圓。矢石未避身以殉，鋒鍔甘冒命可捐。誰喚青磷嘆照野，時枕白骨和露眠。追亡漂杵獨多甲，逐北溺馬止剩鞭。戍旗獵獵螢火散，白日蕭蕭鬼嗚咽。因愧蘇武稱守節，羞對魯連口河懸。催酒寒雀集，傾歌晚烏驚。臨分徒涕淚，當別恨意生。百戰士卒爭先死，千賞爵錫每公卿。縱酒帳下譏無策，犯險陣前還掬誠。平磧土拓盡膏血，荒僥疆開連榛荊。碑上固能辨敵友，重壤何曾隔昏明。

紐約訪木心艾姆赫斯特故居

自來識高鶩破天，平生意氣動四垓。腹藏東西誠擅藝，貫軼古今獨登臺。奈何世道局如棋，變生肘腋起禍災。降心蹀躞垂羽翼，低眉猶自有餘哀。乃去天涯不辭遠，盡棄篋中舊時才。九重茫洋多依黯，萬里間關獨徘徊。天邊雁斷覺地曠，牀頭金盡識人疏。浚窺心源豈廢井，銷洗鉛華付冷居。曉天梨花送月影，窣地晚風鏤陋墟。四時幽棲每詩畫，晨昏掩跡惟糲蔬。偶爾清宵念雲佩，憔悴孤燈捉霞裾。若無波瀾緣悲轉，何須筆底費躊躇。春秋代序等閒度，冬夏雪雨枉相勞。平明雀語亂樹杪，薄暮末光暖繒袍。此時有客驚坐起，相顧無語惟歌號。雅燕繼乏鱸魚膾，揮麈周急有霜螯。憐渠蓮舌捲春雨，笑誰錦心賦離騷。生公說法難瑕摘，片言居然勝醴醪。倏爾征鐸竟廿載，驪歌暗度嚮日西。睡起劇談意半折，笑倒詭辯聲未低。然而歲月堂堂去，要非關河來路迷。薄袖欺寒感香苦，違鄉負俗終難棲。

故里無家歸去懶，陌上輕歌與雲齊。俯仰數椽足私貯，裴回桃李別有蹊。人嘆公才誠無匹，我傷來晚從公遲。且慰夢斷家山老，千載餘情有人思。

加拿大布查德花園值雨

隔洋有園誠清遐，廣大美備曰布查。草暖平陂起柳絮，沙晴別浦流桃花。有時迴風迷吹雪，倒寒三秋亂物華。芳心暗吐含宿雨，綠衣舒捲裛朝霞。會遠倦客意高絕，每輕俗世競豪奢。接應僻興發朗韻，驅遣孤懷過墻笆。何處文杏不銷錦，幾曾梨香透重紗。有跡聲名惹輕薄，無心功夫始堪誇。由念勝地多俊賞，水靜何必動仙槎。且收香陣慢招引，剪盡枝蔓嚮天涯。

史丹利公園秋行見逝者親屬所捐長椅為作高天秋氣引

燎栗清氣已昭蘇，搖落夏條出秋圖。朝陽纔興杳靄意，夕陰已自識空無。枝樛送聲紛世念，間關過耳閉金烏。棘徑雨過綠蕪合，篠籬風停蓽門孤。人生適意貴自放，不親帝居親江湖。江湖波平風浪小，漾晴無邊可游鳧。過眼主賓紛迭代，萬象棄旁獨嚮隅。肅氣微撼動物表，清霜重疊掩殘軀。孤性何梗對苦酒，浮生其短哭交衢。秉燭窮日猶未晚，松鶴鵜鶘漫相呼。再念妻子候新正，光陰流嘆失故吾。縱可揚音行高舉，豈能翻翰倒蓬壺。將濁醪，棄璉瑚，平生只合與天徒。徹天猶聽清商響，勞績一生歸泥塗。

馬爾代夫消夏戲爲遊仙詩

一從棹歌起天末，十年窮海不到頭。清風吹雲連天碧，光照琉璃滑如油。張羽蓋，逐霓旆，羅浮不到到瀛洲。瀛洲鱗介無大小，怨海輕淺訴床頭。床平瑞虹堂堂過，檐壓絳煙無日休。驚夜恍疑王喬下，望曙赤松正清修。再顧遠色帶島樹，星漾滿天月如鈎。青鳥纔過紫霄殿，鸞轡已度丹鳳樓。九霞玄圃飫瑤宴，三天金閣出青虬。五芝七草驕元極，四荒六漠遜和丘。問客興來欲何似，笑煞朝市念朋儔。瀾翻滄溟成一吷，歌徹鶯燕豈供愁。金門詔，魏闕謀，時交運替嗟横流。見說盛衰各有命，本無常主誰解憂。故嘆東西南北走，麻姑王母不相留。玉顔俄頃侵白髮，童子徒然征遐悠。然則波谷且安枕，願信陽侯解沉浮。欲回整駕從五老，倏然已忘有恩仇。

阿卡羅阿秋吟

平生意氣盡消歇，動成愁劫到殘年。逢秋寂寥每病酒，堆枕銷凝總不眠。因念修途紛景鬱，重岡蔽虧裂甘泉。客倦欲去行大陌，伴松鶴睡絕橫阡。露草挹翠引霞步，煙榛濯流思謫仙。朝感離奇摘星事，暮行荒唐逐阜顛。隔蘿誰家好會飲，對月何人正弄弦。雨霑籬花堪聚鳥，雲平屋樹宜隱蟬。無那服朱似近俠，彈袖終難鬥色鮮。振衣鸞嘯偏著意，褰裳苦吟豈成篇。十載忽焉丹扆折，歲晚力挽愧逝川。未嘆浮生空蟻夢，已催崑玉徒望全。再悲蒼葭動蕭瑟，無限家山變海田。久慣人非驚物候，情深惟剩惜舊緣。

訪挪威維格蘭雕塑公園為作昊天生死吟

纖軟弄晴舒午景，垂光變换含夕清。風起草木雨還去，日登濮桑晦復明。人有意興回天巧，張羅美備好經營。窮追百態思慮費，妙斲衆生鬼神驚。掣電生死起刀下，奔雷悲喜出畫丘。已狀無賴多頑劣，還憐癡情總登樓。因其牙牙初學語，顧我滄桑蚤白頭。又或憂殷方憔悴，憐渠恩深正情稠。何處暮樹無高秋，何樹高秋不增愁。愁開每見山疊翠，樹盈髹几染吟眸。斜陽望斷寒鴉度，市朝忍看浮名囚。幸得過隙思倏忽，敢背逝川嘆方攸。世上綢繆尋常事，人間契闊倒爲輕。榮枯銷盡千老去，子喬麻姑豈相迎。浮雲流日紛苕穎，鶯語間關好鳴箏。煙交霧凝何稽遲，茫無一物衹孤瑩。

冰島觀瀑行

鴻蒙開天地，裂罅出蛟龍。其下三千尺，倒水出玉虹。賦形似百練，散珠分璆琮。虎嘯破紫氛，螭唾漱葱籠。我來歲已晚，衰朽近龍鍾。遠觀感踞躄，諦視長怔忡。君不見，青霄壁上傾河漢，九天瑤瓊頓斡空。冰綃掛崖素流急，下有幽府洑流通。盡放心，且從容，書生將詩依花驄。但使常樂莫常嗟，欲學放手先放鬆。再邀聖賢共醉酒，聖賢笑稱意相同。爲爾九萬八千歲，人生長恨水長東。

落日羅馬行

日出七丘山，露晞照古原。隄塍發新樹，阪隰出廢園。念昔仰狼羅慕洛，臺伯歌上廿四橋。橋上風月依舊在，彌望亘野感光韶。光韶闕土千萬里，千萬錯綺皆妖嬈。霸主雄圖誠赫赫，宜其臣民多夭夭。因稱架渠納澤雨，殷勤通溝度水槽。源泉灌注消炎夏，陂池交屬熟葡萄。再顧遞相吞併刀映霜，誰人每舉討伐血浸袍。諸國呈籍彈指收帳下，八方貢珍談笑賜汝曹。吾皇德威不殫論，萬城之城誠永恆。玉瑱居楹夜未至，金壁飾瑠日始升。更兼鏗鍧集鐘鼓，燁煜管弦忙選徵。玉觴偏已催舞軟，金罍未知罷侈矜。由此內撫欠厚恤，外綏何嘗見寬仁。一朝胡兵來天外，轉瞬御路捲飆塵。千乘雷起如霆激，電騺莫辨貴豪身。記功柱上愷撒恨，尼祿還出凱旋門。偶來弔慰當良辰，不堪重憶作癡人。幸彼危構存舊制，知好典範倍覺珍。西羅馬，東洛陽，東西相較豈參商。跨洲勢焰貫穹頂，文明沾被甚昭彰。繼往意能共時俱，與海通波敢圖強。鳳翥從來多名世，未若揭天似龍驤。

維也納暮春行

望彼青山水之東，誰絆遊絲透簾櫳。紛紛桃李來有意，寂寂鶯燕去無蹤。奇芬難逃應頹運，冷妍獨怕值衰容。蹉跎無非嗟身老，搖落每自嘆道窮。因念駘蕩香侵岸，露泠霜璀交光爛。少婦歸飲鳳御杯，公子坐聽青玉案。宮鴉依稀風連宵，塞雁仿佛雨達旦。孰謂開匳好嚴妝，一點春心嚮秋換。又為夢華到隔年，枕上啼痕已輕鮮。看蝶調弄空費力，任蜂教誨亦枉然。醉徹長筵人前少，唱半短歌別後全。休問月明銷魂處，滿庭梨花偎誰邊。

維也納賞樂感作

興倦尋樂歸別處，懶問張花是何人。易輸春愁偶縛舌，難買秋恨每交脣。風迴已吹鶯管澀，更闌再奏誤情真。應思撾鼓穿月夜，能見引聲斷霜晨。悁悁可懷清宵怨，醰醰有味玉堂春。高才偏好酬芳歲，未堪客意念舊塵。

過美泉宮觀茜茜公主居室感作

贏得君王繞指柔，居然恃嬌背龍樓。纔下繡帷一片月，已分軍帳三生秋。折春重門空驚艷，透寒薄衾獨釀愁。凝情昭陽期璜珮，悵望蓬萊疑琅璆。寵新空返猶興嘆，歡舊不回徒增憂。解將相思赴流水，信誰恩愛堪白頭。

上美景宮觀克里姆特與埃貢·席勒

尚殘余恨雲黛蹙，怕情曉逐到枕邊。琴窗熏風驚水縐，漏閣宵螢識露圓。雨薄寒輕隔歡語，霧濃啼歇畫素箋。軟塵偶夢何足嘆，重簾長挑殊可憐。疑每傳世罕呈巧，好果駭俗有遺妍。由捲孤芳懶開眼，信誰抵死能九泉。

過卡爾卡松擬作悲歌行

歲久閒損怨從前，得沐春陽已艾年。恨深衰顏須借酒，忿結弱志每問天。平戎曾看鬼谷子，封侯愧對美嬋娟。朔月亘野曜金勒，西風摩空喑玉鞭。寒雀集營火，霜烏驚人烟。四望愁何極，九重思無邊。曷不知當時座上皆飛將，胡不爲畫堂恩深擁花眠。殘燹披雨嘆灰冷，荒壟裛露悼夢全。難收殘局誠偏霸，看終盛筵方名賢。令下十萬烈士血，威行三尺究可憐。何人垂惠及黔首，幾家施德到象泉。已逐五窮來戍堞，未解折腰吊松阡。

梵蒂岡觀拉斐爾《雅典學院》歌

誰人延宗匠，來此開絳帳。高談撞洪鐘，俊辯不相讓。擎天有限身，奪地無盡藏。唾落教鬼驚，風生令懷曠。爾來興起每得句，羨彼神旺總忘筌。排簽呈巧棄腐舊，堆案鬥妍脫新鮮。奮迅坤軸因志鋭，高騫青冥仰識全。非飾皇猷圖際聖，要別帝軌求希賢。君不見乾坤同久惟智性，海宇能大豈昏障。互戛玉金聲鏗鏘，相鮮苕翠色瀏亮。又不見虛明天文遠幾何，洞徹地表廣無量。物上理念柏拉圖，亞里士多德毋忘。看春寂寂秋方老，年命促促歲到遲。已知光沉非一日，響絶千載猶惜時。流景暮見雖難挽，逝波晨趨尤可知。念彼薰歇盡歸土，終究燼滅有香遺。

佛羅倫薩四時行樂歌

愷撒氣蓋亞平寧，阿爾諾河漾奎星。曾經商流通財貨，居然行會接王廷。聖母百花夜照半，維琪奧橋曉度庭。騎士積久誠豪闊，僭主歷世撼神靈。浴光仙葩簇百媚，聖卉綽約迭千醉。玉鞭搖晴或載馳，金勒破靄每方轡。濟濟多士來從雲，彬彬有才去把臂。興豁彩渥胭脂紅，思紛藻豐翡冷翠。涼秋漫吟意難持，熙春深荷會心時。暑退依陰豈窮爛，寒往嚮阳敢周知。傲忽誰賞伽利略，浮沉吾拜達芬奇。感甚倚夢來非晚，樂極傳語到已遲。

米蘭四時

已識穿雲看漸真，錯怨載月自親人。九衢錦轡喧士女，五夜笙歌動宵晨。花盛霞樓光瑶室，水涓煙湖潔玉鱗。語半顏解終未怒，書盡酒催究還嗔。居閒笑我偶負氣，習靜多君每存神。妍色非無回青眼，素裝要能嘆絕倫。

科莫湖淥水曲

久慣候初景，不意誤新陽。人隔良直遠，徒嘆英奇強。然俗變而滅，隨風靡卻揚。逢時不祥鸞鳳伏，乃損厥身鴟鳥翔。處窮從性歌委巷，任世沉淖登椒丘。遞來四時千秋歲，銷鑠亙荒萬古愁。春旭遵渚風載酒，柔條乘漪雨催舟。解籜幼篁感地力，交陰落花欣鳥啾。案上松光漫侵尋，燈下細語換耳喑。新涼納餘迴幽夢，芳裛攬剩誰孤斟。湖山有約縠波皺，麗譙鐘漏可解襟。雅什每從醉中出，清豪何須費沉吟。因欲結友赤松子，祇恐見棄王喬失靈丹。又欲搖落湖邊樹，祇恐愁聚眉峰清淚濕闌干。翻翻玉葉動秋早，習習蘋風促夜殘。

生詎能幾高難問，為樂當盡眼前歡。

馬焦雷湖櫂歌行

送晴春色積嵐翠，催暖阳律濕空青。當檻漸白垂楊渡，對橋初紅陸藕亭。裊裊煙蒲晃戲水，猗猗荇草魚唼萍。碧蘚雨洗似丹井，寒泉風梳曾露庭。初散輕陰霧共雪，相繆薄暮古到今。晨興世外看舞歇，晚出席上耽歌沉。富貴勞勞功名小，車馬擾擾銜怨深。事已多諳悲瀝血，心不狂謀笑枯吟。庾公塵，陶令榻，曷若眠岸載酒行。几處流光換俗骨，一霎清明惟高情。貝拉島浸琉璃月，博洛梅歐桓伊箏。孟德斯鳩每稱美，果勝當世罕名城。如妝瀲灧去偏疾，霞綃雲浪獨留遲。鬅鬙鏡光銷玄髮，浩蕩練影戀豐姿。君不見舊時談舌皆冠冕，何必求問莊惠解頑癡。去遠棹謳誰唱曲，歸晚湖山有我詩。

貝拉焦永巷酌酒歌

已沐春陽感香薰，還趁新晴逐行雲。交榮芳樹爭歷落，堆砌綠陰事紛紜。僻巷深靜徠豪客，窄庭喧騰簇歡欣。燈宵日薄迷蝴蝶，月夕霜深黯羅裙。呼酒且偎當壚子，著牙荐齒樂豢腴。盞大未必能縱意，甌深方始稱極娛。四海奇珍皆市易，寰區異味入庖廚。未識干戈豈少艾，惟耽歌舞歸翁姑。平居相慕悅，飲食常征逐。世有葛天民，嫌我棄班祿。往來迢遞皆隨緣，出入參差每納福。當人榮路較去留，愧天訓教等淹速。故過鄰里盡問醉，漸閒生業每鬥奢。曲肱飢臥不爾慕，箕踞飽睡足誰誇。輕風散暑月鏤白，麗羽清喉語帶斜。甚懶硃箋題心曲，要拈詩琴對晚霞。

過巴德伊舍為作懊儂歌

紫巖風霄和光同，青谿雲竇與泉通。平明輕陰空染翠，薄暮微雨晚濕鐘。歌庭徑曲疏苔判，舞榭石冷密蘚封。應念春愁人易醉，徒嘆秋恨月難逢。猶憶美眷情正好，玉面何須借酒紅。嬌身送聲壓鏞騎，靈眸書情羞花驄。遞香口脂留語半，鬥新妝鏡輕物充。不意帝闕猶望遠，神京已自過別宮。漏轉柳直候晴曉，夢斷腸迴看孤鴻。冰牀雪被促夜醒，蘭炷青熒照寒蛩。難期白頭空怨艾，頓開錦筵是英雄。到此因感生趣盡，不覺嘉木正葱蘢。

吉維尼訪莫奈故居侵晨即往至日晡始歸因作芙蕖歌

自來畫工欺造化，誤認酷肖作擅場。纖毫不失逐形跡，終令精神轉淒惶。此時有老別懷抱，陵轢俗手絕依傍。驅遣五彩追日影，命駕奇思登瑤堂。先遷玉樹來晚鶯，又汲活水過別塘。引派移根成底事，接花藝果殊有方。綠橋霜曉侵春嫩，朱蘭清夏映天光。終朝有月當清蕖，永夜無風對孤芳。輞口斜川差擬似，草色煙霞筆底藏。霧眸幾度隱秀萼，香陣何曾隔籬墻。斟酌晴雨苦搜討，估量濃淡好上妝。蟄龍變化酬素志，巨擘造玄氣盛昌。寸陰百丈發酡顏，盈庭四時烘暖香。慢驚節物寄餘齡，贏得千載頻覆觴。

阿維尼翁小皇宮觀波提切利爲作且依俗世歌

輕袂剪快綠，淡春當瑤窗。未能解世苦，先自感年芳。有謂天窈眇，神主恩殊常。罪非不修己，脱卸本無方。坐久燈晏昧濳翳，起視曉侵生靈光。晝永支頤花攀樹，晴閒枕臂月照床。聖母慵倦懶振袖，聖子聒撓每牽裳。纔罷掛琴思漸遠，應題停杯意傍徨。隨日款款歡豈但，逐年亭亭夢何嘗。追鮮催成嬌模樣，比素老卻厭粉妝。念彼眼波媚，感此膚如霜。看事多刺促，肯爲千秋忙。朱顏有癯瘁，玄髮無真香。人間雖多故，無情究可傷。

倫敦弗洛伊德翁故居

春到河橋露爲霜，簾捲西風侵衣裳。步庭悲躅月猶在，瞻景惜輝夜未央。因念當年氣仿佛，走馬章臺驅龍驤。顧後風流依稀似，笑前佚樂枉逞強。無奈落花辭歲去，別夜休提苦惆悵。長歌時復重置酒，暫歡每自入愁腸。誰解眉尖千千結，難與口角較短長。心莫狂謀屬君子，言不妄發豈安祥。又念林鳥本無意，斂跡投倦實淒徨。閒窗漏永說緣起，楚雲巫雨思微茫。故惑濃妝纏百病，薄媚幸免躓道旁。垂羅錦曳心底事，鳴瑤動翠嚮何方。且壓綺夢奩箱底，邑嘆私慾舊韶光。偏倚稺榻愁不起，來聽弗翁說情傷。

蒙彼利埃遊舊宅爲作長歌寄故人

憶昔隔花見丰姿，纖手誓願繫相思。燈前偶然聲宛轉，別後依舊意難持。看承月色光如水，偏憐庭樹影參差。避人深夜來密訴，共鳥芳晨去語私。堂上銜杯多豪客，坐中揮麈誰吟詩。怯值淋漓傾玉斝，敢對怊悵猶費辭。念其天涯久落魄，燕市狂歌豈頑癡。應有高門可託足，無奈修椽力不支。顧自輕薄傳閭戶，珠履騰達日落時。方輕背燈嘆宵永，轉覺面壁悲衰遲。燕繞雕甍誤畫棟，雨溢檐溜傷故基。石甃草衣蕪舊徑，寒露苔錦奪璇墀。因感每朝喧簫管，暮列笙琶唱漏巵。蕭條何須怨造化，浩蕩歲序總無欺。

蒙馬特高地行樂詞

誰窮綺錯繡花城，極侈危構綰雲甍。鱗次聖堂燈照爛，離披瓊宇露新生。百廛紅塵歌闐溢，千衢紫陌遮道爭。鴉襪香疊紛樂土，羅裙光折盈嬌聲。狡兔坐吧候斜月，磨坊看舞過長庚。癡念芳心魂顛倒，偷取檀脣擬霞赬。從來兩間囊羞澀，牀頭金盡非關情。呼狂半夜有神駭，唾奔九重無人驚。歸家枯腸浣衣舫，愛墻猶憶杯酒傾。慨嘆歲華漂泊久，仍臥蓬窗絕延徵。蕭森庭槐初兼雨，偃蹇阡松交晚櫻。傲忽玩世豈放曠，浮沉隨時自孤貞。看春花落思渥彩，望秋夢疏悼玉卿。縱乏豪氣干牛斗，未肯壯心輕交盟。嗚呼，君其爲我張縑素，應聞有士潦倒鳴不平。君其爲我具刀筆，會須萬古慘淡狂者留英名。

過布盧瓦登皇家城堡因感彼宮庭爭鬥之慘酷不免以詩諷之

岧嶢皇居世所驚，宮樓參差與雲平。風集雉堞掩落日，雨過墉垣奪晦明。在昔槐夏行佳氣，草移春色入檐甍。闕河裴回千門媚，斷靄流連九陌傾。因感帝后廢螺鈿，美人堆枕懶起妝。顧我香燼空佇憶，思他恩移戀別床。清宵吊影嘆灝露，詰晨和恨入愁腸。心凝瓊輿倩花問，意結雕輦怯蜂狂。孰料僭慢起座下，勢大難辨妍與媸。纔會百官開璇扃，等閒權臣死丹墀。蓋雖遠圖出深謀，難敵數盡力不持。譬之寒鵲爭暖樹，終究回光嚮日遲。念此殊厭勢赫烈，尤憐未體淡可珍。但能披褐甘長藿，何須奔走苦迎塵。且況今古俱荒阡，尊寵一時豈為真。願將腰金易封印，南窗從此絕丹綸。

柏林吊勃蘭登堡門

聲名赫煌威廉王，征戰七載興國昌。底定九區思先祖，立門勒功啓太康。因借杜廊衛城樣，雕刻衆神飾謹莊。四牡奕奕整徂兩，雙輪不猗競騰驤。又徠女神供驅使，未建旐旄期高翔。玉鐙繡纏日靈駭，金鞍錦覆接天揚。猶思當年普魯士，長驅蹈蹂逞黠強。髹鬌奮鬣縱千騎，一統天下振朝綱。歧路風怨竟何似，關山月愁正杳茫。迴鞭欲賞千門戶，蹴踏塵氛起倉皇。先折梟雄拿破侖，又因納粹被禍殃。陣失風勢違天地，營閉雲翼忤八方。邇來冷戰寒兵氣，鄰以爲壑實堪傷。霜壓千重凋碧樹，摧折兆民賦國殤。世道翻覆難豫圖，天理昭彰力難當。推倒高墻成一統，分疆何曾同裂裳。可嘆愚頑挽螳臂，終究留笑爲泣蝗。垂死銜恨方消黯，居然被服沐重光。再顧道上紛紜客，照眼已不識戰場。橡樹花環簇權杖，冠鷹依舊居中央。

訪柏林博物館島

我徂廣路尋舊徑，念誰通門服先疇。渥彩色嘆發三島，景彰光驚煥十洲。崇門殊形其罕匹，嘉壇詭制竟無儔。玉瑱居楹騰獅虎，金壁飾璫走馬牛。何奇絕珍神曰巧，厥高層構鬼見愁。總嘆承業少英傑，藉基乏人志難酬。

寧芬堡巴登宫

雲開稀見巴登宫，欲傳上國希華風。已賴教士開竅目，又因海通思幽窮。可憐蒼天恤人意，使精百器鬼神通。瓊枝孤標傍錦雉，瑤轂迴出倚花驄。有時張弓離原上，架鷹走狗氣如虹。再爲別情琵琶曲，不教傳奇逐春夢。雨霽蘚庭摘新嫩，風度桐井鳴秋蟲。牧童承問柳蔭下，舟子酬應會烏蓬。由識五雲紛煙雨，八仙紫蓋驂飛鴻。海晏河清惟合道，雞鳴麥秀神無功。遂發至願徠巧匠，圖壁時風期彪蒙。恨不飛身絕茫渺，好盤紅髮入青瞳。

慕尼黑寧芬堡觀中國之閣

闊綽從來數皇家，交輝金碧足堪誇。宴開十重琉璃殿，舞曳百媚透薄紗。歷世恍聞響號鼓，百代瑤階濕露華。裂管紫闕紛韶濩，縈弦金殿驚暮鴉。猶思鸞輅使中土，西引珍奇溢寶車。碾鏤金玉出名器，質韞珠光色無瑕。佳瓷冰裂難認泥，紅窑酒綠鬥聲琶。坯堞迴轉由仙指，粉青輕染出豪奢。再陷雲母畫屏冷，七寶綴映作時花。野客酌霞入蓬島，高士吟月動星槎。等閒寒蛩度綺閣，桃李落盡見枝椏。念彼顛狂慕上國，嘆我運蹇勢轉差。日升月落流星漢，良宴難會時難賒。徹地猶自鏘洽奏，彌天笙歌落誰家。

過齊霍夫宮

惊誰玉階久塵生，羨它金闕已煥春。暖風應律蘇皇極，肅氣臨軒動槐宸。媚潛庭花飽晚露，怨爭月華侵曉晨。斷歌香殘年光滿，繞吟影疏物色新。簾後貪歡能幾日，燈盡趁醉屬何人。絕憐帝子瀟湘去，難合棲門入夢真。

晚行法蘭克福

美因河北黑森州，陶努斯山過雲稠。平蕪風吹填曲巷，落照雨洗唱晚舟。行遍十世慶加冕，老盡三生誤封侯。大化蟠氣非待言，群類動念自相謀。故人摧傷或去疾，良會助喜未澆愁。看秋清矯聲繾綣，忍將盈觴憶綢繆。

法蘭克福拜瞻歌德故居

嗟哉千古著簡册，敢僭私臣稱掌家。才瀹休聲常歷久，情注儻論每瞻遐。如電黑瞳似有意，勝雪白髮原無邪。俗子吐辭必墜景，宗匠落筆豈凋華。難假修齡消鄙吝，易數盛業競豪奢。每從雍容輕世貴，還應瀟洒老天涯。

海德堡訪哲学家小道

看花搖落春不歸，空留半城雨霏微。如屏顛崖划鐵界，似帶峻路爭銅圍。長橋松風畫清溜，斷岸蘿月動殘菲。蕭森河漢驚返照，迢遞雲天惜馳暉。著衣嵐輕濕丹陛，入夢景淡黯皇闈。要非覃思析骸骨，天理與人仍相違。

過捷克庫特納霍拉塞德萊茨人骨教堂

西睇搖落悲徂歲，空睹寶鏡戚芳春。纔見青原過雕馬，轉瞬陵谷息軒轔。而或輕薄笑浪死，每對芳尊覞瓊珍。終忽浮寄如疣贅，居然金枷不惜身。因顧西風吹黃蒿，掣電光陰無可饒。嘆彼紅顔成枯臘，念已熱腸日儉凋。一尺土，百年遙，夷跖枯骨等蓬飄。三魂七魄形歸土，箭孔刀痕迭相招。再念雺颸好經過，萬竅瑣碎唱秋蟲。虛聲與其妄邀買，何若南窗養從容。更莫恃驕笑潘掾，當年吾輩豈龍鍾。既幸今生免螻蟻，難期禘祭飾穹窿。

南波希米亞晚興

未及蕭條序秋薄，尚能晚暉識蜚蓬。深巷已過雞呼犬，空階方見鳥啄蟲。風生懷散雨滅跡，月落意適雲辨蹤。彌淨疏影藏牛斗，漸濃嫩陰出霓虹。景淡眉疊厭光滿，人閒案堆體道沖。絕憐語細枕山隔，聲悄猶自傳宵鐘。

日内瓦美岸酒店有茜茜公主去國獨居之套房並臨河碼頭有其遇刺之銘碑與雕像撫跡追念乃生滿目山河空念遠落花風雨更傷春之感或事固有數人亦如之

夏日遲遲夜未央，湖山紛鬱美人裝。王亭謝館歌初起，崇樓軒殿筵正忙。宜其恃嬌盛容飾，恩深不計刻漏長。宮闈居然決大計，銀鞍側騎任由繮。轉瞬黯然背燈下，和月彈淚倚清霜。客心怨破三冬雨，鏡面卸卻舊時妝。簪壓雲鬢半狼藉，袖掩皓腕幾無光。看山熠熠罥晴日，傍水沉沉滌愁腸。因嘆世人智行淺，誤識空華徒感傷。舟壑歡改玉方殞，龍岫景滅意若喪。自古紅顏多薄命，聰明偏能召禍殃。更莫憂棄同秋扇，瓊姿衹合在仙鄉。

布魯塞爾鮮花地毯節

擷來枝頭千嬌媚，欲回賞客幾日遊。明霞織就累丈綺，團窩新綠際天浮。蜂使殷勤頻傳意，蝶衣翻拍亂入眸。簇奇集妍無消處，薄裁輕剪成一抔。人有感激侵襟袖，露洗朱白嘆失儔。怕見樹上翻新巧，忍隨西風付御溝。再念芬榮本夭促，難當輕狂恣蹈蹂。必從芸窗冰簟上，豈肯和恨一時休。熏透霜綃迭百慮，浸染茜裙摺千愁。拼將芳心不輕許，到底轉瞬付東流。悵爾墮砌難扶起，縞衣妝就歸寒楸。爲告青帝長作主，不教片刻即白頭。

登沃爾特城堡觀萊茵瀑布

孰令瑶池倒咽空，豗喧泛溢浩蕩東。迴湍噴雪凝翠色，曲瀨溢素吐霓虹。烘暖日氣花帶雨，送涼水碓樹迷濛。雲行落澗誠消渴，露施潤松還來風。而或霧瀉掛崖壁，煙籠孤橈隱紫宫。流灑寒聲每心折，沫濺潮音幾欲聾。倦客憑闌纔進酒，幽人吟月下簾櫳。爲思徹宵持醉眼，常嘆經年誤青瞳。因寄殘興朝復暮，萬事從來等鷄蟲。見此茫茫能無恨，故每悵悵對素衷。羅綃千尺非鴻富，紈綺百般豈天工。擬想星浦曾歸鶴，且將清思付秋鴻。

沃維無主墓園行吟

誰種長松陰漸繁，邀月螢聚籠城垣。落日戀青暗斷壁，清霜草萎没紙幡。魑鬼偶集夜室舞，虞人常從車馬喧。恨與肅肅風露下，悲同寂寂未能言。因嘆苔蒼封北邙，斷碣滅盡舊文章。雖飾鉛粉挽薄幸，終教翠鈿黯粉妝。又感墓樹歷隆冱，玉輦何年經遐方。霸圖千載忽生死，勛業一瞬究堪傷。酤來我愁爲酣醺，仙去如君美冠群。奈何蓼莪哀聲促，竟無翁仲守望殷。乃尋歸鶴杳不見，嵐侵啼猿衹遺聞。生縱寄跡走木魅，死合招魂總紛紜。

西班牙初識高迪

何處夕山有高樓，入骨清氣勢難收。千種詭制奪天巧，萬般殊形作海儔。檐走龍脊奇骼聳，壁剳鳳樑幻光流。廊腰漫迴彌春色，暗和平波動地秋。中虛豁落邀風雨，四圍搖漾樞光浮。月拼笙院連崑閬，鐵鏤花窗變骷髏。誰言幽人空嘆息，行尸走骨總溫柔。爲披霓裳掩芳意，敢教綠蕪見情稠。花底傳語絕繩墨，天上逢仙不相謀。曳采牽綺驚豪客，十萬梓人重生愁。更有吳剛藏斧斤，廣寒玲瓏獨自羞。平生修翫絕坫墁，人間風露懶入眸。奇思獨駕出荒怪，妙手欲令天封侯。世有奇景難比擬，始信才不付殘漚。

馬德里麗池公園

甚樂何事最堪留，宜嚮流喧問鳧鷗。霜璀平蕪花隱媚，露泠崇岡草含羞。融光瑞氣放清曉，交色祥煙籠斛舟。舊徑應知無故侶，後跡原難識新愁。已窮冠蓋人將逝，不盡湖山歌未休。吟罷許它秋懷抱，忍送春心酣高樓。

塞戈維亞坐夜雜興

春殘何事到隔年，尋芳猶惜舊時緣。鏡知玄髮易改素，風體相思又誰憐。豈增名盛歛綃淚，合休恨深鳳尾箋。黷武羅馬俱作土，討罪摩爾悉化烟。看夜方永人扶醉，聽花已銷鬼催眠。宜嚮南窗焚香坐，共它續明證散仙。

由聖彼得堡遠眺芬蘭灣

邊聲衝霄穿岫岬，海氣拂旌逐渤溟。虜雲烽燃照殘月，塞空霜結裂曉星。風釀兵氛冰嗑岸，雨捲戎威雪到亭。顧北鑾放窮極慾，念己愁蹙少安寧。天誠高懸地廣厚，偏我迫促困圄囹。改節當宜彰夙志，更造須自鬱雷霆。在昔校戰少年軍，與雜外僑增見聞。羡人恃驕隘舳艫，知難炮石作轀轒。故去異國圖變法，喬裝交鄰抑楚氛。整儀立範糾舉止，援神敘教張斯文。肯厭舊俗嚮遙裔，敢用新典對紛紜。外防高瞻壓明主，內政睿視稱聖君。勝地長留總陳跡，憂懷偏寫豈名城。臨風惆悵思慈武，何處魂招寄幽情。

皇村秋風辭

辭柯黛葉落五更，凋盡紅蕖感心驚。松下烏倦將何適，草間露墜悲莫名。麗以粉奐唾手得，飾用藻粢須臾成。嘯傲文豹性灑落，幽憂神龍節孤貞。滔滔孟夏流聲急，鬱鬱穠陰傳語輕。背身歡洽方香膩，掉臂已難喚卿卿。高梧有鳳別仙侶，嚮風太息作孤鳴。忍寐飲恨空自戚，奮髭泣血起憤爭。包羞從來不散禍，忍恥遑顧毀前盟。麝因香重身先死，人為情深敢偷生。蘭芳霰埋每頹萎，木秀風折總勢傾。渤澥意吞光正色，扶桑日闇黯絕行。木葉脫紫衫，野田正霜嚴。白日隱山後，爐火照青巖。猶憶十月十九日，皇村開學集少年。當時允諾誰後死，獨享曩昔說舊緣。人生實難計壽福，願其能與恩義全。瞻彼遐路來孔悼，允企伊伫涕淚漣。

土耳其多玛巴切宫词

羡雲封門奧斯曼，殊勳裝成帝王家。瑤闕騰上金銀氣，紫垣彌結爛漫霞。船來埃及白雪石，添益貝加蒙紅砂。縟麗藻井簇星語，紛披圓穹浮客槎。連翩從騎出宮去，十乘鸞輿絕私衙。中有阿嬌承恩慣，彤墀翠幰懶命車。藏深鈿瓔羞雨訴，墮閒步搖畏日斜。蘭湯試浴纔倦午，水閣微涼豈闌遮。猶憶當年生香玉，忽迷曾經解語花。如此良辰無良會，邀下瓊樓運堪嗟。因瘦春容積煩惱，滅滅芳姿感妒嗔。頃時秋霜落繡被，逡巡冬雪滿重茵。黼黻錦幃天不夜，瑩澈晶燈舞連旬。半霎南柯方引緒，一枕蝶夢碾為塵。琥珀盃深沉沉醉，珊瑚樹濃煢煢身。正自銷凝愁落寞，雲母屏上惜舊人。從來恩好倏爾散，但聞漸遠天蹕鑾玲聲。嗚呼列鼎珍羞皆乏味，惟剩重裀鋪陳萬古鬱難伸。故須容華歸淡伫，何必綽約弄天真。海岬波光斑似錦，團月到底屬玉宸。

福岡兩年感舊

屬誰心緒罥晴絲，嚮日光風交雨癡。已知韶景須臾盡，未肯芳塵落丹墀。高樓鮮衣歌出入，朝市怒馬酒扶持。堆來枕上纔顛倒，翻迴夢裏已參差。書臻老境銷妍骨，酒至微醺著清辭。擬想花好人長駐，盈縮未識仙歸時。

卷五　五律一

三月往華盛頓拜望師母不意今又得見思及師恩高厚師母慈祥不勝感念之至因改錄前作以致孺慕正深之意

久違思轉切，因感出言遲。緬想情迷惚，溫尋意掙持。春陽依遠樹，暖翠過旁枝。釃念南窗下，猶當教養時。

南郭寺思老杜

生家不自謀，度隴到秦州。囊罄徒成句，情殷衹識憂。砧聲頻入夢，凋景總回眸。千載留湫水，終朝作朗謳。

窺　園

窺園羡眾芳，零落自堪傷。花減因疏雨，香消苦沍霜。隔墻親濟楚，臨水背軒昂。迴念春風裹，何曾識錦章。

觀丁小方《世説》特展因念矢口囂騰言必稱魏晉風度並六朝人物者衆而能懔遵實行其事者寡故於席上口占一律漫叩而微諷之

倚醉過松庭，盤礴對曙星。雅從流水起，閒爲去雲停。思遠無塵念，心空有鶴形。江皋多木雁，月地可修亭。

樓觀臺詠柏

鶴骨未成音，龍姿已寖尋。眼空存老氣，意冷吐蕭森。玉檻梅香烈，瑤臺竹色愔。但能承晚露，何必雜仙心。

晚霽望恒嶽

郊原夏草萋，林薄隱雲梯。仙府花交翠，龍泉雨漲溪。晴開風亂竹，晚度月行畦。窺谷煙方起，吟窗日已西。

過和順古鎮

麗日照桑樹，悠然見埂田。人家隨雨沒，花氣逐雲遷。荇帶天青色，風牽水碧蓮。歲豐知少事，燕坐可頤年。

過和順古鎮又一首

夕山聞落葉，秋水隔芙蕖。幽客性恬淡，仙家意泊如。謂親元亮徑，懶上子雲車。怕聽人招隱，新篘賦僻居。

與友人叠水河瀑布留照

危亭不可攀，細雨屬人還。仰瀑浮塵豁，聽雲去水潺。紫氛連梵侶，黄霧隔蟬鬟。曉看迴瀾處，閒心正閉關。

遊李氏宗祠感賦

依山築祖祠，梧榎蔭庭墀。蘭玉瓜瓞永，瑚璉日以滋。慎終仍峻節，追遠感鴻慈。俎豆昭靈貺，雲礽有所思。

過騰衝感徐霞客滇遊事作

去親爲客久，别夢到誰家。雙屨甘侵雪，孤筇慣歷沙。遐荒聞浩汗，星嶽望無涯。雲岫迴歧路，霞衣嚮日賒。

賀友人公子成衣坊開業

欲製緑衫輕，新妝晚露盈。褶分花互走，片合色交迎。裁嘆工冰尺，縫驚巧令名。念誰明鏡裏，堆叠總生情。

才人篇二十四首并序

世人每羡漢唐盛世，而余獨尊明清才人。顧其少坐荒嬉，快攜樽酒，雖不免爲盛德累，然中歲丁離亂，間關戎馬，羈棲京洛，竟能一變花閣翠愁、綺窗紅語爲沉鬱頓挫。又其人大多真宰落落，不耐溺志勞形於世俗禮法，每不見容於人與時，並難陟清要，罕躋膴仕。雖然，三寸管，七孔心，泊然寡營，陶寫襟靈，其漱玉清思，簪花妙筆，如神龍夭矯，天马奔軼，亦有常人所斷不可及者也。雲泥之判未足喻其差殊，或仙凡之隔庶幾近之，因爲《才人篇》如左。

唐　寅

狓猖孰爲吟，頓懶少年心。花吐從椽筆，雲飛失素琴。欲癲方養晦，將醉已披襟。剪水酬青眼，桃庵不可尋。

徐　渭

望風誰泣夜，寒起欲何爲。毀面無門哭，椎頭失路悲。宵牀惟舊譜，生壙獨殘碑。不售羞瓶粟，畸人自斷炊。

湯顯祖

既已拒江陵，難求北地稱。斜陽從半壁，淺土別孤燈。逐水年方下，簪花美益增。檀痕還自掐，徒教畏棱層。

董其昌

閉戶有窮辰，烘簾懶望塵。香光流兔楮，和氣溢龍身。淺絳雖無垢，空靈豈有神。欲求山似洗，要看骨清真。

袁中郎

長林有草豐，投冠意何窮。株守多庸史，因循豈傑雄。銅枷亡宇下，鐵網困途中。誰解禪機趣，摶雲句始工。

馮夢龍

由他念慧卿，乃得識鶯鶯。末俗難增智，先賢妄樹旌。名當應物理，教豈順人情。誰待逍遥客，能求鬼魅驚。

王思任

特立出孤尖，高酣懶避嫌。眼空平霽岫，氣盛斷雲崦。文飯多疏曠，詩麯少媚纖。黠強能悔謔，崖岸自森嚴。

錢謙益

既已對花眠，應愁有鐵仙。絳雲輕寶卷，紅豆惜瓊編。永嘆清波冷，曾傷士節全。孤臣歸正後，青史失身前。

文震亨

庭閒客簡疏，貌古好琴書。薄暮纔依閣，初陽已過除。墨分籬下石，筆洗水中蕖。曠望何迢遰，瀟颾到別廬。

阮大鋮

豈必冠群芳，詞家意可傷。修文思自贖，還刺乞他償。無奈嘲諸蝻，如何列寶璋。對山誠仗義，顧孰看奚囊。

張　岱

家班分剩酒，精舍拆殘妝。薄暮聞歌短，平明逐袖長。茶淫非恨寄，橘虐豈愁藏。月地繁華甚，花階可夢粱。

傅　山

松喬出隴丘，誰賴識鴻疇。黄冠承圻壤，朱衣寄别愁。荊天縻烈士，棘地繫髡囚。願爲莊生翼，逍遥與道浮。

金聖嘆

從賢執占魁，與點共裴徊。哭廟存孤梗，悲亡遺謔詠。恨花開照水，嘆藝或成灰。鄧尉梅堆雪，疑公別鶴回。

吳梅村

豪士慕清貞，相逢意氣橫。朱衣方少壯，香閣早名成。味被龍團立，交隨祭酒更。重來千疊恨，擲地作商聲。

方以智

晨征飾鼓吹，落日命騶騎。盈望多庸德，充庭少俊者。希夷窮物理，淵奥撼天醫。忍見輪琴劍，衹支嘆路歧。

冒　襄

寄言桃葉渡，托夢水明樓。猶憶梅庵語，難聞殿閣愁。青溪隨雨落，寶馬負姬遊。天際朱霞過，人間白鶴留。

李　漁

未識當庭雪，難攀別苑風。縱嬌光鳳閣，斂媚透鶯櫳。有德徒才盡，無行任數窮。逍遥從日月，歲始忘年終。

余　懷

遄其汗血年，落拓板橋眠。白下班荊意，清溪倒屐憐。酒旗偏巷後，團扇惜燈前。誰恤樓官妓，輕皆付夕烟。

龔鼎孳

才敢與天摩，思紛勝綺羅。樸辭含碧淚，媚色出青娥。行穢如無可，名完又奈何。人情期不死，曷獨委横波。

侯方域

日夕看山巍，無端送落輝。獵官誠壯悔，赴試竟閒歸。由憶親芳澤，徒思染麝幃。皎然兼俠慧，從革固難韋。

尤　侗

孤懷不可羈，雅意孰堪奇。北曲誠無法，南昆罕有師。鶴棲花月夜，雲看草堂詩。高揖鈞天樂，聲名豈入思。

納蘭性德

鮮衣照綺筵，怒馬飲甘泉。歡薄難長調，愁殷合短篇。承平誰獨醒，銜恨我無眠。側帽花間過，情深最可憐。

鄭板橋

云誰妄廢思，落拓有清辭。官到能閒日，書臻別創時。寫蘭常倚石，畫竹每撐枝。兀自狂生醉，遮回棄物癡。

袁　枚

鯨鏗已占春，筆性幾通神。味許區中鮮，情交物外真。眼高能著我，氣盛敢閒身。濟世多群笨，如何散淡人。

過縉雲仙都

勞生苦未遑，來此陟崇岡。月挾寒凝露，星連曙結霜。玉階傳佩響，天宇映瑤光。歲物從流去，秋心任意狂。

武隆記遊

相與感從前，云誰總慕仙。觀泉流石白，聽瀑滌風鮮。戶啓無花盛，階緣有草芊。勞生歸錦瑟，將寄送華年。

四姑娘山秋霽

長雲光四野，片雪暗邊荒。著屐朝崇嶽，支頤背北邙。靜懸多淑氣，高振罕晴芳。斷雁誠消黯，無人會感傷。

可可蘇里秋行

林端煙正直，鳥去覺天低。水色涵芳芷，山光照畛畦。霞文生縟麗，雲物感妍淒。拈韻偏書恨，如何到越溪。

和仕元仁方兩兄秋居詩

應知有限身，無意慰風塵。懶嚮空書字，偏期月候人。從妻非喪志，責子且凝神。獨軫平生願，秋吟始覺真。

中秋後肅氣漸深清坐無聊因爲一律

嵐光孕玉田，寶色照平阡。懶浴新涼近，欣乘爽氣宣。霜凝無醉飽，桂濕有高眠。不覺更籌轉，深居幾忘年。

東方藝術中心觀原創滬劇《早春》

書生意氣真，夙志在求仁。爲恨無窮夜，非愁有限身。冰心吹玉雪，霜節碾香塵。誰遣相思苦，江南謝早春。

題朱家角樟艾居

憑闌送歲華，問曲老生涯。誰慕行逢鶴，何須坐對花。驚秋欣有意，翫月苦無家。嘆憾芳樽夜，愁傷面會賒。

臨港滴水湖放舟

未信勢傾雷，來疑鳥復回。光陰尊自倒，寒暑病交摧。春想瞿塘峽，冬愁灩澦堆。送聲流水去，傳笑嚮人隈。

宿黟縣悅榕莊

夜永雨微漚，更闌月到門。物消終古怨，人感百年恩。林甸紛朝露，谿雲散夕暾。逍遙從世樂，潦倒近黃昏。

文成百丈漈瀑布

曠歲困樊籠，神昏耳欲聾。聞猿思鬢綠，見鶴感時窮。春爛彤雲下，秋紅皎日中。傾雷生物巧，奔雪益天工。

嘉興月河客棧銷閒

晨興步玉岑，水閣數椽深。訪石驚吳燕，聳花礙越禽。歌酣難讓酒，坐久每援琴。世事誠多故，閒愁始寖尋。

初識唐香文化空間

吹笙又鼓簧，勢豈煥文章。未若書歸晉，不輸畫就唐。楚琴追皓魄，湘帙攝清光。茶會纔云散，松風已過堂。

與昌强遊網師園

誰人引杜蘅，香色入琴聲。雲翳池亭雨，風屏水閣晴。青蘿常抱璧，修竹自含貞。曲渚難晞髮，芳洲可濯纓。

冬日訪西園寺

老大意難更，銷凝每倦程。粥魚侵紺殿，齋鼓亂香城。花落須彌座，風傳梵課聲。存亡非所慮，等滅似投生。

與諸生遊柯巖

岧嶢鬱蹇驤，相顧莽泱泱。雨割三秋碧，晴分一脈香。鏡波晨起霧，白露夜生涼。爲念山中客，停杯到帝鄉。

雨中過東湖

誰著小蘭襟，來和薄曉吟。正愁雲漠漠，又感雨森森。篷下多思客，樓頭少可心。歲徂諳世味，任恨冷孤衾。

長日難銷忽忽歲晚因思前年舊遊感恨次舊韻

開剩每同塵，香殘祇自珍。千門侵曉露，九陌感煙榛。白社殊難到，青緗幾可循。有心仙共老，苦乏力登晨。

夏日閒居

敢棄新生意，來尋舊歲華。聽風吟月夜，掬水濯籬花。送老詩多恨，銷閒酒偶賒。酣歌成一映，樂事正清嘉。

東河適興

風月多拋擲，佳辰嚮日賒。攤書常忘飯，貰酒偶充茶。任幔亭仙眷，尋周閣店家。且從勾曲巷，惜拾舊時花。

過黑龍潭

滌盡三秋恨，堪長四季眠。謝橋多美眷，烏巷少高仙。殿冷生光滿，潭香落水圓。招搖隨日月，淡注屬雲天。

過白沙鎮有感

久嘆年空老，諳知理道真。天鈞隨見性，帝力豈安神。倚醉花侵晝，傷心曲占春。庚郎緣百感，憔悴過平人。

郭外清居即事

漸老煩霜鬢，將闌對枕山。焚香憑夢去，坐夜識人還。雨裛紅羅帕，涼生翠玉環。心凝難駐日，形釋始回顏。

日落望洱海

夜泊邀餘照，晨征感露涼。修巾誠擷翠，薄袂竟盈香。鴛鷺沙汀遠，蘋蘩柳陌長。垂綸難有日，蝶夢到雲鄉。

雙廊古镇

誰齧蒼山石，來同洱海紋。騰天蒸麗日，剗地鬱晴雲。犵鳥霑朝露，蠻花負夕曛。和光紛秀色，交醉到氤氲。

戲題洱海旅泊

方盛看東流，持將豁望眸。挾山歌北極，傾海賦南樓。筆陣堪傳恨，詞芒豈供愁。勉從聲婉轉，強樂好綢繆。

自笑

自笑吟成癖，頑違每近癡。便教鬬鳥候，消得對花時。閱世悲天運，知人感路歧。偶同風趣味，尤與雨相宜。

因曉

因曉歸根靜，由知處世難。露晞常嘆水，雨罥每憑闌。思屬名中窄，詩題物外寬。雲心誰自在，鶴性我偏安。

過無為寺

清磬隨風散，閒雲逐雨開。治心其丐福，遑慾豈消災。鶩友煙霞路，蜂臣水月臺。誰能空劫化，十世等如來。

夏日懶放寄友人

日高眠閉戶，夜靜坐觀星。久已知時晦，何須嘆運停。窗風書展卷，檻雨客漂萍。猶喜門羅雀，慵情對幔亭。

山　寺

山雨濕斑林，谿雲著碧岑。過橋僧似近，歷樹寺尤深。妙梵通涼夜，疏鐘隔夏陰。暄妍誠易到，幽寂最難尋。

夜宿夢蝶莊香衾好夢殊快人心

留餤數長賡，相思屬短檠。蜃窗無蝶夢，草泊有蛙鳴。去舍鶩花送，歸程喜月迎。田園將歲熟，正可放歌行。

大理清真私廚

餚盤少積薑，膾切竟堆香。對罩晴分醉，當筵雨送涼。朝花時顧曲，夕月偶成章。登俎誠知足，支牀更守常。

夏日旅次雜興

常心安少慮，每事簡無憂。南畝非能隱，東山豈足遊。新醅權寄傲，宿睡總銷愁。巾岸涼生袂，更闌懶應酬。

誰　怨

誰怨謝芳滋，呵風到已遲。蟬聲因雨寂，鶯囀惹人癡。怕老多爭席，能閒罕賦詩。為生何戚促，當惜樂酣時。

閒居睡起贈友人

應念雲方鬱，難知景運停。歌樓花掩映，妝鏡雨飄零。舞榭殘銀燭，觴弦冷畫屏。看山分曙色，送水過煙汀。

詠湖上蜻蜓

叢蓼香將歇，流緺色未濃。當風輕似葉，值雨瘦於蜂。沙渚秋蟬翼，陂塘碧玉容。妝嚴非照水，要與露相逢。

已　绝

已絕攀追苦，應知守始終。身閒難任事，意倦厭居功。日迴悲人老，雲屯念物空。看春香盡處，夏蘖自無窮。

古村晚坐

權將歌慷慨，來平意縱横。扑衣花氣重，照寺月暉清。華屋歸巢燕，禪門絕谷鶯。客心憐歲晚，顧影到天明。

立秋日有懷故人

遠山平暑氣，高樹淨秋天。熱久追風影，涼初感月弦。郊扉多枕水，館殿少聽泉。玉簟其安體，清琴可問仙。

湖行即興

念誰長落魄，載酒醉花前。計歲情追水，程功事勝烟。風從欣婉娟，露裛怯暄妍。每見傾輈死，輕儵最可憐。

端午贈友人

時序入中夏，南窗感日長。艾符懸綺戶，蒲酒泛華堂。清暑花傳信，松風草納香。牢愁晴晝永，何必念沅湘。

春日尋花門巷

仿佛舊年光，棲霞貯玉房。綃衣爭夜白，鬢影照晨霜。閨闥月拘管，階庭雨匿藏。憐宵花暗度，不寐寫琳琅。

無　題

欲下雲中奏，何求世外閒。安禪身易到，止念境難攀。有夢睡能減，無詩述可刪。酣歌歸委巷，孰與臥深山。

夏日醉起

眠山風色淨，別浦雨聲酣。時鳥孤雲聚，叢芳永夜譚。雅懷愁不易，幽興恨難堪。思量多陶鬱，聽花落髻簪。

禪院飲茶

久作山家客，方成竹院詞。感時常減壽，撫跡每增癡。雨約緘情遠，花期寄意遲。有茶輕玉食，異世樂相知。

念昔有感

停杯悲歲促，伺漏感年長。燕自尋王謝，人空夢稻粱。魚游多沸鼎，鳥擊罕穹蒼。念昔紛奔競，何如守狷狂。

夏晴即事

樓高起恨賒，分怨到天涯。林表光梳洗，雲端雨結霞。地因山爽塏，水欲客清嘉。常畏思無賴，輕衣嚮俠邪。

客中漫題

熏風促草蘇，湛露結真珠。功業如流水，韶光勝白駒。浮華非大罪，輕薄豈餘辜。未必南山臥，端居有玉壺。

元宵夜無聊思舊遊

郊野雪無聲，平沙見草生。微陽騰北海，暖信結孤城。紫陌憐風月，青門誤燕鶯。偶因春誦遠，長念夏絃更。

看山欲雨

已喜涼風至，何曾薄暮催。浮雲濃近墨，空翠濕成堆。擬畫煥新幅，旋書惜舊醅。將心吟遠嶽，看地動輕雷。

旅次聞樂

鶯語感春癡，流光送日遲。聽風生遠樹，惜雨落陂池。散帙緣多興，支琴爲少詞。兩間堪供醉，一曲最難持。

春郊行望

漫爾從春醉，聽風與夢交。吟窗紛細雨，芳草接長郊。禽語來花下，輕飔寄樹梢。日高人睡起，猶憶仰雲巢。

端　居

已識春非遠，傷心豈到秋。歲時誠不類，雲物偶相侔。誰信身無事，偏求願可酬。既聽風雨過，何必替花愁。

洋水仙

欲與雨交横，尤難逐水生。含香姿曠世，體素質傾城。綽約朝霑露，玲瓏夜囀鶯。惜無詩供養，不得到瑶京。

惜春詞

晴呀來窗下，循香感盛妝。豐容驚白日，宛態映瑶光。茂實騰鳶尾，英聲蜚海棠。欲從風擬議，追彼綻衣裳。

和酬故人春悶放懷見寄

嚮者任天真，阿誰懶慢身。流年侵雪鬢，生理付霜塵。偶與鷗分酒，常同鶴結鄰。惜花方別樹，有月已親人。

次韻仁方兄深巷閒行

細語從雲落，喧聲上碧檐。遊蜂交日暖，戲蝶會風恬。柳媚初開眼，人幽半捲簾。深盟花最擅，密訴雨能兼。

卷六　五律二

費城謁獨立宫

河漢傍雲生，玄黄浩氣横。興兵彌裂土，捲甲絕紛爭。宏義無情僞，寬仁有信貞。當風思遺烈，猶自感鐘聲。

費城景物清曠秉雲有詩因次其韻

居閒每寡歡，敢易夢邯鄲。井邑光風淨，川原白露寒。留甘雖味散，余慶尚神完。且降琉璃月，邀同徹夜彈。

新西蘭南島瓦那卡湖

客有愛晴柔，將身許十洲。荒汀方覺遠，斷渚轉生幽。獨樹難當夏，扁舟易逐流。渺然從此去，區中復何求。

蘇格蘭訪荷里路德宮側修道院

已涼驚節序，交晚嫩寒侵。古木分頹日，清風訪素襟。孤懷誰爲訴，幽興渺難尋。顧彼長閒醉，何妨作默吟。

過北約克郡登克利福德塔

風行黯寂寥，雲策到層霄。荒壘通關路，窮郊隔吊橋。性苛難苟免，情亂易傷凋。苦雨穿城過，憐悲不可銷。

溫德米爾湖早秋

如屏疊翠環，似帶繞湖山。露冷流螢濕，光華日色斑。槿籬花蓊鬱，岸柳鳥間關。秋老從人去，春明囑我還。

格拉斯米爾湖

由感湖山冷，啼妝嚮夕曛。雨藏迴遠陌，煙合失初昕。羈鳥歸巢懶，明光出谷勤。凝情悲歲暮，思緒轉紛紜。

安布爾賽德訪橋屋

擬想湖山好，長吟到薄明。憑闌常飲酒，欹枕懶移箏。曉月光遥夜，曇花惜短檠。鬱思歸去棹，促路照來晴。

春日遊布里斯托爾用十四鹽韻

山翠籠晴日，林光動畫簾。景韶偏氣暖，襟散感風恬。爽籟鶯聲細，清陰鳳琯纖。銷形支玉骨，消黯到眉尖。

加的夫城堡吊古

設若非羅馬，難知海峽平。遽然來凱特，奄忽去維京。浩蕩生前意，徘徊劫後兵。將無亡大道，霸業少清明。

奧地利山居即事

由來曉露侵，扶步費長吟。明月依前戶，嵐煙入曠林。歡情多識趣，綺席少知音。坐夜期良會，佳人不可尋。

特勞恩湖畔閒居

難追是故哀，可近屬新醅。念執青春去，機消白鶴來。憐人長受謗，顧己幸無猜。由嘆良時盡，湖山看雪皚。

哈爾施塔特夢湖

偏宜結夏陰，到此漫侵尋。白鳥交光綠，輕鰷入夢深。看山成妙躅，鏡水去煩襟。從月波心蕩，當風自在吟。

波茨坦無憂宮之中國茶室

無憂多自是，笑未識天涯。玉饌堆珍旨，丘亭乏茗茶。朗晴雖弄蝶，宿雨總催花。掉臂何輕慢，慚惶爲慕華。

過慕尼黑王宮

恩榮洽景熙，德澤邁軒羲。禁幄張瑤鏡，彤闌護玉墀。有香韶輦動，無恨客懷欺。纔欲尋耆舊，愁殷識亂離。

羅騰堡登眺

高樓接大荒，極塞蔽遐光。覆野霜侵碧，經川鳥瞰黄。參横低舊戍，斗曲映新坊。繡戶風秋勁，檐雲正列行。

由海德堡往海爾布隆小鎮觀葡萄園

已綴鬱雲涔，初溥浸露深。蘖枝纏絡索，壓架結清蔭。過雨新痕綠，經秋舊掛沉。銀罌方喜釀，金谷醉沉沉。

盧浮宮外夕行

日暮西曛久，星疏月半含。明霞餘霽色，玉鏡接晴嵐。有客人將老，無端意正酣。雲駢連鳳閣，猶憶美瑤簪。

再詠香波堡

庭花怕嫩寒，偎嚮玉闌干。好景偏多故，良時竟寡歡。追遊情有始，感恨夢無端。歸晚秋方靜，棲遲落照殘。

阿維尼翁教皇宮

霞開見阜丘，照夜和光流。戶啓鶯花顫，階緣覺草稠。笙歌連拱笏，冠蓋隔垂旒。列座無良會，堆床有別愁。

艾克斯問泉

鬵沸能何物，噴珠似醴泉。冬枯歸別院，夏溷憶行阡。映日霞文沒，侵雲樹彩全。興來緣底事，觸石起霏烟。

與友人馬爾馬涅小鎮席茵詠草

已自隨春去，還從夏結香。日高光水珮，雨細黯風裳。粉薄花平議，妝殘鳥會商。殷勤輪遠色，間月照池塘。

過昂布瓦斯應友人問

非關落日斜，但惜舊時花。就暖朝新雨，辭寒念故家。文章輕海內，意氣絕天涯。自量尊情性，從心任指瑕。

克洛呂斯城堡訪達芬奇寢座與畫室

念彼月之東，雕堂鎖綺櫳。光風來有限，佳氣去無窮。晝靜歡場散，更深露酒空。炫妝銜悵恨，凝睇對皤翁。

布羅瓦閒居漫興

橋横雲散影，水淥樹含光。霜結晨霞白，苔封旭日黄。鏡銷花翠袖，燈燼月霓裳。詞客無幽恨，雍容進玉觴。

尼姆卡利神殿

雲屯平野静，日迥斷山青。寒色循香度，霜陰值雨停。朝興常作劇，夕殞偶通靈。消黯人歸晚，光明聖到庭。

登馬涅塔樓

聞健好春田，輕歌快馬前。未思人射利，專顧我持顛。既欲生投死，安能食待年。山中多倦客，帳酒感行阡。

蘇黎世湖居

業儒輕廣宴，結旅每高遊。樂水交雲淡，欣山負月幽。擇鄰無俗客，違世有孤舟。將以歌滄浪，生涯付白鷗。

蘇黎世閒興

湛露感香細，交鶯識語圓。思先風過樹，詩後雨生烟。秋惜非無故，春悲實可憐。有心通妙諦，不意落言筌。

瑞士皮拉圖斯山早行

登高鶩早漏，振袂沐初暾。野匝風來急，岡縈水去渾。西齋聽雨落，蓮社悟泉奔。栩栩常思動，蘧蘧僅默存。

皮拉圖斯山遠眺

輕雲濕曉鐘，嵐翠近秋濃。斷嶺初興雨，殘光已入松。嫩寒花伴宿，溽景露交逢。客感留無計，思君不見蹤。

過楚格

落日薄西汜，餘霞半入崦。撫山風獨擅，淨水雪能兼。雨葉墜香砌，煙條蔓畫檐。看人頻勸酒，乃嘆隔珠簾。

因特拉肯晚坐望少女峰

天傾雲易聚，地聳雨難盛。隱媚疏人謝，含羞懶客迎。聽聲花已落，追影月還生。薄暮勞延佇，殷殷候曉晴。

溫根早行至晚見觸石之雲往來議晴涼爽如秋轉而微陰心甚喜之幾忘歸也

空谷翠盈杯，清風掠座來。光紛疑霽色，影亂失氛埃。積玉無峬峭，消瓊有磊嵬。瑤樽纔促席，明月正徘徊。

沙夫豪森閒興

晴旭麗鴛帷，檐墻照畫垂。人驚春夢促，鶯喚鏡華萎。席上承相顧，尊前辱見推。喬松何足慕，巢許實堪追。

韋吉斯行吟並寄贈諸友人

猶酣暖日熏，夢感濕行雲。水隔青陽鬱，山連紫氣氳。憐鷗違乞食，效鶴好離群。不盡東歸意，秋來且贈君。

克魯姆洛夫聽泉

風來櫟樹顛，光隱出鳴泉。雨濯紛朝霧，雲蒸散夕烟。花交枝擇木，鳥隔岸修仙。共月和誰老，清音可結緣。

波蘭馬祖里湖

應須體道尊，所幸性猶存。歌斷分雲竇，鶯連出石門。青冥藏袖折，淥水入眉痕。坐久思輕客，歸遲且合樽。

由總督府行過嘆息橋

雲孤風婉轉，樹老水迢遙。夢斷聞山靜，腸迴絕市囂。看燈光玉露，憐頰黯煙嬌。且避長街鬼，來行嘆息橋。

訪托斯卡納中世紀小城聖吉米亞諾

鸞旗出曉風，綪旆看山崇。雁字樓觀遠，鴻蹤雉堞空。夕煙迴鹿砦，寒雀別蟾宮。委骨多無謂，埋魂罕有功。

登高遠望佛羅倫薩

卿雲豁醉眸，紛鬱漫皇丘。水映天光爛，山增樹色柔。塵香驚物阜，陌紫感人稠。入夜笙簫靜，花仙始下樓。

拜瞻但丁故居

絕世走遐荒，傾城乃有光。濁流多淺昧，清第豈昂藏。饗宴人高貴，新生德令芳。遵塗猶道半，倚夢獨徬徨。

卡普里島閒居

由來性裕如，故每樂仙居。羅髻非愁結，修眉豈雨舒。會常輕海誓，何必識靈胥。惟念人佻急，尤憐水款徐。

訪那不勒斯老城

巖邑阻明霞，山陬集暮鴉。高樓紛落木，門巷黯籬花。有雨朝懷恨，無人晚興嗟。且將新造舞，來命舊時車。

錫耶納讀城有感

遲日冷雲屏，空山色半青。斷襟分倦客，零袂寄娉婷。感恨多行夢，清吟偶乞靈。看霞光爛縵，不信水留停。

過奧比杜什小鎮

輕陰隔曉晨，春信每欺人。枕上情方鬱，天邊恨始真。曲屏衣折舊，翠幌夢痕新。嘆月光常滿，清輝不到身。

弗洛姆高山鐵路觀瀑

霜嚴失畛封，初坼鎖蛟龍。玉破風侵道，瓊分雨過松。垂冰姑射貌，覆雪鶴仙蹤。路客遙相對，低眉難為容。

馬斯特里赫特初夏

顧盼滿庭芳，徘徊鬱盛妝。鱗雲同麗色，練霞擬霓裳。掉蕩花行令，蹁躚舞奉觴。佳人曾故里，才子盡他鄉。

多米尼加書店

意欲平三世，空教富五車。傷時長展轉，懷古每躊躇。豈遠山經責，難親正史譽。煌煌書册在，寂寂可安居。

春日遊高費呂沃國家公園

暖律動丘林，悠陽散積陰。輕雷摇遠陌，細雨洗澄襟。景勝固難遇，歡長豈易尋。霽光隨日淡，添入黛眉深。

過利瑟庫肯霍夫公園

玉葉散晴曛，金杯動縠紋。才枯形擬雪，思澀質歸雲。蝶戀想衫重，蜂迷感意勤。看春慵掇拾，惱袖溢香芬。

格拉那達晚興

長日自親人，花光倍覺珍。開尊思縛舌，發興感交脣。語嘿存純美，行藏見假真。由知生有盡，徹達可無身。

出葡萄牙阿爾加維外海觀豚

由來夢海塵，到此始成真。青嶂雲生雨，丹崖月借鱗。瑤壇無逐客，石室有仙人。止坎誠貽笑，盈科未足珍。

阿爾科巴薩閒行

吟情嚮水睩，看物正清嘉。橘性初披雨，神香每透紗。山河空世事，風月老生涯。尤憶松燃火，曾經雪拂花。

阿爾科巴薩西多會修道院有佩德羅一世及情人伊奈斯石棺兩者遙遙相望極似其人之生前乖違允稱葡版羅密歐與茱麗葉因爲其淒美愛情所感遂作二律以誌

其一

能從白日忙，來對永宵長。開鏡人增恨，吹燈鬼感傷。交風知瘞玉，委雨認埋香。即此泥銷骨，如何淚洗妝。

其二

臨軒爲日頹，傍檻欲停杯。照眼纔相許，藏身已不回。寒星何寂歷，流月正徘徊。恩好難留駐，癡情笑冷灰。

里斯本納科斯公園

自得小閒身，猶常陷六塵。鬖鬖風嚮晚，寂寂鳥依人。薄海無徵信，堯天有下神。近廛將遠俗，嘯傲且存真。

波爾圖大教堂

占星慰逝波，投海負靈鼉。殊恐天恩淺，尤驚物感多。驪駒巴洛克，別意杜羅河。無計平幽恨，長吟對素娥。

波爾圖自由廣場

閒眠苦日長，遊寓到他鄉。棟宇花垂地，樓臺月繞梁。快晴烘乳雀，喜雨濕雲裳。欲盡連宵醉，傳歌恨隔墻。

星島佛牙寺

年來理道窮，習靜絶時風。過眼消繁慮，經心去俗籠。雅嗟觀竹意，終羨忘機功。此境真難到，平情識片鴻。

人日思歸

陽氣轉春透，輕煙畫影斑。鏤金傳舊俗，剪綵飾新鬟。懷古送流水，登高望遠山。酴醿須萬斛，花醉不知還。

登二條城

薄明雲度月，櫻爛上華甍。鸝板敲宵雨，松屏過鶴聲。因臣心叵測，令主事無成。且降千金貴，徒然夢節貞。

晚秋過大覺寺

嵯峨生倦色，海嶽濕暝鐘。曲檻流清梵，連廊度暗蛩。有心從逝鳥，無意覓貞松。息念當籬菊，安禪自可宗。

金剛峰寺聞松風觀白雲爲作

梵音從雨落，幽磬隔山聽。翠筱珠林聚，孤雲寶刹停。依松常說法，拄杖偶尋經。客羨形容古，僧方等晝冥。

和歌山岡公園

畫丘橫海色，林薄恣闌遮。影亂多藏碧，光銷每誤霞。聽松期遇鶴，問水念簪花。解將輕愁去，清風已命車。

太宰府懷菅原道真菅原日人尊爲學問之神當其因讒被貶累子流刑京都迭出異象人有謂乃其怨靈所祟又傳寺本殿前飛梅來自京都亦爲佳勝

寒凝知雪重，點滴到梅花。晼蕙因遐棄，孤芳豈盛誇。寸松侵蔓草，尺壁沒遷沙。感激招靈怨，天街月正斜。

卷七　七律一

與友人寧夏沙坡頭渡河

源從西極上仙多，笑看東流出駭鼉。廢壘雁沙雲漫捲，荒墩龍磧石盤渦。浮來雪後靈槎路，劃破春初瓠子歌。問渡關程連紫塞，天涯棹唱意如何。

登梵淨山

山椒迢遰繡成堆，新惹輕愁入夢回。霧解禪思分化景，光搖佛影動屯雷。苔封露葉隨風起，花亂清簫和雨催。欲洗歸雲來勝侶，蕭騷白髮總徘徊。

鎮遠古鎮

鬼方霧露籠陰晴，堯日居然傍水生。連楚負山人少禮，雜夷隔巷市多聲。因知堆枕蘭翹瘦，轉覺當軒冠蓋輕。邀月就荒由興僻，漫勞宵雨洗雲程。

訪西江千戶苗寨

雲山孰謂路迢遙，好叫千家盡屬苗。來象夷居成列肆，去鯨雜處過廊橋。樵斤夕惕歸翁嫗，汲甕晨興付髫髫。吟罷夜空初浸月，浮光漫上動町謠。

觀錢君匋藝術文獻展感其詩書畫篆刻裝幀諸藝俱佳又工度曲大師宗匠才能通會如此誠非我等末學可測識也

爲輕吟骨足堪誇，老重詩心意氣賒。漫引青藤如滴露，閒橫古幹似劃沙。紫毫鬱秀分明月，縑素生香隱碧霞。傳寫由來爭象外，盤礴猶自到天涯。

杪春龜山月湖訪古琴台

牢落朱弦黯曉星，弄聲促柱指尖聽。清風如我原無意，明月從君自入形。因念高才悲默默，每求雅士惜惺惺。尚思流水賡前曲，坐夜心犀動渺冥。

東湖一日

浮生懷恨莫經庭，應愛湖山草色青。纔挽鹿車追狡兔，已將黄犬付劉伶。北窗落日渾無意，南澗行雲尚有靈。爲告春深恩未歇，當憂曲老不堪聽。

登東湖楚天臺

錦屏百里出高臺，邀得龍鱗帶角回。雲倚羅衣遮素手，霞文繁俎鬥遺杯。參差風柳忙翻雪，煥爛林珍苦作灰。廣望湖山歸騎晚，宿酲好送日西頽。

又登黃鶴樓

怕晚隨春上綺樓，君山念遠恨難收。書生放蕩千鍾酒，倦客飄零萬古愁。雁斷雲暝迷阻路，燕平雨急認歸舟。思追一棹誰知我，捲盡重簾付鷺鷗。

與客坐大可堂飲茶

自上高樓近日斜，難從俗骨到天涯。花因色老親燈影，人爲身輕怯露華。數片開緘紛竹火，半甌合座粲詩葩。思存月好行吟久，雨細風清可命槎。

拜謁梁任公故居平生欽服惟此一人因念其盛年早逝而賤命碌碌居然過之恥且愧甚

纔嘆危言正鬱鳴，車書已自到宸京。公羊有意分三世，進化無由覺五更。帖括至今追俗濁，高明從古俟河清。迴思虛度悲難去，聊掬心香絕奉迎。

昔溥儀改陸宗輿乾園爲靜園意在養氣待時然不明大勢徒增人笑天下事類此者正多每思及此不免長嘆

猶憶倉皇去廟時，尊前愁慘慟難支。擁衾檠短徒增恨，呵硯吟孤總費辭。選勝高樓思鳥瞰，擇吉玉鐙意龍馳。望中福號還宮日，蓮步輕移出殿墀。

過項城故居有感

絕憐風雨撼高樓，萬喙交煎可勝愁。此刻意中親鷲冕，當時眼底小王侯。三韓玉色連宵醉，洹上杯光達曙浮。應見蟄龍吟大野，徒勞望鹿恨難收。

欣聞聯合國教科文組織官宣南京爲世界文學之都因念在昔與妻子遊金陵爲作一律

何須憔悴醉高樓，豈止功名不到頭。既識地銷王氣盡，應憐水隔舊情稠。燕來故宅原無意，鳳過荒臺自可留。且效逝波從日月，閒心隨分作清遊。

題朱淵壽兄秋意圖

無風自落玉階東，不雨長陰閉綺櫳。露白霜雲侵苑杏，夜涼爽氣染孤桐。辭柯嘆葉情多絕，斷念悲人意少雄。豈爲浮生頻看鏡，心留跡去嚮頑童。

次韻明兄端午見寄兼答故人問遊

誰念安仁鬢早秋，結絲千緒感衰眸。樽前雖易銷春恨，燈下猶難抑客愁。綺席參差鶩鶴睡，香醪歷亂識情投。端居每覺天何促，故命輕橈入海浮。

蒙友詢今歲初度依韻奉答

豈嘆紛華不到眼，因知往跡渺難尋。乍疑世亂從兒笑，翻喜衰容對鏡吟。清茗半甌閒月榭，古香一炷淡花陰。念誰殘杪凋蒲柳，嚮晚窮交哭斷琴。

將買舟西遊爲作一律以答故人問

解倦湖山去復留，鄉心共醉獨登樓。巢由自有藏身計，嵇阮原無用世謀。渺漫月堤收巘翠，參差柳浦帶汀鷗。晝眠占得歸閒晚，好與他年說勝遊。

泉州謁弘一法師

嘗捨千般似忘身，敢親諸色戀紅塵。爲求了悟酬初念，寧絕深情負美人。香靄漸消縈誦律，磬聲頓證感緣因。迴思壽世無長物，有月枝頭可伺晨。

謁泉州李卓吾故居

市井愚夫最本真，力田作者見元神。陽求富貴非君子，陰采虛聲豈諍臣。失路常由心少靜，閉門多爲道殊珍。謂予坐聖難據席，可稱肩狂第一人。

遊開元寺

旦雲微度塔孤危，千尺輪囷見象爲。鐘梵風來迴楯柱，香林雨去入窗楣。禪房有客追青眼，巾鉢無人慕翠眉。君欲思玄因法起，我慚心寂轉生悲。

泉州有萬安橋唐南遷士人見其風物切似洛陽遂改題爲洛陽橋

春霽雲程嘆遽遙，鄉心坐困到中宵。迎塵遠翠紛關路，餞客輕梢斷市橋。傍日燕裙開紫陌，隨風趙帶靡青條。迴思邙洛如流水，歸老江槎總寂寥。

博羅東江葫蘆嶺見釣翁入定默坐有感

邀月東江照夜浮，瑤光流翠動沙鷗。階庭木客多輕醉，林壑仙真少絳騶。看水春深雲出岫，聽泉秋靜雨侵樓。誰營幽事思高隱，獨坐魚磯悟幻漚。

客中詠惠州燈會

誰放笙歌水上亭，剪羅群玉入雲屏。千門綠萼移瑤斗，九陌黃梢落晝星。月淡娥妝迷倦客，香勻嬌面洗襟靈。鰲丘冬臥歸芝闕，半照湖山正破暝。

曉起感歲除

爲酬佳勝抱危弦，不意傾醪損少年。因訝澗松篩日月，轉愁舊雨隔風烟。遠鐘水斷歸春靜，清嘯山分入望懸。起視雲衢除歲晚，花光一路到尊前。

早發惠州答友人

舊曾銜恨背庭除，新賦離騷到燕居。半世殷勤悲有意，一生儻蕩幸無車。人添歲酒拈彤管，我置春衫惜故蕖。豈爲朱顔頻覽鏡，韶光喚轉總難如。

客中感舊

在昔輕衫倚玉鞍，笑人索米滯長安。望空北里無紅袖，看倦南樓盡素紈。關月侵年催鼓急，渚雲換劫肅霜寒。乍回鐵笛平天意，應合殘生付鳳鸞。

年末感懷

投曉椒觴絕外緣，駒光迢遰壓霜顛。青山枕上溫殘夢，明月尊前照舊眠。檐雨入闈惟剩酒，海雲蕩意豈貪泉。此心隨臘傾醽醁，好送春襟到暮年。

戊戌新春懷故人

欲知晴旭看春頭，吹徹東風上鶴舟。勝插鏤金能對景，杯擎縹玉怕登樓。聊施薄彩平煙樹，漫寫黄庭亂寸眸。見説鷊釵無限意，甕眠豈獨爲情愁。

再懷故人

老來肯見物華真，起繞山庭意轉親。顧我酡紅初法酒，憐他慘緑每朝巾。豈因故恨增餘悔，總爲新愁惜舊人。百念淸空緣業盡，冰心銷骨滅蹤塵。

丁和兄素好新疆殘存壁畫前承召往訪其工作室直如入克孜爾石窟目迷神搖為之心折

苕華孰謂露方晞，何事霜鐘上釣磯。地佑有身千剎佛，天開無量萬年祈。重來觱篥存心證，曾響龍龕息世機。送翠浮嵐猶到此，能超境相嘆幾稀。

邨言兄有涼州天梯山石窟之行余頗羨之今因所贈美圖綴韻成律聊致意爾

石室梯天去雁驚，斷崖蔽日與雲平。漢臣雖已離龍闕，邊馬何曾忘甲兵。看鳥分陰乘晚霽，辨鐘隔霧對朝晴。不由霜隕愁人遠，無那琵琶作鳳鳴。

贛州通天巖訪陽明講學處

重來赫赫照巖廊，環壁屯雲繞玉牀。邀月高談銷永夜，倚風默對示周行。心無内外紛虚寂，物有粗精鬱耿光。天致良知非刻意，可營幽事棄文章。

通天巖廣福寺有雙桂堂初爲囚禁張學良所建因戰局轉危遂廢雖張氏未留住一夕然想其别處幽居風色或與此差同

昏朝數迭倚巖櫳，憑寄頑愁到酒盅。薄暮牽衣多冷月，詰晨欺骨獨陰風。曾拼氣力酬鄉梓，難訴心思對乃翁。歲華堂堂隨將去，惟餘好色近英雄。

秋日登鬱孤臺懷古

隆阜蕭然客雁斜，高臺鬱起動悲笳。歌沉玉樹眠霜鷺，潮滿平沙落暮鴉。舉族北轅曾有恨，敷天左袒已無家。途窮倚送清江水，秋氣堪驚入望賒。

從子再上樓觀臺

屏開三面白雲鄉，岧嵽樓臺蘊寶光。關路星敷來駃雪，流沙風逐沒春陽。道常有意存天理，物每無私伏秘藏。解會世紛由大患，因知衆妙水泱泱。

雪中訪留壩張良廟

見說知恩好俠遊，乃因累世有韓仇。量能包會歸行筭，智足祛疑賴坐籌。灞上扶危平大患，固陵靖亂扼橫流。一椎博浪何須論，紫柏功成更罕儔。

漢中拜謁武侯祠

自別茅廬算略奇，檄書到處盡降旗。素心原好吟梁父，夙志哪知表出師。勞瘁晨征籌稌粟，困傷暮角治行輜。可憐傾寨悲星殞，未識陵頹漢祚移。

韓城謁太史公祠

神功疏鑿玉書開，禹甸蛟龍石室隈。雲奪奕梁空素月，雨藏芝水罕新雷。謂知崇禮須財貨，難識酬交賴俠魁。烜赫天威惟自苦，層臺依舊仰崔嵬。

客中迎己亥有感

尚憶蕭騷冷月天，優容眷恨到君前。帝王勛業思歸土，客子關河夢入烟。采藥名山人在後，讀書精舍我爲先。感春因酒銷寒事，好記清歡又一年。

携子再謁黃帝陵

沮水環流夜未央，清光漫挹上陵岡。青陽似已通嘉氣，鐵幹猶能敵冱霜。山骨勻風雲制度，雲鱗興雨溉圓方。畢陳舞詠歌黃祚，始肇文明變要荒。

題庭戡女史夔門深秋圖

猿鳴淒厲起還停，擬議秋聲不可聽。瀨曲奔帆驚鳥道，湍迴駐馬度江亭。迅風撞壁興龍馭，密雨侵巖失舊銘。曠望天涯遊倦客，紛紛殘歲對雲暝。

巫溪旅次即事

秋暗屏山病欲蘇，遮羅萬物到江隅。愁殷稍近壚邊月，意懶多嫌眼底姝。已放孤懷親小卷，尚營幽事棄彤壺。遲雲歸鳥斜天去，好與初陽散綠蕪。

巫溪大峽谷感秋有作

誰許芒寒變谷中，似傾玉管倒瑶空。故山秋晚纔居岫，雲木聲闌已過風。眉染孤星霑倦跡，興違斜漢體幽衷。松醪無意欺衫薄，暗洗酡顔對葉紅。

哭昌平先生

春風纔與日交馳，未覺清明過雨池。相看敢期雙眼碧，劇談每獲寸心知。情同奉倩能無意，識較攀龍獨有詩。滿篋遺編空就緒，幾行流到淚乾時。

訪松江廣富林朵雲書院口占一律兼呈建華寧輝兩先生

逍遥永日傍松居，載鶴由人懶蹴躇。風伫晴窗迴舊月，雨侵曲院落新蕖。始憐璣羽雲生硯，終棄鵬鯨雪映書。但使餘年盈素室，共花老去悟真如。

示兒書齋之樂然彼甚癡懵可爲一嘆

也曾縱子效横行，終究羞爲瓦釜鳴。充架除詩無適志，盈瓶惟水有餘情。四時松裔輪明月，五慮梅犀入棟甍。天趣偶從書外得，豈能奔競事趨迎。

讀書日示兒

浮生枕上暮鬆鬆，風動牙籤漫退尋。未覺讀書能養氣，轉因憂世每驚心。人無長袖邀天舞，花有臯檠伴旅吟。俱下十行春水去，駕歸二酉豈遙岑。

旅夜書懷

爲享兩間曾逸樂，敢將明月入心來。眼無泠縫羞先進，舌有奔泉愧捷才。俄頃春華紛葉茂，須臾秋霰迫人哀。且由兒女朝天去，何必莊樗上嘯臺。

小兒美術館放言輕狂因以詩戒之

前生合與畫爲奴，思入愁腸病欲蘇。方嘆雲山興尺水，已驚帆席過天衢。誰家納芥紛珍象，何處藏壺亂巧殊。能事難追頻洗眼，枯懷聊托總鴉塗。

小兒不識茶好因作一律以諷

猶嚮屏山數墨花，興來棐几走龍蛇。松風有意勻香細，蘿月無心映雨斜。每屬新壺傾魯酒，更留宿篆過湘紗。世情慣看惟高臥，銷盡年光獨苦茶。

騰衝瞻拜國殤墓園

衝冠固爲息狼氛，隕血猶膏烈士墳。心效寒芒紛正色，志從霜節挹清芬。疾風任鼓敲邊月，促雨聽籌换虜雲。許國由來輕戰死，九原差可勒殊勛。

過文昌宫

嘆誰星斗焕宸章，來應圭璋動鬼方。望北無緣求聖跡，投南有幸賴文昌。衣冠肅正歌清廟，琴瑟和閒拜素王。瑶席共人悲隱璞，靈旗獨此耀寶光。

元龍閣

元精凡隔含中極，龍脈幽通焕斗樞。臺閣文章多讓頌，林泉謠詠少聞諛。有風習静依廊下，無士行歌繞室隅。魁宿詞場空費力，乃憑昔聖嘆非觚。

北海濕地

欲就露蛩來地濕，换山秋淨去雲閒。深蓬沙鳥驚風起，淺沚松鳧逐槳還。芳芷嵐横光有意，女蘿水束色無間。慣從幽獨消清晝，別趁花陰照鶴顔。

幸曉群先生招飲得聞王强藏書趣事誠可謂廣雅美備不可無詩

既爲駒陰歷歲殘，何妨綠蟻醉欄杆。風來花瘞歸詩篋，鳥去宵迎入曲闌。舊槧留心資有盡，精刊經眼夢難安。憐人金屋欺城百，孰與書窠結古歡。

伊雷木湖

一痕煙水露微凝，礙斷春光照夙興。聒地清流平沮洳，徹天黃葉捲嶒崚。雨頻疑有秋傳信，風暖原無雪積棱。寂寞青衫空褭褭，頹雲看墜夢難憑。

高昌故城日落

忍放清笳出堡宮，夜吟素旆嘆樓空。雁銜霞景憐餘照，人死關城剩玉驄。戟攬沙流驚海動，氈催雪化感春融。問誰握算知成敗，天笑持籌必計窮。

禾木早秋

四圍山好歌籬落，一脈灘流唱小橋。松爨方寒歸夢近，平阡每迴首途遙。微禽羽暖傳秋霽，宿靄光迷攬月宵。賴有村煙依隴樹，始知去雁路迢迢。

猶憶昔日初到星洲承朱金濤老先生握手殷殷邀過其家其間忽忽雲隔已歷廿載因嗟古來交情多蕪沒如此正可增人傷感爾故爲一律以代仰嘆

似他初醒懶交酬，半爲愁生感舊遊。步月寸心悲逝水，訴秋雙鬢嘆蜉蝣。端居憂切思方遠，淹泊年深夢愈幽。入望江南憔悴地，披圖誰信有情柔。

二十二年前余任職日本九州大學與杉美智子老人結成忘年交感其內奉甚儉而外圖豐潔誠非平人所能及今憶其訓範想其言容與夫殷勤關護之種種猶銘佩無既

重來浮夢結翬甍，漫替人愁到鳳楹。陳跡傍雲交歲去，故懷倚月逐盃傾。寒蛩凝暮空階雨，歸雁涵秋黯市聲。難久韶顏非所恨，知猶念遠獨心驚。

冬至日思親

又承淑氣凱風催，至日新陽歲律回。吟雨如何空倚樹，瞻雲無那每逃杯。仰思靡寄違萱草，孺慕奚憑就死灰。欲賦蓼莪悲往事，松阡夜半起徘徊。

因友人所攝念獨秀園主人《新青年》發刊詞敬告後生需遵循自主的而非奴隸的進步的而非保守的進取的而非退隱的世界的而非鎖國的實利的而非虛文的科學的而非想像的之宗旨仍爲之動容

未須吊古吟方澤，仍自傷今傍故丘。顧己愁殷頻所望，泥她情重復何求。敢循民主開風氣，寧取虛文逐勝流。可嘆中宵長抱影，傕戕英傑竟無儔。

因王偉先生欽使第圖憶及曩昔亦曾往訪因爲一律以誌景慕之忱

世亂從來期幹吏，天傾叵耐付鄉胥。九重明主悲昏噩，萬國諸侯恨險狙。德未朝辰多蝘腹，才堪用命豈空疏。運籌徒自參戎幕，養拙何如就燕居。

憶昔二十首 並序

偶寄塵世，日接遷變，衡政與蜚災，可謂間出如劇戰。惟當年雲邀雨去，足跡遍天下。雖老柳官路，仍可見魚浪吹香；斜陽古道，正不乏酒醉歌斷。而況天風吹送，萬里鵬摶。十洲之外，更覺無涯。以彼山容水態，慰此雲愁霧慘，神思差可破悶，緬想固亦足以送日也。因爲作《憶昔》二十首。

其　一

升真羡甚駕長風，步舞天街豈有終。訪院每能增袖綠，過橋無計對花紅。衣披霽色歸香閣，歌挾嵐光上綺櫳。鼓棹纔隨春水去，秋聲已自到梧桐。

其　二

不覺閒宵刻漏長，管誰蕭索夜焚香。夢中清制間存漢，醉裏英辭盡避唐。顧己貌恭多攝勇，笑人量窄少懷強。叵思攬鏡留顏色，惱損輕愁已過墻。

其　三

日促年賒感速忙，看人爭賞費平章。酬誰知己頻傾酒，與曷牢愁絕鼓簧。望月容光雲外度，聽風約恨霧中藏。勉從殘歲新華髮，好共菱花比淡妝。

其　四

載將春信過江南，慵倦風流豈顧慚。重閣連樓迎曉露，雕甍隔日接晴嵐。幾家墨漱能書錦，何處花開不可簪。客久厭隨吹逐去，周帷獨下夢由聃。

其　五

曾裁白紵春衫窄，偏好棲遊不顧家。快雨亭皋垂夾筱，停雲林薄鬱明霞。雅懷高論通無際，偶得閒身悟有涯。消損光陰成底事，祇今江海寄浮槎。

其　六

送聲流水過門前，托夢青山到隔年。月許未渟雲靉靆，露滋似放草芊綿。慚今思淺悲難訴，羨古情深意可宣。十里浣花銷倦跡，不知秋已落霜顛。

其　七

呼將同窗舊少年，如春心事實堪憐。誰牽翠袖多成夢，孰別蕭郎妄作仙。月末清宵輕露重，人當晚境貴形全。有情秋送都門柳，莫再垂緣到眼前。

其　八

別來作樂誤思齊，歸去謀歡笑失題。素雪乘舟常訪戴，清風動駕每尋嵇。貪多妙筆圖寵縱，恨少瑤琴度嵽嵲。酒令今宵成一快，夢迴昨日感靈犀。

其　九

長因逝水繞清池，慣夜無人起暮遲。別後誰能安客枕，樽前孰易覆傳巵。每如意處憐殘月，偶著香時感病枝。懶應世情非異趣，重增離恨且吟詩。

其　十

也曾與嘆真頑劣，不意前塵逐夢來。日白漫誇爭海立，口黄輕諾較山頽。功成豈計甘中苦，歡極能知樂間哀。總爲江郎癡肖我，故憐楚客枉稱才。

其十一

誰見駒光照麗人，胸中自有艷陽春。因知堅礙非通透，故體狂佻認率真。氣盛偶追江左筆，性平豈逐翠箋珍。送吟日落歸雲暮，削約機心始近仁。

其十二

憶年尋壑誤平常，萬仞紛來孰敢當。偶惑性溫偏植骨，總慚識陋巧和光。有教俗世長傳道，無類庸人獨對墻。欲遣清明生眼底，要分立雪好升堂。

其十三

每與豪談催晚漏，常同高宴到初暾。憐他買醉纔驚睡，笑我追歡已叩門。而或安閒存壘塊，從來偶俗諱詩魂。斯須春信如駒隙，吹冷哀情嚮曉昏。

其十四

錦袍公子笑池鯤，漫縱驕驄氣欲吞。因客賦詩侵海色，任卿弄曲溢春痕。山巾茶竈晨當夜，葛屨魚磯市作村。行盡瀟湘甘退老，聽雲慵捲自除門。

其十五

窣地重簾逸響頹，流光與夢迭相催。望雲亭院空題葉，候月妝樓枉弄梅。日暈愁殷期舊雨，更深思切屬新醅。欲將沉醉悲涼換，恨度鸞山鳳不回。

其十六

曩嚮先賢覓故知，貪書自分勝錢癡。案螢且枕千秋筆，簡蠹猶眠百代詩。覆簣已悲朝泰嶽，蹄涔仍嘆攬杯池。老來廢退成何事，懶見長庚偶聖時。

其十七

訴愁到曉是從前，指上泠泠每自憐。帝子無心頻顧曲，湘神有意枉隨緣。孤鸞解雨花當戶，別鶺行雲月慰眠。暗恨銀釭今照夜，奈何良會已秋弦。

其十八

花氣熏衣未傍身，漫遵大道已紛塵。顧誰寶服輸雕帳，視我驕驄勝美人。因羨五侯存老輩，每輕四姓冠時倫。感今摩腹從殘歲，許看私心豈作真。

其十九

憔悴由來處處同，催花無故嫁西風。雲平縑素光寒色，雨落生綃黯候蟲。迢遞殊難從歲暮，邅迴偏巧脫途中。夜闌轉劇因誰恨，絨怨相思對畫工。

其二十

高真駕鶴懶行周，辭嶽乘龍汗漫遊。朝食虹芝纔整服，暮餐霞液始韃鞆。醺微桂渚惟煙侶，睡重桃源豈別愁。看客墮心傷局束，玉牀人早動仙騶。

邀人論詩戲作

豈與悲風歷沍霜，南窗誰復對蕭郎。人移花影分寒瘦，夢寄蟬聲出萎黄。曉景露晞來月戸，雪氛雨止去霞觴。倚多梅驛驚幽獨，吟剩詩癡入縹緗。

次韻仁方兄元日苦雨

誰放東君吹律管，來驚青馭暖光輪。稱觴草色能留宿，合意松聲自近人。鶴帳殘宵聽細雨，藜床遺卷感微塵。坐深詩鬢爭窗白，愁惱無端懶送春。

題花二十首並序

屬意題花，非爲喪志。乃因雁語須仰秋碧，鶗啼不離春紅，花間新辭與尊前故事，其情一也。又綺語未必無高懷，刻翠鏤紅未必輸繡虎雕龍。況人間惟花朝可對月夕，能惜物始真知遺世。事境匪一，人心不殊，從此而取去者正多。故寄情紅藥，掛恨梅枝，非敢奪古人之麗唱，要亦爲浮生留跡，爲素心存照也。

白梅

適見東君坼素裝，玉魂教墜懶梳妝。清臒映雪收寒蕊，淡佇銜霜洩冷香。堆恨疑春投曲岸，割愁病酒怕橫塘。憐渠片萼淒涼甚，照己孤高躓道旁。

玉蘭

見憐淨相每初含，敢試簾櫳對曉嵐。瓣簇縞衣方刻玉，香分霜袂已停驂。枝頭乍褪空階訴，月下纔開別院談。嬌倚欲欺東麓雪，堆雲猶令百花慚。

蕙蘭

楚畹光風究可哀，謝庭門戶早生苔。貞芳誕秀原同體，淑景揚輝豈別裁。霞佩鸞腰非損色，雲棲空谷恐傷才。高情未必輕裝束，故媚濃妝嚮晚開。

櫻花

未肯堆雲落帝衢，來酬疊雪壓瓊都。看分雨霧投波鏡，坐合晴霞動曉蕪。因惜錦腸多故尚，敢愁珠唾少新吾。希回律暖光平野，留半春酣共枕孤。

杏　花

非僅深門有此花，蕊香勻注已烘霞。因輕迥陌同風暖，忍放郊原別月斜。虛夢難尋隨日促，流光肯信覺年賒。愁來思寄南窗竹，春恨迢遥到九遐。

海　棠

應憐九陌和光收，莫誚千門懶寸眸。流景橫當逢葉下，蕙風搖接會枝頭。雕櫳隔夜分香細，鏤檻連雲合雨稠。念醉清樽歸唱晚，玉簫吹夢藉天浮。

李　花

已遣瓊妃出玉宮，清貞欺雪與雲同。色横疏影溶新月，枝綴輕芳淡晚風。練帨霜裁歸別院，縞裙雨斷下簾櫳。韶容總趁晴光好，非爲高情逐靄空。

桃　花

雨合香收月半斜，風教蕊放過墻笆。池添淥水方生色，岸隔行人已戴花。輕薄責誰偏俗近，深情護我竟清遐。看春吹逐從仙去，盡畫慵眠懶要遮。

杜鵑

寶瑟空彈惜舊年，訴同望帝實堪憐。雲盤正色連新雨，樹捲朱箋隔曉烟。逃席醉分香勝酒，投閒笑合月如弦。古原離恨誰能解，孤客春心未可宣。

三角梅

作意逃禪徒僞飾，牽情避俗計何窮。紉蘭自古多迂闊，采菊從來少邃沖。因賞香分充綺夢，猶希紅近顧瑤空。許他霞陣侵滄海，入我仙樓小卷中。

淩霄

何物飄飆勢獨乘，欲循天步巧登升。肆偷暖靄忙牽蔓，俏訴晴雲懶引藤。中夜懷縈紛繡障，平明運任轉陵嶒。爲因蓬附歡難久，終嘆嘉榮豈可矜。

蝶蘭

別久猶然結翅垂，憑多漸暖看消衰。夜窗春恨歸莊夢，曉鏡秋凋入董帷。麝粉翻輕思少色，螺紅惹暗蹙龐眉。念誰翠裏香依舊，無奈兒驕總不爲。

百合

映庭月教媚風裳，照水燈前夜未央。作意有人逃俗世，起心無客避禪鄉。酒侵癡沉思今暖，衫染雲情勝昔涼。委落當年曾度曲，許它仍帶舊時香。

牡丹

宿酲別恨倚闌干，落日離愁到曉寒。篆靄宵驅憐月滿，燭光晨偃惜芳殘。希風欲挽徒心照，泫露思扶敢鼻觀。笑擬霞箋惟綻朵，暗欺香陣上衣冠。

玫瑰

何處燕支露未晞，擔頭狼籍敢疏稀。煙侵沉麝風纔拆，雨染檀妝鳥已依。戴日朱英烘蝶翅，縫香寒玉入人衣。藥闌綺席逍遥客，誰放吟懷接地圻。

葵花

休言朱夏盡宫黄，專伺恩深著盛妝。上苑傾陽忙結子，終南背日果遺芳。枝煩雨露承嘉景，葉共雲霞感烈光。可嘆人情從物性，未知孤絕勝恒常。

睡　蓮

摇灩星津夜未央，魚鷗驚起水生凉。風嗔螢暗花承露，雨惱蛩寒果結香。曳錦羞含留薄膩，垂羅媚隱挽餘妝。素娥因嘆韶光淺，遮斷清渠誄曉塘。

赫　蕉

排蕊無端似步摇，垂香合與列光銷。蒙蘢絳蠟初成序，焕爛蕉紅偶結條。增艷碧梧聽雨斷，助嬌懸圃任仙邀。且高白帢同羅袖，從鶴雲輿到紫霄。

繡　毬

蒸晴似護遊仙客，浥露如乘訪隱天。誰爲星闌猶厭重，待風吹墮到門前。曳光乍秀欺庭暗，抛影微含照戶鮮。持將寒團從淨植，貞芳能瘦始堪憐。

水　仙

欲擎曉露孰爲憐，綽約仍扶到枕前。體素臨風盈翠袖，練容對雪拂清弦。湘皋怨別思無盡，鶴浦傷時恨有年。高勝天姿雖抱魄，洗妝隔水豈稱仙。

春行八首

其　一

雲如恨薄訴清宵，雨似愁長到曉朝。花底韶光分翰院，樓頭煦色棄詩寮。平莎茸嫩鶯傳語，垂柳金輕夢隔橋。已絕新陽歸寂寞，別求望眼出夭嬈。

其　二

暗老紅顏是歲華，蕭騷白髮豈年賒。屧廊坐困吹煙直，歌榭投閒待日斜。挽我風裳新結束，念她水佩舊塗鴉。既從髫稚慵眠足，肯放清樽對晚花。

其　三

許它有意月侵床，無奈傷心過畫堂。感物偶推投老事，應時每謝倦遊妝。憐花枝繞歡情薄，嘆樹梢纏別恨長。惟解愁輕宜綺燕，敢聽永漏怨離觴。

其　四

曾交雲物付卿填，欲檢緗囊到隔年。別後經風方落幕，望中過雨轉生烟。離心偶枕黃昏醉，羈恨偏從白鶴眠。怨古蕭條聊寄贈，淒今憔悴嚮迴淵。

其　五

勞生排悶總無方，愛此金柯隔曉光。看合恩深頻照水，望分暈薄懶梳妝。芝庭候月驚蝴蝶，蘭砌堆雲挽鳳凰。倚疊屏山愁帶雨，與君吹夢到瑤塘。

其　六

晝長睡起是何人，中夜猶期看露真。合與秋悲傷後世，端憑春惜感前身。風聽虛枕甘徵夢，雨待疏簾枉費神。擬想王孫愁好句，豈知思婦已蒙塵。

其　七

交加日影欲誰知，凝榭芳塵懶禁持。陌上草熏初弄翰，閨中風暖久含姿。已嗟醉後來雲早，又感燈前到月遲。取次嫩晴悲歲促，由它顛倒落璇墀。

其　八

好從情怯少修函，別趁風熏到客帆。常減吟腰因嗜醉，偶侵檀袖爲貪饞。東都雲臥不開鏡，金谷春行每試衫。漏暗忍同花落寞，醒誰夜半誤梢芟。

夏蟄八首

其　一

坐久南窗覺簟涼，困依別酒入愁腸。杯收癉暑歌從舞，月壓清宵曲繞梁。雨帳傾心嫌漏促，風帷側耳恨筵長。顧誰帶緩思遙夜，孰與衣寬正未央。

其　二

轉午桐陰正寂寥，慵拈松扇憶殘宵。水窗楝露曾朱萼，雲檻梧風早夏條。文酒勉留當夕月，綺思難度曩時橋。憐她枕印無窮恨，空逗年光赴曉朝。

其　三

雲樓光溢正芳菲，燕榭笙歌動曙扉。書幌別生筠簟冷，畫檐還壓市聲微。從妻誤每歸情障，誡子恩常出麝幃。一霎熏風銷百事，傾杯聊供送斜輝。

其　四

慣夜傳燈速羽觴，隔宵晝永懶筵床。雲行看易愁無盡，泉漱聽難恨有常。晚景初開隨月落，曉陰乍合與花藏。情深不少同甘苦，腸熱何曾計得喪。

其　五

枉勞倦客哭途窮，困倚雲根辨鶡鴻。蟬曳枯聲驚燕殿，花搖清影媚蟾宮。廢書面壁原無事，執念參禪豈有功。投老世紛誰解會，且由逝水學通融。

其　六

任它哀樂落誰家，豈省人生有鬢華。朝候虬檐花入目，暮尋朱閣雨成霞。緣階薄草翻風隊，隔水鶯簧趁柳衙。奐若長嬴不浸月，秋心無問亂如麻。

其　七

會須宴罷獨登臺，豈顧眉愁苦不開。候雨隔墻隨月去，聽雷過葉逐風來。已貪朱李沉寒水，又念甘瓜出絮苔。銷得勞生無底事，由它與夢共徘徊。

其　八

玉容明滅弄輕陰，共草芉綿隔黛岑。曉色含煙生曲水，簾光浮影起瑶琴。晴眉客興多椒醑，雨脚愁情冷醉衾。解教冰牀空獨守，醒誰夜半總低吟。

秋興八首

其　一

從來無事好登樓，不意行歌轉貯愁。因植高梧能望月，故辭細漏免驚秋。斷香侵老悲寒促，殘酒催頽感歲遒。已嚮湖山尋舊跡，芳題何處見棲遊。

其　二

際夜商聲最可憐，交愁浮漾到門前。攤書孰若佳人醉，選石誰同逐客眠。朝興春敷增匪什，夕嗟夏茂愧瓊篇。鞠歌迢遰追涼去，忍對流光又一年。

其　三

白頭誰賺褪紅妝，好教童顏駐晚霜。憔悴人多悲宋玉，逍遙我自笑馮唐。堆金岸幘花侵座，貯酒披襟月勸觴。解會稠情消易得，強懷故此惜尋常。

其　四

支離瘦骨自參差，潦倒秋心感禁持。狂盛偏能招世恨，情深未敢付人知。鹿門冷落無妨貴，峴首蕭條不礙癡。種剩相思從率薄，等閒陶寫已成詩。

其　五

強從抱一未存真，自覺儒冠每誤身。殞節輕生非烈士，投名效死豈雄臣。鴣蓬可與搖池月，鵬海難同媚世塵。小迭眉愁迴綺袖，坐聽落葉起霜晨。

其　六

謂裁雲影別南枝，乃換花光去到遲。白眼看殘胡旋舞，清尊會盡挽歌辭。鴻蹤已絕人歸後，雁字初迴月上時。憶昔高樓輕逐客，空山委落又誰知。

其　七

山閣松風到晚亭，石牀花影曉來青。嚴威幾未侵書幌，渥澤多曾過畫屏。懶覬譽臣交闊綽，敢存逐意賦零丁。時窮無墮當途淚，命薄何妨任運停。

其　八

愁春了結苦貪歡，漫付梨雲別倚闌。漏暗難同離恨盡，月明易與薄衾寒。居閒佳麗堆紅足，感促書生坼夢殘。坐夜南窗天欲曙，知誰無意過邯鄲。

冬暄八首

其　一

浮生景急送途窮，夢折頹年萬事空。夏簟舞停羞月白，冬釭衣裂愧花紅。幾家檻曲無霜結，何處檐牙不雪融。被褐荊山非泣玉，棲巖可問睡如弓。

其　二

鄉心羈久苦塵勞，宵坼無端對鬱陶。年瘦看雲迴隴首，冬肥困雪度江皋。孤明偶得知三昧，靜照時歸誤二毛。愁起強籌留客夜，與君投轄醉松醪。

其　三

怕上高樓懶近人，從知才子命如塵。擁書泛應多情僞，抱樸周當乃道真。累釋娑婆無量苦，恨消宛轉有年身。北窗自足閒因水，南嶽邀雲豈翠綸。

其　四

風引雲崦隔曉晴，雨藏煙岫月光明。思心猶未通三島，羈恨居然結九瀛。已愧水清傳鶴骨，敢承雪潔寫鷗情。久違孤醒成濃睡，偏教梅犀候起更。

其　五

易蟄龍蛇懶出頭，難空蔀障怕登樓。眠窗自信風平意，步野誰憐雨勝愁。眷彼日窮能挹翠，撫茲質薄敢臨流。解襟合與青山老，休駕還從慧海浮。

其　六

未嫌瓊巘阻登仙，已喜修途結勝緣。雨氣蒼茫當雪後，嵐光歷亂每花前。愁連世事不堪問，夢隔生涯實可憐。晚嚮伯陽閒悟道，邯鄲枕上豈安年。

其　七

念誰投老夢來徵，敢效當年意縱橫。雪頷碾香雖未醉，霜髯鋪玉已先禎。松扉落唾書無蠹，石鼎流泉木有鯨。剪盡蛛絲同世網，高閒一日到心城。

其　八

欲洗重陰未可猜，愁方日日接天來。風因浦月常添病，雨爲汀雲每動哀。將死猶難輕俗骨，已生豈易蛻氛埃。致身須到無心處，物外誰人識雋才。

正美

正美高眠醉阜丘，覺來樹色已云秋。光濡桂影螢流夜，露洗輪輝月滿樓。雁斷舊愁歸夢穩，書添新恨換恩稠。憐伊未許琴心去，故置春燈賦白頭。

十四日感懷

當年禮薄感情柔，敢試春衣逐興幽。夢裏松霜侵酒肆，樽前桂露照城陬。燈圍滅沒來嬌韻，花倚參差結故儔。問月遮闌成獨醉，十分清徹到高樓。

巽齋老人碩學通儒李越縵謂其鈎貫諸史參證輿圖辨音定方俱有心得今再讀其集憶及曩昔嘉興訪舊詩證其行感佩之心愈熾

縱横逸興看誰真，踵跡先賢獨有神。憂世魏源多後繼，著書戴震少前身。心行筆法傳雙鬢，目極邊雲歷九春。貫學刑名誠碩老，吐吞海日豈能臣。

秋吟

正喜空晴日曜金，何愁霜氣結平林。樽前好雨堆瑤枕，葉底良風透錦衾。曉霧遠横山染翰，暮雲遥帶水彈琴。怕無常歲笙歌伴，起爲餘年徹夜吟。

春　恨

爲挽春殘帶曉妝，奈何秋老染風裳。蛾眉忍見瑶山皺，霜鬢常從慧水汪。能別恩深思爽靄，難回年少慕韶光。零歡已自堂堂去，斷恨因誰最可傷。

冬日負暄

聲度新風候晌晴，影搖初月誤遷鶯。披圖每忘交茶語，掩卷常依結酒盟。句滿錦雲黏繡闥，夢清香雨落雕甍。南華自寫芳菲意，鵬背空勞氣縱橫。

困居憶舊遊

纔趁韶光看欲癡，居然頑石有華滋。露濃月濕風來早，煙嫩雲停雨到遲。景夕歲徂窮送客，涼初興罷懶催詩。信從雁影追人去，好記箋尘物換時。

小雪後思春遊

由她雲趁蕩空寥，許我風吟到曉朝。看老花殘常玉立，聽多宴散偶琴挑。門新月借來香近，誇色歌傳去路遥。須信有心天作合，奈何無處度燈宵。

庚子年除夕

未從細雨醉花前，敢與長林竝枕眠。白髮映霜疑鳳鶴，清吟逐日證崑懸。欣詩有得翻常典，嘆道無緣續外篇。短燼因情留故跡，殘聲帶恨入新年。

辛丑元日感作

難得殘年知景暇，歲闌先自夢清嘉。開遲玉樹追初雨，落早庭花慕暮霞。斡運靈威平氣序，昭融洪化潤人家。猶驚物候愁蘇醒，記省東風客意賒。

座中口號贈内

憑誰薄雨數枝開，折寄春風到鏡臺。愧我德菲希逸筆，負卿恩厚候仙才。起遲通夕常能解，吟倦連宵總費猜。還道有涯遵禮斵，料應無盡付天裁。

朔州佛宮寺釋迦塔

每自青霄象外求，免從諸色亂迎眸。鶴翻花月凝危閣，綉錯金光倚寶樓。靜對有心空極樂，繞吟無地鬱孤愁。因思賓雁歸春雨，何處檐鈴可寄秋。

瀘沽湖憶往

愛他山色鏡波涵，勝彼湖光動嫩嵐。薄日仙都惟簡寂，昏雲欲界止癡貪。風裳迭秀迴珠履，水佩堆香綰翠簪。小滌煩襟銷永夜，好開醉眼供高談。

湖居閒吟

歸來已悔誤從前，故好將心惜舊緣。眉翠何曾追雨去，鬢雲猶自賺人憐。對花意亂長逃俗，顧影神清偶遇仙。因倚湖山空過日，此生隨分嚮魚鳶。

客中歲旦感作

臘盡香眠歲律回，晨興繡坐看窗梅。浮榮景換離心促，世事光同節物催。難逐高情存薄具，懶從俗客送深杯。應憐太古新開曆，羲馭殷勤遣雪陪。

人日感懷

且倚輕寒弄素娥，百年無幾可銷磨。梅藏生意和風軟，柳著新陽淑氣多。吟剩春蔬還大噱，歌殘社酒敢微酡。因知作勝堪摧折，剪彩惟宜唱爛柯。

感昔遊十二首

其　一

豈信愁思黯嚮晨，偏聞曉夢落殘春。韶顔未駐尋藜杖，華鬢初成易鹿巾。宜夏貞芳山寓目，合秋露草水文身。難長頑健横滄海，仍愛清溪月照人。

其　二

振衣絕唱我將行，載酒高吟送月明。爲恤吹殘恩乍洩，故憐叫落怨初生。錦雲作色忙興雨，倦鳥銷聲懶弄晴。應惜情深人易老，對花聊爾解朝酲。

其　三

關峽星懸動客心，重岡日落杳難尋。早歸春黯花間月，晚散秋明鳥隔林。清曙傾崖風削翠，瑞霞漫壑色熔金。欲傳松籟分仙響，且放雲濤展誦吟。

其　四

錦屏秋合夢雲消，暗換年光到津橋。出谷遷鶯曾習舞，來巢梁燕懶聽簫。迢迢良夜吟風美，寂寂篷窗感景韶。忍減金裝從逝水，奈何玉砌苦寒宵。

其　五

晨興曠望久難開，坐晚佳人苦未回。雲起千尋悲景逝，風從萬里嘆流頽。歇花鶯舌羞殘句，住雨冰弦讓滿杯。投老蘭橈君欲去，倦游江月我徘徊。

其　六

憐渠語斷每嬌瞋，聲悄居然妙入神。梵宇檐虛迴夢幻，香龕風靜掩情真。似從急景親琴曲，誠迫頽年怕鏡尘。消得尊前明月夜，來同閣淚對離人。

其七

初長此夜惜朝暾，敢近重雲體晝昏。山嚮冰融常有態，水從雪暖每無痕。昌風奏曉吹原樸，金景光秋吐大渾。爲歲愁深來地市，乃宵樂甚謁天門。

其八

曉陟霞梯經絕谷，居然蠟屐换輕鸞。丹崖度日來風急，翠壁連天會月闌。寶色宣靈仙晝地，嵐光毓秀鬼登壇。懸知塵世誠難測，因信神功最可觀。

其九

疇辰接軫迴晴月，此日花藕破曙烟。敗壘架梁殘畫柱，荒臺負棟剩榮椽。葵丘風暖連逵陌，麥甸天低隔嶽阡。可嘆人前留醉眼，歸骸泉下竟無眠。

其十

際夜誰吟柱影斜，寫憂不免感年賒。見知庭樹興慈雨，故嘆西風散瑞霞。堂上爭高愁咫尺，閨中鬥麗恨天涯。重門應許分流水，淨院還宜照落花。

其十一

無須棹唱水中央，看鳥淩虚效鳳翔。雜樹千巖原帶雨，澄潭百瀑自含香。捲舒何物知風厚，蕭爽誰人感景涼。擬想天涯行客久，匡廬未敢問柔鄉。

其十二

風恬有客倚松軒，日暖無人到小園。夢裏滔滔生海市，花間汩汩落魚鼋。遥光曙值思招隱，餘韻秋逢好避喧。忍爲清遊疏舊雨，聊乘晚興近童言。

天　壇

亭亭古柏較天高，照地神光注太牢。日麗圜丘無鼓瑟，煙開丹陛有雲髦。德馨斯飫由忠藎，嘉稷何歆絕寵褒。欲與蒼生年歲熟，豐穰祈彼恐徒勞。

合肥訪李鴻章故居

已盡長才嘆絕倫，敢輕國計惜殘身。小廉違意徒瞋目，曲謹輿情總乏神。忍辱免災稱宿吏，匿瑕嘔血屬樞臣。入都應念多紛難，再造玄黄未作真。

觀唐模村許氏支祠

綿歲春榮歷故枝，曠閒夏茂看多時。荊扉夕雀侵更鼓，墟落斜陽照廡墀。扶杖課兒循舊律，披襟呼友步新詩。已登秋稼誠豐足，子弟修齊最可期。

登天柱山

羨彼肌香帶雪寒，乃矜骨秀倚闌干。雲齊林薄風三折，日煥霜空路九盤。已怕傾雷思耳順，尚逃瀉霧苦衣單。爲憐仙度無人問，暫息機鈞護夢殘。

賀家芳大師徐霞客畫集出版

歲律侵尋豈有終，來同清景逐瑤空。濃分今夜冬山睡，淺暈他鄉宿雨蒙。霞積崦嵫曾漾碧，星浮溟涬未搖紅。難酬意氣歸圖畫，敢較深情奪化工。

仲秋詠松

床頭誰念小屏山，亂送秋風入間關。幢豎銅根雲互逐，蓋張鐵幹雨交攀。纏春寒色誠孤絕，縛夏清陰豈健頑。顧己徒思乘月去，憐渠未見負霜還。

訪伯萍明軒父子畫室高其畫藝慕其爲人因成一律

慣從舊夢惜華緣，更轉星河抱拙眠。眼底有詩銷永日，尊前無恨送流年。妍拖翠髮殊成趣，淡掃黄眉自可憐。因感妙高非巨擘，與閒相稱是真仙。

雨中順道訪顧村櫻花

瑤空誰教染晴霞，半圻春風似有遮。清獨階前纔疊雪，穠繁屋後已堆花。凋年看老依蒲酒，急景催殘委鳳琶。十萬紅妝梳洗罷，還留酥雨到人家。

詠　柳

笛怨因梅枉落塵，夢悲交雨自侵人。煙滋灞岸羞沾泥，露染章臺竟作春。南浦風輕成妙素，青門羅薄體清真。顰眉欲問誰憔悴，怕損遙晴誤到身。

順治丁酉秋王漁洋客濟南與諸名士雲集大明湖會飲水亭見亭下柳株初黄有望秋摇落之態乃悵然賦詩余春日到此亦有詩惟賞其臨風摇曳之姿並以為此事實無與節候悉歸心境爾

誰遣柔條羃曙烟，被伊遮去綰雕椽。嫩寒已放三春候，輕緑還營四月天。斷梗浮蹤徒供笑，轉蓬泣緒豈堪憐。蘸晴不吝千絲縷，小護鶯聲到水邊。

三月十三日暮步至野亭

也銷勝日喜孤芳，漫肯南山賦海棠。黄冠逃名甘寂寞，緑醪送老樂尋常。似虞褚筆多門帖，如范班才衹韻章。剩力始衰期降敕，更年誰少謫詩狂。

湖畔小坐

怕挽秋心上翠樓，敢將春酒换雕裘。水從曉月爭時晚，山背光風訴歲遒。乍可夢真常別鶴，似應念促偶親鷗。難知物態誰淹速，總笑浮雲等幻漚。

居家隔離感昔遊七首

其　一

由嘆雲來少結緣，奈何鶴去夢成仙。春風懶斷尊前意，秋雨偏書醉後憐。際亂每輕安世祿，承平獨恥賦甘泉。逍遥但嚮西山臥，居止南園不記年。

其　二

知早熏風送快晴，難酬暮雨隔雲輕。繡鞍忙解驚蕭鼓，春酌隨呼動錦箏。綺席空垂新別淚，流鶯懶度舊心情。曉牕窺夢無銷處，留與佳人暗喚名。

其　三

自感腸迴催白髮，敢將心倒挽青眸。眠沙鷗鷺曾孤賞，唱雪漁樵豈暫遊。醉後存思親老子，歌前闔卷遠浮丘。春消漫解芳菲意，夢始纏綿注噤婁。

其　四

一統江山本自欺，百年恩愛幾云癡。纔深漏盡春歸曲，已竭鐘鳴晚別詩。繡錯廣原呈地利，綺連列岫奪天時。香魂逐雨飄搖去，斷夢隨風未可知。

其　五

應是前身已負儂，故能隨分每相從。金猊香透侵山枕，象板聲和過酒鍾。底事星期紛雨跡，何人月約慕雲蹤。別情莫共天爭遠，留與王孫嘆草豐。

其　六

因恨今生愧楚雲，故貪昨夢每殷勤。煙津高館增時暮，梅驛疏鐘隔日曛。何處江山還跡在，誰家社稷不名聞。惟香淡泞輸閒客，杯且從容嚮靜君。

其　七

難逐相思到海西，敢從繡陌草萋萋。風追冬暖依花謝，雪孕春暄囑鳥棲。升座錦心鍾秀氣，席茵珠唾集雲霓。窺簾覷半佳人面，邀月何須看入迷。

年中送窮

多才自古每招搖，漸老於今到畫橋。花館因風曾學舞，月臺過雨罕吹簫。生涯偶或從流水，人事時常誤翠綃。感極春來何物故，廣原秋去盡寒凋。

卷八　七律二

大都會博物館中國園林閒坐

紛紛過眼費長吟，未若佳園最可尋。風過花窗初月碎，雨來鶴徑筱篘侵。批琴枕石盡行酒，發篋臨流漫散襟。從此游魚知所樂，同將詩境入蕉心。

訪9.11國家紀念博物館

落日沉金黯國門，暮雲斷壁懶招魂。烈風少德能宣惠，肅氣多私敢市恩。狂慢洪基原易廢，横強堂構總難存。劇憐澌滅紛灰燼，未辨淪亡和血吞。

積雨轉晴過費城拜瞻印象派諸大師

流光明滅爛雲霓，湖岸逶迤樹杪低。雁過可瞻青荷廣，雨來莫憑綠茵萋。有情拋卻春陽倦，無意翻爲冷月迷。最是窈茫難寫處，含靈絕技與天齊。

班夫露易絲湖秋吟

況有秋澄對客心，湖山無處不棲尋。虛嵐冰縠存雲貌，疏雨琉璃渺玉音。已去喜嗔親鹿冠，安從得喪棄霞襟。照妝未免悲徂歲，歸晚浮家且獨吟。

賈斯珀國家公園平野廣闊白天湖山闃寂入夜星斗闌干悵徜徉而延佇令人不免目擊興感慨然成愁

孰謂清秋醉乃翁，聽人騰笑喜談空。寧從竹策追新雨，懶嚮雲驄逐過鴻。懷怨既因哀鳳死，銜悲何至泣麟窮。情深苦被吹愁去，銷半光陰宿草中。

奧托·布拉德利遠眺

每欲和雲結勝緣，豈知著水亦堪憐。胸縈崇阜秋藏鶴，念逐平疇草掩泉。未必慕莊來蝶夢，敢專效侃得牛眠。恨因世隔情難訴，故約花光到眼前。

特卡波晨興即事

既與平情應世俗，豈能動色抱清高。花常顧曲吟簫管，月每當歌醉醴醪。已嘆優遊生感恨，更憐落拓賦離騷。送聲水佩堪盈耳，絕勝風裳在九皋。

遊本·奧豪熏衣草農場

任花開瘦披雲翳，削約新秋到雨霏。因共冰姿非可褻，故於熱客每相違。鬢邊膏沐承芳旨，頰上清芬仰素輝。已嘆韶光從我去，未知衰朽送誰歸。

瓦那卡湖

誰能湖上結幽期，夢嚮山中舞鶴姿。清露初流童子識，新桐晚引道人知。惠風掃葉開苔徑，宿雨留痕著柳枝。晨興理舟非欲去，要同秋水洗嗔癡。

奧豪湖小住

因他鵠候歸長早，恕我逡巡到每遲。曉看遠山生渥彩，夜聽細雨洗輕飀。一痕澹蕩批新月，百慮參差感舊詩。夏暑侵巾風方解，秋嵐著屐策難持。

題蒂阿瑙湖居

一霎秋光潤物蘇，讓裁新雨到澄湖。山空落夜星欺月，波靜生風鳥逐凫。鏡照愁深非悔俠，書藏道淺乃甘愚。林泉應感多才譽，詩酒何曾礙命途。

登達尼丁小城極高處遠眺

排山連海結雲長，頻送流光到異鄉。客裏未聞砧杵急，夢中猶覺枕衾涼。也曾健羨多文酒，終究衰欣少壽觴。慣見書生深感恨，登高原自爲佯狂。

塔斯曼冰湖

一城嚴氣連天白，滿目堅瑩鬱寶光。霧結玉龍長釀雪，雨纏仙界每成霜。風乘始作砭肌骨，晛見方消暖肺腸。總爲軒轅輕北寨，故須姑射再梳妝。

衛城帕特農神廟感懷

蕭條宿草外風烟，迢遞榛蕪有祀田。幾處按歌傷鏤柱，一尊對月吊危椽。玉堂劫火空遺堵，金殿孤魂盡滯阡。萬斛閒愁流日夜，獨瞻六合置觴弦。

巴斯閒居即事

獨往愁侵乃爲秋，曾來恨結憶重頭。羡何乘運行龍闕，思孰騰聲過鳳樓。心眷別枝鶯語澀，念誠當戶客居幽。但能瀛表尋丹侶，寧誤儒冠際海浮。

因追劇《唐頓莊園》憶昔日遊英國鄉村

秋高檻外倒空青，岸柳藏聲到院庭。過雨香含侵曉月，烘晴色泛映孤星。思因雲散惟親酒，恨賴風流每寄萍。嗟我懷情成絕響，遮渠何物可通靈。

再詠英國鄉村

最是春愁到已遲，送聲玉瑲又誰知。花分曙色頻縈夢，鳥隔朝暾競擇枝。久絕芳蘭違盛意，仍親宿艾寄遐思。老傷露槿侵幽徑，獨嚮西風待曉詩。

從子泛舟劍河

河畔青蕪隔路迢，斷分煙柳奪輕綃。愁殷誰擫花間笛，恨黯其修月底簫。薄薄雲情悲歲盡，盈盈波淚感途遥。忽焉倦跡新霜鬢，別送疏螢到畫橋。

劍橋訪書有感

由來篤懶傍愁生，書見紛紛孰與爭。袖籠芸香同月合，枕堆緗帙共時更。鬃箱秘議歸新貴，鏤槧良謀賴老成。爲謝熏風如有舊，乃安落木總無聲。

登烏斯河畔約克古城樓

獨憑景氣望珍疇，萬象蕭森染寸眸。因我有心乘皓月，疑他無意上危樓。麗譙蟻迭來新貴，雉堞蜂狂失故侯。思卸戟衣霜掩刃，斷霞門外已高秋。

拜瞻倫敦大英博物館中國館有感

因尋名畫競豪奢，來訪奇珍到海涯。見說瑞庭生上國，居然壽域住贏家。青牛西閉函關月，白馬東傳印地花。古貌降心歸四壁，寶光俯首入袈裟。

斯特拉福訪莎翁故居並墓地

身閒湖海嘆無涯，心懶騰聲漫自誇。窺隱燈前生物魅，置情句下出奇葩。紫簫吟斷天方白，香閣歌窮月半斜。爲識世塗花面薄，不知搬戲到誰家。

斯特拉福訪莎翁故居又一首

曾令上蒼分秀色，好將粉墨即春溫。一城花絮風來信，半鏡香塵雨叩門。襯舞臺荒鮮樂境，浣妝池冷有孤魂。飄零未似天懸命，暗逐離人照舊痕。

愛丁堡晨昏觀雲因其冒絮紛起彌望四塞感賦

欲效幽人結勝遊，敢追落日上高樓。濃雲銷燠僥天幸，薄雨招涼感物愁。有恨風清能與夜，無詩月白不同儔。念誰腰攏纖纖手，百世簪纓豈映眸。

湖區萊德山閒行

寧甘落拓識龜途，敢淺芳樽惜鶴軀。人爲膚腴增德厚，我因骨瘦益詩癯。香分石罅花朝水，影亂松蔭鳥嚮隅。自將白駒依岸谷，懶隨輕俊逐雲衢。

科克茅斯訪華滋華斯故居見門庭冷落空無一人悵然久之乃歸

微雲河漢弄陰晴，疏雨梧桐別晚鶯。幸有冷妝矜末節，敢辭熱腹去空名。消磨流景人從老，清減春容藝轉精。殘醉年光常閉戶，惜花天氣最傷情。

訪溫莎城堡因愛德華八世事念及今日王室之升沉不免有晉人傅玄《明月篇》所謂常恐新間舊變故興細微之感

負扆而朝信有方，凝旒以待未昏狂。金猊存意迷瑤月，寶篆無心惑玉堂。雲共雕甍歌永夜，花分繡闥吊殘香。焰光騰沸期不落，偏照宮闈究可傷。

往訪高地因蘇格蘭多難之歷史而重嘆者三

初肅清霜罩巉峨，關原兵氣奈秋何。纔驚棄壘星垂地，不覺危城馬入河。西望封陲披甲苦，南酬孤雁負雲多。且從風笛銷殘酒，倚疊觥籌唱枕戈。

天空島朵娜城堡吊古

川原素旆望山空，橋市清笳識片鴻。危堞風平悲路遠，邊城雨急苦圖窮。紛披日彩時生白，洶涌霜寒每斷弓。縱使鐃吹喧意氣，維京猶自說梟雄。

比亞茲萊少擅盛名承拉斐爾前派而能越然其上惜乎體弱多病至於二十六歲夭亡令人撫其畫跡每興重霧朝埋日長星夜隕空之嘆

朱闌響曉鬥芳新，瓊蕚迴光墜錦茵。誰剪羅衫傳語細，怎遮花鈿候霜勻。金巵酒淺香銷夜，玉匣琴清雨伺晨。暮瘁朝榮何所似，終憐綺陌妄爲鄰。

携子遊愛爾蘭保爾勢格莊園

花外晴晁別有天，清光堪掬亂無邊。恨吾頹廢稍遲暮，顧彼憨頑正少年。春送翠雲迴綺樹，秋迎落葉帶浮烟。餘齡只問風和月，更嚮湖葉濯漭漣。

再詠保爾勢格莊園

橋上嬌兒豈用心，花間孤客獨微吟。終朝有恨銷殘酒，片刻無閒對綠琴。冉冉春光翻舊課，遲遲杲日裹新衾。劇憐雲破聲繚亂，次第鮮榮不足尋。

時隔十年再遊琉森凡所聞見彌足增慨

孰謂簪花衣翠裘，纏腰騎鶴下揚州。來曾百媚嬌生意，過卻千帆懶映眸。雨積蓬山空起滅，嵐升瓊閣枉沉浮。拈毫莫訝偏書恨，總爲衰年萬事休。

因特拉肯旅次即事

欹斜巾帽日高眠，消得餘生幾忘年。雲戶枕山花歷落，霧窗映色草芊綿。攢峰恨爲臨歧去，列壑悲因矚望懸。袖出已成梯己句，愁儂心緒正堪憐。

山居望馬特宏峰

影亂空山寫鶴真，光銷仙馭似登晨。因封藥圃緣森壁，故席芝田避世塵。天漢晚雲紛巀嶭，星河曉霧漫嵋嶙。自將大美深謙抑，非爲清高懶對人。

洛　桑

信是湖山最有情，閒雲猶怯對殘鶯。追還差似風初過，收捲聊同雨半晴。與月分明雖誓重，共霞爭豔總憐輕。料應倦旅愁煙樹，凝佇黃昏罷遠行。

過洛桑觀拉沃崖上葡萄園

誰今從此識空青，懶逐平波似梗萍。風軟翠晴纔過雪，雨融素月已來庭。獨營幽事親迴瀨，閒捲孤懷對曉星。欲起笙簫巡北阜，好傳玉龠滿清聽。

與子說布魯塞爾大廣場勝跡之由來並因偉人隔世精光恒久不滅有如此者而重生感嘆固非僅爲一己遊眺之樂也

一自逃虛萬事休，每從勝跡作高遊。人因花落思衰病，詩爲春生動乾愁。繡戶醉聽殘漏盡，雲樓吟對旭光浮。聲名百代今安在，惟剩餘馨上玉鉤。

訪布魯塞爾歐盟總部

從來意氣負平生，際會風雲好結盟。強己固常行拗霸，弱人究賴秉幽貞。追亡流血曾漂櫓，逐北關心每吐誠。孰料金城難永世，入朝猶自怕連橫。

盧德邊境訪特里爾主座教堂與聖母大教堂嘆其形制之大與夫程功之深足可見其人願念之誠也

爲圖歸正就高章，紛亂時風到寶堂。遵教原難存俗骨，沐恩自欲易嚴裝。雲深慮靜誠消熱，雨疾香勻足趁涼。掃跡情留吟燕榭，青蕪不見究堪傷。

西庸城堡曾收押日内瓦宗教改革者弗朗索瓦博尼瓦拜倫感其人遭遇曾爲作長詩又勒名於地牢石柱今撫往跡而念舊事不能不慨然興嘆油然有詩

九叠雲遮雁斷時，愁凝望緒又誰知。思賒荒堞侵晨雨，心寂頽墉掛月枝。可與忘憂惟剩酒，難同銜恨豈無詩。爲憐牢檻傾觴斝，鏤刻傷情總費辭。

根特值雨讀書晚霽漫行有感

鶯藏岸樹似生花，燕隔門樓傍雨斜。暗水流香侵曉月，頽雲度影挽彤霞。桓家殘日增離恨，謝傅銀河動客槎。投老問渠成底事，春風猶自到天涯。

伯爵城堡始建於中世紀後轉成拷問室與監獄見堡中刀具鐐銬羅陳念及堡底必陳屍無數因覺陰氣肅森至今不散

何物蕭騷作雨聲，堆壓千恨入孤城。夜闌樹感風清白，秋靜花知月素貞。緣淺幾曾驚聳秀，情深時或嘆文黥。因開青眼同脂炬，銷約精光照墓塋。

登瑞吉山酬友人夏日述懷

合雲翠岫濕鶯枝，倒浸天光欲語遲。朱萼過明妨鶴骨，夏條甚密亂松姿。因涼乘月多思故，緣靜聽風懶覓詩。殘醉重扶橈唱晚，清商此刻最難持。

嘗往勞特布魯嫩觀拜倫歌德所詠之施陶河瀑布隔日轉道他處不意火車中再見之一時竟有越山青斷故人再逢之感

比來惱損鬢秋侵，露坐階庭每退尋。底事浮雲驚物候，何誰流水感憂襟。巖通人跡迴車馬，風度松吟近鶴琴。岑遠瀉空堪洗耳，爲聽昔聖發清音。

訪瓦格納故居

自憐身世嘆凋零，誰信高才動曉星。顧曲浮槎疑惡鬼，徵歌龍血見乾靈。臺荒舞襯聲方劇，池冷妝翻夜正寧。騷屑秋懷從此去，慘愁客恨賴誰聽。

前訪魯汶大學感觸殊深聊爲一律用寄緬慕悵懷之意

南熏廣樂動晨星，撼彼東郊醉性靈。識獨化人非制藝，心偏禦物豈明經。藉初鴻藻光聲教，歷久清才黯典型。謂見英流存少艾，因悲白髮滿詞庭。

布魯塞爾皇宮

因彼雕闌護鏡花，乃能禁闥隔煙霞。珠簾歌怯緣歡近，翠幄聲銷爲怨賒。既已興孤傷落寞，奈何交濫慕虛華。黃昏猶自懷千恨，清曉樓頭別鹿車。

布魯塞爾五十周年紀念公園

許人走拱分高樹，放出庭前破鼻香。風斷歸雲誠苦熱，雨藏睡鶴每生涼。夜深孤興來簫管，晝永頹思絕素緗。擬想軟茵多醉倦，春心無那在他鄉。

采爾馬特閒吟

遠岑洗淨日升高，林表清空傍九皋。庸福每常從俗世，真歡豈可賴機牢。門無長者輕三顧，座有鴻才愧一毛。裁影白雲投逝水，黄圖不復賦離騷。

巴黎第一日曉起

薄明曉月看爲霜，孰與交秋入早涼。虚枕纔聞檐隙雨，疏簾已散柵籬香。庭花凝露紛初霧，門草含風溢睿陽。最是生涯歸暮景，芳遊一路到甜鄉。

又至巴黎應友人問遊並叠前韻

因訝元規未識謀，乃親潘令醉登樓。雲藏夕棹迷煙水，樹引晨暾亂浦鷗。豈羡玉纓思溺冠，寧甘山屐避同裘。銷凝往事歸良夜，塊坐林扉不僅愁。

再過盧浮宫因念彼有餘而己不足不免悵悵

十丈琉璃映棟甍，九重黯黯接長庚。拾階雲逐方光滿，望檻星流復景生。情掌樞機神雋邁，意侔造化氣雄横。看天高恨無銷處，欲爲彷徨漫引聲。

再訪巴黎先賢祠

因崇自主意倏如，轉覺陳規盡土苴。高士縱情非放廢，才人忍謗豈含茹。鳳翔攢柱行金碧，龍躍璇穹下玉除。長恨夜涼銷熱血，為深厭濁樂清居。

花神咖啡館沿門坐街者衆問以薩特加繆則懵如也思之憮然

鏡雲過雨樂長酣，燈色生煙正浸潭。歊霧迷真思幾許，飆風驚世意哪堪。已嫌遷客多沽酒，更怨狂人少劇談。永日坐銷誠索莫，盃盤忍看足羞慚。

巴黎奧賽博物館

風侵左岸日將頹，事隔煙雲豈可追。欣見德加迴舞罷，怕聽米勒晚鐘催。高更溪地成癡坐，馬奈香茵秀翠偎。星夜有泉流萬斛，好推斗室唱雄魁。

橘園美術館觀印象派諸名家真跡如莫奈巨幅睡蓮圖似搖曳紅塵之清蕖其高格清標尤增人遐想

入弦風軟動蒼庚，過盡林園變九成。纖月凝嬌搖玉臂，初陽含態弄鳴箏。堂懸廣額方傾國，門列輕紅已幔城。照夜陂渠梅候早，怕驚蓮睡按歌聲。

榮軍院拿破侖墓

風過川原一望收，雨侵垣塞與天浮。新愁無計渾如夢，故恨關情幻似漚。眼底怨鴻凝海色，鬢邊冷月動陰秋。問渠閒仡空千劫，觴侑流光已裂眸。

在昔蒙馬特高地才人薈萃又其爲風流淵藪人皆說得口津津地涎出然今風流種絶令人傷感因作一律以存滄桑

不曾寂歷似流年，何必霜侵到廩泉。綺席情消身外累，膏鑪歡隔夢中仙。花因怨偶愁開夜，曲爲知音醉斷弦。取次寸陰誰惜吝，看承尺璧恐唐捐。

馬賽舊港既食魚湯乘興爲作一律

衰年萬事總恬如，偷得浮生過雨初。曲岸危檣人去疾，平沙孤嶼鳥來舒。寧懷高恨門無轍，豈羨低眉釜有魚。世味紛紜誰解會，長歌唱徹漫唏噓。

里昂富維耶聖母院為紀念聖母從黑死病中解救衆生而建奕葉載德至今居人年年舉火以示不忘

五光攢積鬱清都，閬苑微霜景欲蘇。拜院祥風彌淡月，朝山瑞氣掩平蕪。曾攖疾虐愁光貌，更沐慈恩近雪膚。且壓管弦迴滴露，纖雲永夜飾通衢。

菲安登城堡遠眺

誰人踏雪事清遊，跢亻寒聲送客愁。風幸垂楊堪繫馬，雨違初月可凝眸。機籌尋釁難稱武，仁策休兵豈足羞。無計新篘消晝永，有斜陽處怕登樓。

圖爾爲法國舊皇都至今莊重氣象猶在因念巴黎新起建築雖大亦奚足貴

九域皇都盡構雲，重闉貴氣自含熏。高樓霞起傾同秀，蘭室風從鬱不群。秋淨苔封深故宅，夜闌花闔黯羅裙。致身須到斜陽外，方識蕭條有世勛。

圖爾暮宿感作贈友人

料因宿靄能生翠，乃有餘霞肯織綃。鈿斂堆雲曾婉轉，黛勻秋水正妖嬈。寧甘月瘦悲人近，豈羨更深嘆語遙。消得風清同此夜，紛紛何物到今宵。

圖爾主座教堂避暑

鬥新晴日怕年光，判醉重陰倚繡廊。觸目河山成夢幻，崩心風雨染青霜。難原後悔常啁謔，能許前生偶狷狂。到此夏條花已半，留燈夙興好更妝。

往聖雷米道中過萊博小鎮

見山鬱靄似臨村，問巷無人可應門。曳錦笑輕風賣好，簪花看淡雨沽恩。撫松有愧淩雲志，采菊猶存脱俗根。地勝難同交世故，身閒誰與沐黄昏。

萊博古鎮建於公元十世紀爲鷲族即波城一族駐守地路易十三時毁於戰火山下谷地有中世紀古戰場遺址傳爲但丁《神曲·地獄篇》靈感之所出惟今青蔓一片已悉爲橄欖樹葡萄園據有矣

風屯頽堞動蒿萊，雨集荒墉去復回。殿月流光塵外度，階雲返景霧中開。花裀易聚天稱幸，兵氣難銷地敍哀。未識酣歌何處起，隱然清角唱簫臺。

聖雷米療養院訪梵高

骯髒空牀獨恨春，將燈搖夜壓浮塵。星文與地交松月，瘦骨違天絕令辰。情足付人何取醉，意能諧世豈窮身。休尊死後名殊甚，潦倒生前已亂真。

往聖雷米療養院外林地尋梵高畫跡有感作詩兼寄諸友人

早知幽運隔前塵，只合棲門苦度身。寒晚歌偏宜俗士，露晨花固笑畸人。才庸既已稱窮理，筆巨無須辯入神。惟詡天寬多活物，奈何地窄不敦仁。

梵高大半傳世佳作均作於阿爾勒今古羅馬廣場仍留有其名作《夜晚露天咖啡座》之舊跡阿爾勒人固好擇此地聚會小酌惜乎黄色雨篷與煤氣燈下畫家孤絕之人生早已淡出其視野偶念及此不免悵然

蕭條景氣入高秋，斜漢横空漫與浮。星轉耿光分恨意，月流曒絜照歡遊。篷窗已領連宵雨，杯盞何傾絕世憂。誰念西風能次骨，孤燈獨坐每增愁。

昂布瓦斯到處有弗朗索瓦一世與達芬奇交往之舊跡念彼竭誠推解無微不至方之後世人君實有不可夢到之高境因感其人相待之厚與夫彼此相處之歡惡可恝置無詩

塞垣秋早雨交侵，蛩草黏雲黯黛岑。為己庸德常禮願，念渠絕技每披襟。長河晞露來天地，重阜烘晴變古今。吟罷臨風極肆睇，清宵耿耿意難禁。

布盧瓦風景靜美遠不止城堡一處其雲水河橋尤稱清絕余深喜之爰作詩以勸後來者

河畔青蕪接綺樓，引聲流盼到芳洲。迴光玉輦親雲漢，倒景仙槎逐浦鷗。月下清風平霧縠，花間輕露皺煙綢。蓬瀛路遠澄霞近，未識前蹤已轉幽。

公元前百二十二年羅馬將軍發現所到之地泉水可治人病遂以拉丁語命名此城爲艾克斯現城中仍有噴泉近百處皆純淨如甘醴真上天之厚賜也

曾倚花陰逐伴行，邀來天媛意相傾。香含甘醴醅新酒，色泛青琅照舊楹。共雨浥塵紛曉霧，交風侵體變涼晴。觴絃不教槐街直，削約輕歌付晚鶯。

奥朗日羅馬帝國大劇場建於奥古斯都時期及我來時仍有演出如此時光穿越與連帶誠添人興味

風過階墀曉霧侵，雨來臺殿渺難尋。紛更流景從朝暮，驚變奔濤換古今。情損春容殘霽月，思增秋鬢染蒼岑。傾城共看他人醉，何處樊樓可枕琴。

過舍維尼城堡

吟斷清宵苦樂多，惜花攬鏡枉蹉跎。為因露月侵殘歲，怕見遷鶯過病柯。午影光交緣列館，夕霏香散傍煙蘿。生涯漫付斜陽外，不與中朝唱九歌。

訪肖蒙城堡

癡雲翠濕看多時，任付晴光下玉墀。芳澤無加因素性，鉛華弗禦爲穠姿。餘痕在枕非歡早，淺夢移屏乃恨遲。未謝梅寒能寂寞，猶存春信欲誰知。

波迪耶被美第奇逼退後還居肖蒙城堡然對新邸始終心存擔憂七年間整治不輟直至去世原其心意其哀可知

久因宮禁意倉皇，稍放清歌入水堂。翠羽結衣增綺麗，玳簪束髮益瑤光。驚風豈畏霜晨近，怯雨惟憂夜漏長。最羡歸雲天際去，情深猶自付殘觴。

肖蒙城堡詠松

疏鐘遲月響行天，流漾蟾光照鶴眠。晴晝烘嵐篩日影，陰風敲石動花仙。玉樓清嘯傳貞勁，玄館高吟納潔鮮。欲洗囂氛三萬尺，詞人應未到尊前。

過香波堡因嘆達芬奇設計雙螺旋樓梯竟被君主所用如此而莫里哀粉墨登場大獲成功如彼感而賦詩

自恃雄才絕比儔，敢輕萬戶棄封侯。聖君枉顧能無意，霸主偏安豈忘仇。雲亂宮墻爭暮色，樹迷囪頂聳寒秋。倡優見慣階前戲，猶憶清高拒下樓。

舍農索城堡曾上演無數宮鬥劇後美第奇王后隱忍有年終得復仇其心可憫其事可感因為一律

謾詫秋原枕上橫，誰驚涷雨滿愁城。椒墻孤峭雖屏世，弧刻遲違豈絕聲。歷亂露花迷望眼，紛啼羈鳥失幽蘅。清宵曠怨知難訴，掩抑芳心乞永貞。

再詠舍農索城堡

既與輕風寫柳絲，懶同明月掛繁枝。解衣或恐東牀誤，被酒真愁北里欺。堆案樹聲多鳥顧，盈庭秋氣袛蟬知。更銷永晝花間雨，難抵長宵玉漏遲。

訪奧爾良聖女貞德故居

壘城騷屑望中秋，斷絕關原似勝愁。雨疾檀唇風點破，霜嚴綠鬢雪侵柔。鐵衣和血淹強虜，汗馬吞鋒噬國仇。可嘆娥眉天不予，空將勇略與人謀。

奧爾良閒行

忘年竟日絕詩書，買醉賒晴出草廬。喧暖雕甍宵雨後，嫩寒紫殿晝風初。倚闌逐月常蕭索，別夢追香總裕如。氣盛多能容大物，道沖未肯棄菅蘧。

奧爾良觀雲

天衣密匝嚮花開，晴惹山光繞樹回。象輦軋星聲互應，鸞驂裂錦勢相催。絮黏霞戶侵階礎，蝶貼松窗飾枕堆。最是傷情留不住，輕陰注雨入瑤杯。

巴爾扎克故居位於巴黎第十六區賴努合大街偏隅之地不惟展陳極儉薄潦草屋舍之荒敗尤足增人感傷因念人生前潦倒死後哀榮冥冥中似有定數乎

曾將優渥倒為輕，忍對青燈棄令名。劇院哭歌雖叫絕，人間悲喜總堪驚。偏憂棘地存公道，豈頌堯天瘞世情。漫羡高才誰賜予，清宵壓酒嘆孤行。

拜贍雨果故居

風起平蕪注舊杯，香分綺戶足徘徊。光朝曾有雷霆怒，振野原無鬼魅催。擬志嶽停存往敬，比才龍舉泣餘哀。知他情重難銷鑠，始信滔滔去不回。

楓丹白露宮爲歷代法王之行宮王室婚喪大典每在此舉行故其長廊曲曲與夫庭園深深尤多藏命運起落之悲喜人常不能知而尤多希慕良可矜也

豈止行歌意轉癡，更逢淥水漲秋池。花親繡戶朝暾永，人隔雲窗夜漏遲。背鏡屧廊常弄月，對檠宴殿偶窺私。間從羈鳥輕宸眷，稍放清風慰詠思。

楓丹白露白馬庭園追懷拿破侖故事

霞泐風廊歲已遒，雲封水院雨相謀。獵回拜領三千陌，酒醒輕欺十二樓。策府朝喧傾錦繡，端門暮集亂兜鍪。可憐瀛海身消逝，鑾輅從今絕聖遊。

過蒙帕納斯公墓

情思日日嚮西斜，不意荒阡竟有家。欲慰枯懷傾宿酒，難開青眼酹新葩。玄廬乾雨侵雲樹，重阜陰風動暮鴉。白髮雖能光皓月，勞歌無計送天涯。

尼姆晴熱多泉水住民因深信有精靈居焉故迭有造作遂成城市特有之景觀余平生所愛止在雲水故特爲詩以記

天青垂水弄晴柔，好與薰風到阜丘。花氣紛縕逢葉下，松聲倏颯上樓頭。雲凝玉瑣疑鉛築，雨過金鏘出朗謳。溶漾生光原有意，輕寒入澗爲啾啁。

車過尼姆又感

欲尋水脈問淙潺，偶見晴嵐掛綠鬟。暮雨霏微行晚露，朝雲靉靆過篁山。草親落木成蕭瑟，花與遷鶯共間關。歷劫殘心甘放廢，斜陽盡處負歌還。

瑟米北有豐特奈隱修院規模宏大氣象莊嚴且至今仍有苦修者駐此誠可當世界遺産之榮譽惟地勝卻乏人問津殊可怪也

曲肱病豈在身患，但為淹消鬢早斑。天有晴嵐親草榻，地無蕭鼓破松關。螢光入夜侵幽夢，蛩響增秋落枕山。且放甘淵從逝水，好延泠月照人還。

阿爾勒閒興

欲咽悲聲感舊年，藜光看老不成眠。因愁漸逐笙歌去，怕恨偏隨日月懸。已曠佳人空宛轉，未閒韻事苦纏綿。從來魂斷歸行客，削損容儀有杜鵑。

阿爾勒聖托菲姆教堂及其南側迴廊猶存古羅馬文明進入中世紀之印痕允稱高盧人之小羅馬前此行色匆匆未及有詩今特表出以廣人知

欲尋清淨飲亡何，故植長松對蔦蘿。廊下鬼燐存變滅，塔尖朱雀笑唯阿。許身塵滓留鍾念，屬意嚴絜絕弊訛。人世諸般常迫促，皈心因嚮祭壇多。

阿爾勒羅馬劇場

風流見說萬般空，狼狽方知道術窮。北里桃花爭穢土，南都金粉逐鷄蟲。無心吊古難追遠，作意傷今豈慎終。悄寂從來人散後，星辰昨夜霧曈曨。

登阿維尼翁城並主教官邸觀祭壇畫及波提切利有感

清歌迢遞渺難尋，暗洗熏風到碧岑。煙塞歇心平海曙，斷橋存意接徂陰。幾人坐夜空和恨，若個懷愁忘整襟。起視殘柯聲淅瑟，頹墉猶自動微吟。

詠古城歐塞爾

休訝輕歌傍水生，當憐淙噏作鳴筝。山開陽翠收新雨，川效安流繞舊城。紛鬱雲遊依暖樹，間關鶯怯隱幽蘅。要將陳榻詩邀月，分入吟扉納市聲。

歐塞爾訪蓬蒂尼隱修院感其空庭悄靜花闔鳥閉令人身心俱寂特作詩以付囂鬧不止之犬子

月落空庭似在山，苔封曠院問淙潺。德求寡慾常高臥，道貴清心每掩關。坐石尚知雲已去，傍松哪覺雨初還。堵居偶嚮花開徑，薜戶從來不可攀。

過阿爾比市貝爾比宮訪勞特累克博物館感其人身心俱殘沉湎放廢於紅磨坊並年命倏爾銷盡因無端念及唐張鷟《遊仙窟》之千嬌眼子天上失其流星一搦腰支洛浦愧其迴雪云云不能不爲作一律以寄慨

孰謂多情損少年，斷魂春色正無邊。傍明玉露筵難散，入幕蘭膏舞易旋。雲鬟風來嬌可訴，絳綃袖舉弱應憐。倚妝銷盡香塵醉，不意花盟速九泉。

圖盧茲有中世紀卡爾卡松城堡並曾上演類似中國空城計之驚世守衛戰指揮者巴拉克夫人因此至今流聲人口被居人視作英雄

嘗聞嶮塞早寒侵，蕭瑟烽塵掩黛岑。莫誚英雄經略意，當憐豪傑企圖心。戍樓壁月凝春色，浚塹疏林接地陰。百戰從來腸似鐵，豈能花下漫微吟。

第戎夏行漫吟

莫將曉月供吟佩，但掃空煙惜勝緣。幽興每能親故舊，素懷難合覬光鮮。槿花夢寄原無恨，石火愁催究可憐。且與山妻驚白髮，不同孺子話流年。

因見第戎高門聯翩悉歸塵土僅存數棟亦近凋敗感而賦詩

莫與東風唱日斜，來同暮雨送籬花。層軒有酒銷明月，廣廡無燈鬱綺霞。滂沛雲臻平萬里，倉皇星散出千家。且輕豐約求榮適，懶嚮窮通顯世華。

塞特瓦雷里博物館司事者介紹蒙彼利埃另有詩人借居地遂命車徑往惜空餘門樓所幸一城景色差可慰懷

錦簇籬花照眼青，霞蒸柏樹屬雲停。曾傳孤耿欣神助，還剩清衷賴鬼聽。目想日遲能去海，魂招風軟不來庭。問隨心事歸何處，分與浮生到杳冥。

塞特別墅銷夏

海色搖天漾寶光，青陰騰地鬱晴芳。脫巾笑雨猶他許，結綬憐人兀自傷。影對金臺凝入骨，燈吹玉閣夢迴腸。夜闌還剩娟娟月，解將冰輝照客裳。

初過巴比松村人少聲靜氣息安祥米勒畫屋全無訪客令輾轉到此如我者獨占清賞得償夙願可稱一快

陌上新晴薄客衾，壟頭滯念渺難尋。晨興雲樹迷荒甸，晚寐花丘隔黛岑。霑露怕聽仙樂動，臨風愧感迅商吟。從來絕藝輕恒典，無量情深會一襟。

吉維尼小住

因醉芳塵絕鳳輿，乃鄰香陌結仙居。密蒙花氣風來筱，歷亂鶯聲雨問蕖。一種杯杓方有意，十分斟酌總無如。浮生何必從流水，要典輕裘換合醵。

謁波爾多蒙田故居

圓倉久在市廛中，幽勝何曾與世同。宵枕孤檠留倦意，晨趨香蓋透熏籠。苔妝瘦石添遐壽，薜衣寒松作勢崇。且置餘情高素外，獨遺雅制入青瞳。

波爾多訪孟德斯鳩布雷德故居

帝力高深豈復加，平明無意亂飛花。正因嫉僞遺書札，故爲求真絕頌華。甘浸春醪初覺洌，苦分秋色始知賒。可憐萬古如長夜，依舊昏昏嚮畔涯。

經巴黎至日内瓦一路勞頓過午方起

暑候炎蒸午夢殘，湖山似睡每憑欄。積憂恨易侵芳樹，堆枕愁難覆錦團。惟結塗窮親骨秀，豈交辭媚黜神完。看窗人老傷歡盡，猶覺更深露正寒。

外遊旬月忽中夜不寐盤桓反側似聞過雁墮玉之聲於枕上乃悵然動歸歟之想並有懷郊郢故人詰旦束裝錄舊作以紀別

年來行運轉成真，歷劫殘心幸有身。意冷每常憑竪子，情深間或負佳人。寧從明月爭廊下，不與高賢逐末塵。醉放寸陰縈斷夢，千秋莫問免傷神。

客中述懷又一首

萬里逃虛遠忮求，枯懷銷盡意難休。淒腓薤露浮光去，恍惚家山逝水流。靄靄停雲思舊故，濛濛時雨惜良遊。前生恨未盟鷗鳥，西日應能到鶴洲。

由米蘭往威尼斯途中匆匆答故人問

久曠平生忘指冠，蘧蘧夢覺莫憑闌。瑤光見慣難朝市，蘿月流經自考盤。豈爲饑驅追驥尾，能無詩逐上毫端。春風顧我連宵醉，忍看良儔未結歡。

威尼斯值機無聊感作

半生意氣競豪奢，斂盡聲光始有家。風月固知誰戀物，園庭難笑我貪花。寧因薄幸悲情促，不與浮名逐歲賒。起看蘅皋銷釃冷，還從大澤寄龍蛇。

卡斯泰爾弗蘭科鎮訪喬爾喬內故里惜其沾戀情好早歿於鼠疫作詩悼之

晨霧眠窗漫市聲，晚陰步野看波橫。淩雲逸氣歸春夢，窣地重簾啓宿酲。誰解情深悲後死，不同年少悔先生。是將知命隨風去，好與中宵共促程。

莫迪里阿尼慘酷人生及其早夭之年命盡綻放於筆底人物讓人讀來殊深感動並爲之戰栗不禁

時窮未免苦零丁，命薄居常感運停。坎壈無非天屬意，欣歡不祇我垂青。銷年每藉杯中物，合偶難從水上萍。自分此生差許夢，難知來世有甘冥。

憶昔於巴黎初識埃貢・席勒即爲其曠世絕藝所折服今因避癘困居念及其二十八歲之英年夭歿於西班牙流感不免悲墜英之蕭寂而傷逝水之潺湲因爲一律以存天無長養之意而人有惜才之情

此生夢不到樓臺，奄忽黃泉究可哀。絞擰姱容猶鬼造，拉抻弱體豈神裁。愁殷強半因花病，怨重居常與畫頹。縱有清歌兼巧笑，難回翹俊謫仙才。

塔林登高

堂開八丈會松風，塔嚮懸崖探谷窮。慵懶梨條疏曉月，殷勤雨綫密元穹。幾人撩亂思長好，何處因循乞善終。望斷落花深一寺，相尋仙路總迷蒙。

題布達佩斯煙草街猶太教堂後庭之名片樹

憶昔荒榛猶見骨，嘆今凋替似含愁。摩挲殘石思陵谷，追攝韶儀哭隴邱。風咽九原阡土濕，雲凝六魄腐罐稠。平蕪春盡哀零落，送老悲歌到案頭。

華沙訪肖邦博物館

暮雨停陰最惱人，流光過隙總生塵。憐渠心緒方憔悴，顧我家山正頓淪。寂寂平蕪雲木秀，茸茸莎岸石泉醇。冷齋斜倚聽聲碎，明月何曾照此身。

詠鹿特丹現代建築

海寬隱跡忘窮廬，日落駢門照冷居。鑱刻嵌空稀舊閣，高超挾技有衡閭。華臺寶座驚奇秀，綺樹星橋嘆巧舒。遐陟九天爭雁路，神刓鬼鏟總純如。

芬蘭舊都圖爾庫曾經劫火城無芥存惟山中修道院左近百餘座手工作坊似獲天佑居然幸免今已然成爲當地名勝惜乎國人遊蹤多不及此

莫道當年氣盛昌，等閒流蕩付遐荒。因思崇古懷虞夏，敢比隆仁有放唐。極視茫茫風過雪，遥觀歷歷雨來霜。九華宫殿都膏炬，惟剩先人賦百行。

過丹麥歐登塞訪安徒生故居悲其少貧寒而老寂寞以至於孤身終老因爲詩以吊慰之

常思春盡替人愁，慣迭眉山總自羞。席上嬋媛多媚薄，觥中倜儻少情稠。夢餘時怯迎鮮麗，宴散頻憂見遜柔。可嘆天真埋俗骨，一身落拓付荒丘。

哥本哈根皇家圖書館訪克爾凱郭爾驚其睿思傷其早亡感而賦詩

中宵獨立數河星，晨興孤吟對杳冥。身似魄槫思正直，心如枯井嘆伶仃。湫居有意悲蕭髮，闤市無人會傲靈。敢以死灰嘲槿艷，不求春色暖寒庭。

阿姆斯特丹由小漁村一躍而爲荷蘭黄金時代重要港口並繁榮至今有感

浮天灌日失晴空，導海平川會技窮。出入霽霞煙共霧，往來雲露雨交風。堤圍敢墾黄金地，河運能興琥珀宫。高館張燈方應客，棹歌徹夜唱英雄。

過冰島維京村落

海岬黄雲掩北辰，冰河沙磧盡爲尘。劫餘劇寇空存意，戰罷驍雄總亂神。既已重情憐弱子，何妨惜死念殘身。從來賫恨宜中夜，獨剩微吟候戒晨。

冰島杰古沙龍冰湖

北陸冬深剪大風，南園春嫩鬥花紅。天因高致能修潔，人恃長才自蹈空。鑄雪皋原纏秀骨，瑑冰鉅海鏤奇功。微陽乍透無裙帨，寒律初迴作玉宮。

埃爾富特係德國中世紀商貿重鎮尤以菘藍貿易爲最盛克雷默橋至今仍留有其人奔走道途之蹤跡此地又係馬丁·路德靜修之所與巴赫家族誕生地因幸免二戰兵火大量文藝復興風格及桁架結構建築得以保存由知戰爲危事可不慎乎

從來商旅路迢迢，萬邑緇塵每夙宵。流水送聲經綺陌，桁梁度月過廊橋。長因花落知神啓，偶爲雍鳴識里謠。軋露秋行歸意早，重簾猶未隔軒囂。

圖林根州愛森納赫城西有瓦爾特堡爲中世紀羅曼式建築昔匈牙利公主伊麗莎白與路易四世成婚後居此散盡家貲以接濟貧困死後獲教廷封聖而馬丁・路德逃避教廷迫害亦曾在此避難兩人各以事跡影響德國乃至歐洲既深且遠

寂歷山川遠故疇，蕭森松籟忍爲秋。星馳荒壘千雲斷，霧走殘墉萬壑浮。由感義行銜溥愛，不虞大問惹深尤。高天莽地遲來客，惟效風柯獨倚樓。

威廉大帝紀念教堂係德皇威廉二世爲紀念祖父而建二戰時大部毀於戰火居然兀立至今臨風不倒其有為後人示警之意乎

秋來獨自候星懸，對月清光最可憐。極戍憑風傳磬筦，列亭伺雨起狼烟。塔高好應神垂意，心碎難逃鬼弄權。忍看金堂違縟麗，猶披烽燧憶從前。

波茨坦北郊無憂宮建於一小丘上宮名取自法文無憂或莫愁腓特列大帝每年一半時間居此然四十年中從未許王后踏入一步故此宮亦被稱作無婦宮

搖空金景叠沙丘，改物昌風喚莫愁。聖主含嚬恩已絕，佳人閣淚意難酬。煙浮珠帳連宵去，露濕蛟爐徹曙留。誰為招魂憐舊夢，情深能到幾重樓。

柏林博物館島舊屬前東德因經濟困難島上各博物館年久失修破爛已甚兩德統一後政府投入鉅資增其舊制遂使希臘佩加蒙神廟祭壇與小亞細亞米利都市集大門等古跡得以重光

已去蛛絲網畫廊，幸來蝶羽覆雕墻。惜渠玉殿曾星黯，念己金堂豈運昌。好物煥光中夜醒，佳人閉月薄明藏。造門難問鶯誰夢，秋靜如何日未央。

佩加蒙博物館素以收藏古希臘古巴比倫珍稀文物著稱其中宙斯祭壇巴比倫伊什塔爾城門與土耳其古宮墻遺存尤令人嘆爲觀止

每上高臺總入癡，又同芳信好矜奇。千門春去悲花落，萬戶秋來嘆路歧。虎躍聳聲驚障壁，獅行曳尾破琉璃。勉從阡巷歸驂御，還過朱庭識鬱猗。

柏林菩提樹大街有德國歷史博物館洪堡大學老圖書館及國家歌劇院等輝煌建築誠爲歐洲最著名之林蔭大道

虛枕初陽散綠蕪，疏簾纖月弄扶蘇。歌臺聲送堆雲棟，舞榭形交動玉桴。已亂憂襟因詠史，重遮翠幔爲披圖。引杯休問歸程晚，意興當風嚮九衢。

巴伐利亞州拉姆紹小鎮卜居

自憐煙岫蔚蔥芊，誰信雲崦可送年。坐夜為難平世恨，對花乃合好仙緣。經秋已覺慚陽禮，投老安能享士田。幸有湖山供凝噎，敢聽風咽伴琴眠。

觀寧芬堡宮美人畫廊因思路德維希一世用力之勤與夫其孫終身不娶之志要亦爲自古紅顏多命薄一掬同情之淚也

漫說酥凝束楚肢，雪堆姑射繡藏時。花墻貪看初無意，罽幕偷窺竟有思。催漏怨深因月扇，流紅信杳爲天墀。幸從翠幄留微步，不與西風笑騃癡。

往巴德伊舍訪茜茜公主夏宮念其情傷愍其命薄感極成詩

堆盤雲髮結千愁，散落星河幾換秋。露井閒依心易死，蟄螢暗度意難酬。瓊梳鬢怯扃春殿，金鏡容銷掩別樓。恩好由來同逝水，流聲蕭索黯牀頭。

哀柏林墻

一朝掩袂爲圖安，咫尺天涯竟萬難。望月猶夷生怨慕，看星落寞覺孤單。十方憂悴奔馳道，八宇哀傷動紫壇。從此春陽悲暖意，分溫鐵幕飾殘寒。

魏瑪訪歌德與席勒故居念其人以異見而訂交交則生死以之方之雪萊與拜倫蘭波與魏爾倫猶勝許多元白略輸之李杜更難望其項背也因作詩

誌感

原想前身是寇讎，敢知交後轉青眸。念君頹放因纏縛，顧我疏狂不自由。溺志柔鄉情有盡，降心俗世意難酬。毋將衰朽收殘骨，異日猶能作勝遊。

魏瑪伊爾姆公園得享浪漫園林之名半賴園中歌德花園彼時詩人年少情盛然性敏感而乏決斷故迭遭情傷察其一生行事並情事留恨孔多原因在此故流連再三不能無感

念誰愁慘過横塘，背放清陰照海棠。巖宿鬡雲藏素影，水棲汀草亂蟾光。會須汗漫交風冷，政想扶搖覺意惶。已挾枯懷形似鶴，坐花猶自爲情傷。

巴伐利亞下法克尼亞區維爾茨堡宫出自巴洛克式建築專家諾依曼手與其事者多奧意荷比諸國巧匠其同造化奇文山川壯觀而能成爲德國建築之經典良有以也

九陌晴虹溢曉光，千門曙月耀華堂。侵晨翠徑迷鸞輅，薄暮花陰起盛妝。撫石略無煙島客，臨流但有阮生狂。秋深空憶佳人去，夜靜猶傳入錯行。

貝希特斯加登國王湖夏行遇黄童嬉遊歌呼

一從閬苑失垂綸，還嚮湖山棄有身。十丈松湍風動草，半川花片雨生塵。鳥依晴霽聲拖綠，鳧識空無掌戲鱗。萬籟俱由玄竅作，獨留童稚出天真。

夏洛滕堡宮係腓特烈三世爲皇后夏洛特所建之夏宮皇后純善有見識尤熱心資助哲學家與藝術家故深得國王與臣民愛戴宮内橘園有兩人合葬陵寢撫此舊跡想其懿行因作詩記兩人情事兼用光王后之德

當年氣概乏人知，朝奏紛紜覺費辭。會問下樓方失意，應詢入殿轉相思。紫宸禁囿增遲日，瑞闕星橋漲綠池。晚遣春風吹寶鏡，端心歷歷總成癡。

慕尼黑英國公園中國塔晚坐

蓋因百事意難工，轉從中華示禮崇。聚巧作高連碧漢，攢奇鬥靡應無窮。梵音未必盤梯得，雅慮原憑曲徑通。強劫孤雲依遠僻，檐鈴不度究成空。

登奥地利克里彭斯泰因山五指峰

秋事新翻起勝遊，邀呼群籟競驊騮。四圍晴黛雲當意，八宇澄嵐雨著愁。約綽芳姿遥隱墾，婆娑玉度近藏丘。怊惆漫疊千重雪，未識誰人嘆白頭。

薩爾茨堡遠眺

杯興方濃免籊冠，香醪催喚上珠盤。略輸霞陣風偏暖，微脱雲岑木正寒。四境晴眉浮屐底，半痕秋水入闌干。九皋聲徹非玄鶴，搖落笙歌與夢殘。

西班牙古城塞哥維亞古羅馬輸水道嘆奇

綠蕪負日倚晴虛，匝野連霄曳翠裾。午暑焦田龜兆裂，平明炎氣旱魃舒。惔焚一度新堆土，鬱熱千尋懶過車。且笑冰夷空望海，至今仰首嘆高渠。

托萊多地狹人少山靜日長直讓人作太古小年之想

夢行枕上分香篆，歌斷樽中共錦衾。過雨午陰從蝶舞，度風晚樹讓鶯吟。物情觸目干遐抱，世事驚心涴素襟。未到天涯長咄咄，難知幽樂可溫尋。

主座教堂係葡國航海家亨利王子出生受洗處至今由其北嚮陽臺仍能遠望老城風景蜿蜒至杜羅河谷因思人事代謝往來古今人類宏圖遠念從未泯滅不免惕厲感奮爰成一律以寄慨

老怯風波萬里孤，更因妻子惜殘軀。羨他掛席親檣鳥，顧己尋幽哭阮途。臨水難輕招海賈，草書知悔誤鯫儒。身常幸免歸魚腹，意卻憑闌到月壺。

阿布費拉松崖風景優勝人跡罕有閒覽憶及韋莊《丙辰鄜州遇寒食詩》之永日迢迢無一事隔街聞築氣球聲句爰成一律

日日尋詩苦未休，結絲千緒怕登樓。端居歌徹因淒怨，羈旅吟餘爲薄愁。嚮夕風張知骨重，過寒月冷感年遒。瑤窗翠濕慵難整，坐嘆時移到海陬。

阿布費拉松峽晚行

霧失晴眉感雁空，雲藏雨腳恤萍蓬。半牕松色親孤月，一枕鼉聲入綺櫳。磐石振崖神易廢，嶔巖倚水勢難崇。抗懷能會扶搖意，淵谷優容與海同。

阿爾加維出海觀豚因念海之廣大人何微渺終不免喪氣怯沮然强爲設辭自寬如此亦足供笑爾

羡它掉尾逐清流，乃欲從心汗漫遊。曠瀁雖能銷百慮，瀠洄未免叠千愁。岹嶢丹竇疑幽籥，蕭瑟霜崖斷水鷗。霞想因風吹海去，乘槎何必到瀛洲。

埃武拉閒行

春風門巷可停留，竹馬年光似水流。我易樽前傷往事，人常物外醉高樓。雨先鶯語閒關澀，月後花辰次第收。薄捲孤衾煙篆冷，恨無著處有邪遊。

墨西哥畫家弗里達因車禍脊椎三折頸椎碎裂右腿骨折另一足被碾碎並因此喪失生育能力然遘際厄難雲愁霧慘已甚猶能綻放如此鮮烈之藝術誠足令人欽佩並不勝欷歔感嘆之至也

茂彼林陰慘緑稠，瘁其枳棘憾光流。蘭釭有意欺儂面，鸞鏡無心洩客愁。色練花冠風泣月，眉連木杪雨悲秋。剩來孤幹擎殘萼，終欠春條自在柔。

星島客居三年將別方知所居吉寶海港爲元人汪大淵登陸求象處因感而賦詩

飲散離亭日已斜，幽棲長恨覺年賖。清宵別趣銜風月，露曉歸心覓象牙。幾處灘頭人送客，誰家曲尾意生花。有緣豈在相知久，一樣笙歌嚮畔涯。

束裝賦歸因別諸友人

一別琴臺豈自知，斂眉移燭意難持。看山雲懶初因酒，嘆水波瀠總為詩。始信花前常醉客，終憐筆底少遊癡。望中寥落星河晚，何處搊彈尚有思。

憶廿年前熊本荒尾訪宮崎滔天故居紀念館感作

每輕與別誤平生，難得相逢感至誠。未許歲華侵白髮，已嗟塵事少玄貞。張燈欲按歌慷慨，置酒何由意縱橫。起試腰間誰曼舞，猶聽榻上我吞聲。

北海道二世古町詠雪

蕭騷涸沍簇平林，煙斂寒枝隱宿岑。曠野風凝聲索寞，鴻原雨積氣啞喑。思娟靜女歸雲壑，望瘦癯仙倚竹陰。種玉何人曾結屋，雅操如月傍修琴。

高野山奧之院訪弘法大師御廟

玉藻所歸成聖島，橡樟蔽日浦生光。席仁已自開唐密，枕義尤能博舊章。橫海月資青衲白，行山霜染皓皤黃。跏趺心止千松下，箕踞其知法道昌。

過宇治平等院

古木蕭森景物空，雲陰五蘊法何窮。鶴翻雕柱侵僧宇，鳳蹌軒檐透綺櫳。末世人無知苦樂，大千地有黜鶏蟲。鶯聲間磬驚行客，難悟持盈本若沖。

卷九　五絶一

詠　雨

輕陰斷紫巖，空翠濕雲衫。會問松間鶴，乘閒可下凡。

喜　晴

交唇苦費猜，爲告積陰開。已使藟陽去，還愁雪下來。

天水明萬曆南巷子故宅巧遇新人

紅毹擁妙姿，顧眄帶矜持。燕婉人稱羨，相思獨費辭。

山行途中

歲月隨風去，星河入夢來。迢遰歸復路，感激每增哀。

與同學夜游黃浦江

銜來九夏風，鳥去入雲中。歷落笙簫盡，清江亂霓虹。

蓬萊與諸生夜筵二絕句

其　一

璧月彌諸色，空山息萬緣。琴難平世慮，酒易致神仙。

其　二

憐彼杯光滿，青弦怕夜聽。背燈驚歲暮，畏景感霜庭。

霧中遊長島九丈崖二首

其　一

煙容平蜃氣，海色動天涯。爲感乘桴意，臨風嚮日斜。

其　二

浮天波駭目，照日岸無涯。倒景星搖動，憑崖接影斜。

曉起湖行二絶句

其　一

湖光侵曙色，嵐翠近秋濃。客鳥纔辭樹，幽人已絕蹤。

其　二

酒空金榷冷，雲醉外瀛真。雨倦花抬眼，風勻鳥嚮晨。

政和二年楊時令邑蕭山不惟經理庶務裁决如流且能應民苦旱築湘湖以灌九鄉一境至今賴其利民因建憶楊亭以誌之余偶到留跡感其德政不能無詩

其　一

中軒秋氣淨，嵐翠漾湖山。流德隨人去，精光獨照還。

其　二

山階花歷落，竹徑水清涵。因絮思門雪，臨風愧道南。

騰衝火山國家地質公園二絕句

其　一

清陰分水氣，赤焰蓋炎州。瘴雨生荒徼，交風上阜丘。

其　二

雲蒸彌霧野，海熱掩高崗。快雨崇朝過，秋庭起嫩涼。

過麗江虎跳峽二首

其　一

川竇偶迴湍，巖扉動曲闌。風生雲作雪，雨過夜增寒。

其　二

映藻影徘徊，依蒲嚮翠偎。輕鯈驚出水，倦鳥懶飛回。

再謁汪氏宗祠三首

其　一

晴雲光秀木，宿雨潤蘭林。歷世存昭穆，經年有積陰。

其　二

既識星宫美，應知祖廟安。貴家欣苟免，微族獨貞完。

其　三

子弟多尊老，鄉隅獨尚賢。宗功方裕後，祖德每光前。

晨登九華山口占二絕句

其　一

陽崖積雪消，陰壑鬱新條。客有高攀石，仙無苦度橋。

其　二

蓮臺霧掛松，來與鳥相逢。香閣巖泉落，丹溪碧水淙。

嘆山高二首

其　一

毓秀上摩天，涵清最可憐。榮光增樹色，休氣聚嵐烟。

其　二

天風過介丘，曙色溢平疇。嘆雨多成霧，嫌秋每結愁。

題蘇州園林二首

其　一

松竹似含經，煙霞覯畫扃。石磯苔蘚薄，雲徑雨飄零。

其　二

朝寒偶到門，宵雨話芳樽。犖确託山骨，縈紆寄月魂。

庚子中秋望月二首

其　一

暑退候文墀，天清月上時。雲分愁去盡，雨合恨來遲。

其　二

泫葉欲風知，吹衣苦自持。青衿無騃鈍，紅袖有情癡。

萬聖節寄女

從違或幾希，擾攘每牽衣。生小窺蘭室，居然立帝畿。

庭花二絕句

其　一

瓌姿與夢同，搖曳出深宮。爲謝玲瓏月，含羞候景風。

其　二

臨軒月在東，度曲興無窮。磬靜風歸院，歌酣雨斷虹。

感時二首

其　一

秋厲百千回，春陽已墜頹。年光誠易邁，流景自交摧。

其　二

歲晚偶行杯，更深換舊醅。性期東海客，懶識北窗梅。

秋感二首

其　一

行歌艤鶴舟，倚醉笑鳴騶。節候雖云夏，歸心已入秋。

其　二

天涯立有間，歲物老朱顏。雨足藏山淡，雲膚合水閒。

重　陽

天邊偶值秋，江畔獨登樓。仙眷無離恨，人間有白頭。

念昔遊二首

其 一

簟冷對孤檠，階閒候雨聲。燭花方歷落，豐草已叢生。

其 二

地闊暮雲平，天高草氣清。謂憐牛馬走，孰與夢中行。

友人告滬上將有名媛旗袍展感寄

憑闌候景風，照水月迷朦。花顫青門外，蓮移綠浦中。

山中口占二絕句

其 一

簪花欲解憂，殢酒反增愁。孤棹花聽雨，雕闌月度秋。

其　二

雲生日到遲，光照欲誰知。長夏紛幽植，芳香總暗持。

遣　懷

長日已闌珊，平沙試嫩寒。玉筵留晚興，羞月佩琅玕。

閒吟二絕句

其　一

歸真入梵林，倚倦賦清心。禪誦雖云去，松風宛在襟。

其　二

老廢百憂侵，宜閒絕世箴。觀梅常秉燭，待月惜分陰。

觀話劇《長安第一碗》戲成一絕

從來一飯難，不易屬長安。設若將心窄，如何對麵寬。

京城晚秋

地闊雲纔去，山長鳥復回。紅酣思積翠，堆錦嘆無梅。

謁包公祠口占四絕句

其　一

殿享竹千尋，泉廉掩樹森。堅剛誰仰德，清正我歸心。

其　二

方慎素懷真，廉能每絕塵。孝行垂後世，直節配前人。

其　三

秀幹美風神，精鋼最可珍。欲求多法吏，獨嘆少良臣。

其　四

因彼勢崚嶒，能知氣足稱。惜乎真學士，不識有中丞。

月河晚行

掩映花縈岸，澄涵水際空。祇今江海上，風月幾人同。

雨中訪秋瑾故居

對月惜嚴妝，臨風意感傷。夜來頻坐起，哀恨正茫茫。

付子二首

其　一

林端月耀光，雲外雁成行。放眼空窮野，歸心絕大荒。

其　二

冬春染鬢眉，寒暑更相推。命薄非天意，時窮正可爲。

深圳前海石公園

影落伫神聽，光流夜未停。有驚雲絡繹，誰嘆雨伶仃。

謁濟南府學文廟

泮壁竟無才，圜橋立有哀。鳳衰誠已久，麟出俟方來。

題泉城

觱沸去氤氳，𣺌淪出錦鱗。竭來遊故地，倦客洗勞尘。

芙　蕖

涼逐曉雲輕，香生月縱横。摇風驚薄豔，浥露坐哀箏。

重來撫仙湖銷夏

紫陌豈安身，風庭可慰神。河梁傷逐客，海嶠候仙真。

仙湖坐月

景曙岫雲寒，邀涼到雪灘。虚懷時放棹，曠抱偶觀瀾。

夏日游湖

三更初伏日，四季早秋天。鶴夢誠無趣，涼颸最可憐。

瀘沽湖詠雲

蘸水成何物，堆愁總為君。欲將風捲去，兀自問晴曛。

摩梭人家

懷情尤未解，對鏡已梳頭。拼得香雲散，要郎上綺樓。

過麗江木府

幸天生玉樹，謁雨步瑶岑。誰誦先芬遠，來承世澤深。

雨中遊大研古鎮

積雨出前津，宵寒逗曉晨。檻窗雲漠漠，惱殺賞花人。

東河古鎮

前村花作市，後院雨生香。古巷人歸月，聽鶯說嫩涼。

湖　上

夢積平生恨，愁銷兩鬢斑。幾時歌竹杖，歸隱好湖山。

獨　坐

明月挹繁弦，清風更節宣。遠公嘗置酒，陶令久稱賢。

麗江人家

隔戶步生蓮，連櫳曲會仙。值霞張繡闥，安枕好聽泉。

拉市海濕地

波上清風至，沙間候鳥遲。看雲交水淥，總為雨矜持。

偶占

翠藻欲移舟，青蘋已筑幽。掛冠非海客，著屐自江鷗。

楊麗萍太陽宮

鸞舞輕收翅，清弦慢引聲。傳仙方駕去，驚世已名成。

愁殷

愁殷嘆索居，別久羡樵漁。看海升雲旆，聽風入錦車。

崇聖寺

松庭罕法華，竹里有僧家。繡檻慈雲薄，朱窗慧日斜。

崇聖寺又一首

豪懷絕淺埃，夙慧本如來。萬法從僧語，千華嚮佛開。

古城早起

翳雨接晨暾，堙風絕月痕。鳥多喧為市，客少閉深門。

題寂照庵

天高雲未合，日暮雨方晴。感激仙凡別，猶移去住情。

過大理張家花園

紛香傳孔雀，聚水照籠鶯。暖閣無斤跡，池亭有棟甍。

中夜起望值月上

涼晨傾別酒，露夜束行裝。將欲秋聲賦，清風已在床。

望月書懷

零落魂消夜，蕭條目斷秋。愁深連苑起，將恨上高樓。

丁蜀方園飲茶

夢裏憐高竹，尊前悼晚花。如何盈翠袖，就月對清茶。

蜀山訪徐秀棠大師

杓翠非高格，墟堅豈足誇。舊封原韻古，新款實堪嗟。

宜興訪東坡書院

尋壑為前緣，經丘未買田。江湖多旅寓，陽羨可成仙。

平安夜衝寒晚歸

平蕪霜滿樹，落日雪沾衣。看海多鷗鳥，邀人上釣磯。

旅　思

客路青山外，人家罨畫中。雲輧初整駕，仙佩已當風。

因老杜癡兒不知父子禮詩戲作

垂老愧容身，歸休怕見人。情雖親手足，勢竟擬君臣。

感　時

萬物誠咸序，良時罕可欣。光陰隨逝水，百歲問行雲。

清溪鎮訪海秀坊因張弼父子三世司馬青雲接武感賦

世系連人望，勳名動九遐。高門昭聖眷，坊巷集英華。

春　日

郭外雨紛紜，匀香濕翠裙。鶯聲來遠樹，花氣出晴曛。

晚春二首

其　一

鶯鳥聲趨靜，林花暮轉深。年芳皆暗換，麗日獨沉吟。

其　二

仰天無景駐，剗地有襟侵。誰命遊絲墜，來交過客心。

夏行郊外二絕句

其　一

紛花過眼低，分艷到河西。九夏南榮近，三春北戶迷。

其　二

環階月起更，當牖已成聲。塵暑靜雲斷，氛囂暮雨生。

新　晴

尋花念少時，載酒剩殘詩。誰夢憐新醉，教人惜舊癡。

望湖二絕句

其　一

推倒小闌干，來親璧玉盤。因求花謝晚，故怯雨增寒。

其　二

一念等微塵，三千懶到身。難知誰應候，盡物是長春。

山居二首

其　一

飲露信非仙，餐霞亦可憐。身閒誠少夢，地勝足甘眠。

其　二

日高猶玉枕，性懶任柴扉。木葉驚秋序，行人感落暉。

題嶺上雲

乘驂辭月殿，張蓋駐凡間。因感風涵靜，來從水養閒。

觀鄭文老師《坐看云起》展席上口占一絕誌賀

澹慮方希古，平心始達真。塵襟難養氣，高致可存神。

卷十　五絶二

近尼亞加拉瀑布見遠處水寒林疏爲之詠

凍靄雨參差，庭花放蕊遲。飄風違素月，暖信到寒枝。

夏威夷歐胡島早春

天地道如沖，人間用不窮。寒條方曲蘗，暮雪已消融。

憶遊華盛頓並念近事增感爲作二絶句

其　一

彌望黯雲浮，間兼暮色稠，黍離悲地恨，麥秀感天愁。

其　二

璚草隱難搜，蒼榛亂映眸。盛衰雖有數，人事亦成謀。

落基山脈瑪琳峽谷瀑布二首

其　一

裂岫雲泉沸，奔聲到浚湍。涼風新退暑，秋氣滿前灘。

其　二

錯落多伊阻，砰磅勢駕鸞。枕流窺月小，漱石見宵寒。

阿薩巴斯卡冰川

堆瓊冷隙瞟，積玉照彤雲。薄日梯崑閬，如何屬望殷。

加拿大迪芬貝克公園戏鴨二首

其　一

風和駐柳葭，日暖宿平沙。楫鼓驚飛起，人行隱岸花。

其　二

憶昔曲塘陂，遲迴夏滿時。波輕牽水荇，翅重折殘枝。

新西蘭峽灣國家公園二首

其　一

花光值雨收，嵐氣際天浮。翦水分眉翠，交柯止鶴舟。

其　二

碾玉增山白，銷春望歲愁。懸峰纔倦暑，潭樹已驚秋。

登伊甸山二絕句

其一

登高孰馭風，來教看山崇。
有態誠都匠，無痕乃化工。

其二

秋洋渺難尋，衣單曉露侵。
躡雲重置酒，望月獨沉吟。

愛哥頓牧場二絕句

其一

茸草文檣綠，風花歷亂香。
川原無戰事，夕照下牛羊。

其二

歸晚因閒懶，來遲愧惰偷。
薄言多遠役，何不事優遊。

愛哥頓牧場又二首

其　一

因與高天會，方知小道窮。牛羊欣載覆，我自感鷄蟲。

其　二

風來生蔓草，雨過逐秋蓬。誰訝纖茸褪，驚疑識玉驄。

題塔斯曼海涯薄餅巖奇景

茫洋誠大觀，清絕不能干。人道堆山易，誰知造化難。

過城堡山

山高松易瘦，雲鬱石圓肥。鳥每看形近，風常識勢違。

普卡基湖二首

其　一

遣來天一色，分與綉羅襦。由嘆西王母，瑤池恐瘦癯。

其　二

山水鬱明秀，佳人每滯留。將心同霽月，豈羨上瓊樓。

摩拉基大圓石

浩蕩太平洋，難同勢莽泱。狂風如鬼斧，鑿石去尋常。

南島弗朗茲約瑟夫冰川二絕句

其　一

晚靄風高勁，殘輝雪半融。積陰連四野，逝水去何窮。

其　二

曉霜紛宿雨，嵐氣隔彤雲。仙馭光盈璧，行人感夕曛。

從子遊格林諾奇魔戒之旅爲作三絶句

其　一

絶域人屏跡，荒阡鳥鏡涵。紛花空著意，搖落在淵潭。

其　二

山隮從雲變，煙嵐籠樹端。有風新度恨，送雨過前灘。

其　三

淩潮應伏汛，嚙岸感流湍。會識山谺坼，來驚月魄寒。

過庫克山國家公園二絕句

其　一

崇巒無倦翼，匡谷有河湍。積雪光山色，輕陰動水寒。

其　二

未暮多愁醉，經朝復夢殘。纔因風送恨，不覺客衣單。

希臘聖托里尼島二首

其　一

暖日起溟陬，匀風拂沃疇。浮天侵海色，搖漾益清愁。

其　二

薄晚爛雲浮，平明蜃氣收。花墻因月白，水檻感光柔。

英格蘭海格羅夫莊園小坐

蕭然絕世喧，燕坐好窺園。到眼花團簇，苔枝出斷垣。

走霍沃什荒原為作二絕句

其　一

落日屯雲暮，悲風接地陰。荒阡驚鴳雀，長薄客衣襟。

其　二

草偃知風勁，蛩吟感氣蠻。丘原難度夢，岡隴負轅還。

華沙老城二絕句

其　一

萬戶西風去，千門落照殘。爭知兵燹後，歷劫得重完。

其　二

閒館奪天寶，崇臺盡物華。有加新著意，來續故人家。

華沙王宫廣場

永巷風來静，鸞庭鳥去閒。霸才嗟繞柱，王業苦維艱。

題瓦津基公園肖邦像二首

其　一

疏雨濕平林，輕煙薄暮禽。琤琤垂雅範，落落響清音。

其　二

可駭非儇慧，當驚竟老成。無心傾四座，端要出真聲。

訪居里夫人博物館

殊才通化學，奇技約靈機。能遇歸聞罕，難知與世稀。

布拉格值幽自嘲

地曠風來急，襟沖候雨遲。夷猶常照水，且樂盛年時。

布達佩斯嚮晚詠松二絕句

其　一

晨興雨來庭，黏天草露青。夕陽光染色，返照入鴻溟。

其　二

迴雲孰看真，招鶴最親人。屈鐵盤榮秀，孤貞到皺鱗。

巴登巴登閒居三首

其　一

花晨誰未識，朱萼舊曾諳。有客心安足，懷冰吐麈談。

其　二

當午蟬依樹，交陰夏木繁。窺簾思淡淹，雲鳥正浮喧。

其　三

幾更今古月，凝澹照閒心。中夜驚離夢，停杯復奏琴。

遊維爾茨堡五首

其　一

爲雲親素月，和露到菹丘。物固傷夭促，人常秉燭遊。

其　二

曙霞花度影，抗殿水流香。謂與風銷去，吹愁到睡鄉。

其　三

夕氣山眉促，涼風鶴逕迷。叢芳人在遠，清好隔橋西。

其　四

每絕塵中累，時親物外真。因思人有意，不敢事酧神。

其　五

易對山中月，難攀世外雲。從來芳草意，未便嚮人君。

奥地利因斯布魯克阻雨

嶺表黯天光，城頭近小涼。會逢興霧雨，潑墨賦高唐。

特勞恩河

信它天瀉玉，會此水澄清。罨畫開阡巷，雲崖出棟甍。

聖沃爾夫岡湖邊銷夏

水靜山浮漾，天空鳥暈霞。惟花猶記省，檐語屬誰家。

過聖吉爾根

天遠樹交陰，風平水漾金。東皋來倦客，南浦候翔禽。

巴倫貝格露宿二絶句

其　一

繡錯曉青岫，茵鋪晚黛岑。結廬申遠慕，垂釣接長吟。

其　二

員屋無仙客，瑤臺有景雲。當風浮太白，代雨候晴曛。

格林德瓦爾德山居

爍日出崖巉，分晴到雪巖。輕嵐光筱屋，重翠濕雲衫。

勞特布龍嫩二首

其　一

倦憩能遺世，幽棲敢忘憂。見山多靜樹，悟水少停流。

其　二

性僻遠花陣，居閒近鳥瀾。天雖工著雨，仍放瀑增寒。

米倫小鎮

雨枕接青靄，晴牕度白雲。因知芳草意，敢試綠羅裙。

蒂爾公園乃腓特烈大帝在位時改建誠爲柏林城肺園中池塘一側有海頓莫扎特貝多芬三樂聖紀念雕像然知者甚少訪客亦稀因爲誌感

新藻出水中，照鏡戲喧風。有鳥聲歌靜，猶知己未工。

慕尼黑夜宿口占

月白鳥清遐，秋深日已斜。王孫遲走馬，歸晚叩誰家。

國王湖

罨畫來天外，扁舟出雪灘。屏山青入水，皴斷綠波瀾。

聖巴托洛梅修道院

勝日愁雲聚，高年感夢寒。勞歌來遠寺，羈眺斷迴瀾。

自新天鵝堡遠眺

空翠依雲樹，輕煙集露葵。寶光風偶值，丹氣雨常隨。

過特里爾

春明花罕落，秋老日多遲。幾處光風黯，銷香雨獨知。

科隆大教堂

清風宜送目，佳氣合登臨。百里觀無礙，千尋覓有心。

依韻和友人波恩招飲

孤懷從雨訴，幽事傍雲生。將剩對笙管，安能付晚鶯。

拜瞻貝多芬故居

鏗金聲壯闊，戛玉氣雄完。朝市新翻易，園田別奏難。

亞琛吊古

一戰定基業，三分固版圖。因思查理曼，不僅爲高盧。

巴黎夏日二首

其一

望中行舊意，衣上覓前香。載酒蔭芳樹，尋花到帝鄉。

其　二

斷霞愁醉客，時鳥亂池亭。草木紛晴晝，歸雲入性靈。

聖母院廣場晝行二絕句

其　一

日高光芍藥，香透誤蜻蜓。鳥跡遺松殿，籬花傍露庭。

其　二

宿雲纔閉日，流月欲誰聽。竹色分蘭砌，衣香上畫屏。

艾克斯歇涼二首

其　一

依闌倦晚鶯，坐石解朝酲。白紵交風皺，春衫共雨輕。

其二

熏風過玉街，來慰舊庭槐。願夏堂堂去，長蔭究可懷。

初識勃艮第公爵石棺二首

其一

階墀感玉涼，櫺檻隔金香。度夜風成曲，吟秋雨斷行。

其二

最是帝王家，榮光曷足誇。可憐人不信，撫跡獨長嗟。

日暮歐塞爾街行二首

其一

秋信商量早，昕宵日月乘。巷深風闃靜，勻照上衣棱。

其　二

花同人未必，語隔月何曾。爲賞斜輝晚，心閒忘試燈。

歐塞爾詠晴

平野濃熏醉，崇岡霽日沉。群鶯爭暖樹，歸鳥憩雲岑。

過肖蒙城堡

傍簾香破鼻，入檻暖烘衣。出谷屯河漢，來巢待日晞。

加爾橋為古羅馬人修建之高空引水渡槽由重達六噸巨石堆壘而成久歷洪水衝擊而至今不倒誠為人類建築史之奇蹟

岧嵽郊墟遠，逶迤獨倚橈。問程從鬱翠，聽水度雲橋。

第戎四時

鞦韆開畫棟，歌管閉雕梁。花礎雲隨月，芸階步逐香。

又過第戎

高檐交日影，幽砌隔花梢。節物宜初夏，閒心屬鶴巢。

蒙巴爾訪布封故居紀念館

大化常翻覆，乾坤總自然。有心窮物理，無意識青鳶。

阿維尼翁斷橋望景二首

其　一

夜雨生涼簟，流光照露庭。美人吟璧月，倦客候殘星。

其　二

誰駕卿雲爛，因風上畫屏。花開全富貴，香半盡凋零。

阿維尼翁戲劇節漫興二首

其　一

曼倩誠多智，枚皋豈爾曹。才能張嫚戲，未必賦離騷。

其　二

萬般無奈意，且付巧機牢。百舌聲流盡，脂韋剩吐槽。

舟車勞頓喜昂布瓦斯居處恬静且歇兩日再作計而行因口占二絕句用誌欣懷

其　一

迢遰涉丘墟，徘徊意轉舒。花光勻且淨，邀我結田廬。

其　二

從雲懶鳳輿，依水可安居。迴視重臺路，當風自曳裾。

再過卡爾卡松二絕句

其一

倚馬多思客，登高獨計窮。自花開較晚，恨不舞東風。

其二

朝帆斜照水，夕鳥半山空。勛烈銷磨盡，流光見始終。

由于特利貝格遠眺蘇黎世

春襟鬱未開，尋勝獨登臺。世事隨風去，雲山傍雨來。

伯爾尼夕行阻雨

雲階尚著緋，月地雨霏霏。凝恨因何事，教人怨落輝。

根特城緣景類鄉野罕有人至酒後行散因成二絕

其　一

解語問青弦，尋愁識舊年。河橋多覺夢，芳醴可催眠。

其　二

廛廓少新垣，蕭然可灌園。牛羊歸里巷，野老出尘喧。

古羅馬競技場

鎬宴對芳卿，圈牢會傑英。看場人怙亂，令妾淚交横。

托斯卡納春行

地暖春歸早，人間夢到遲。煙陂花掩映，霜野雨參差。

過南托斯卡納題蒙特普爾恰諾酒莊二絕句

其一

清平因古法，和厚出瓊脂。綠露蒙嘉歲，甘漿得潤滋。

其二

相逢曾一泛，別後每存思。舊甕固能好，新觴會幾時。

錫耶納貝殼廣場落日觀泉

寒野圍新樹，平岡走舊垣。看深山落寞，坐久水潺湲。

鹿特丹早起

河橋連港汊，海色與天分。碧碎參差落，寒聲徹夜聞。

德哈爾古堡二首

其一

詞客步城隅，騷人候靜姝。有閒真絳闕，無夢乃清都。

其二

照室體空無，縈窗看月孤。人多吟玉漏，客每寄紅爐。

范伯寧恩美術館

淩空生傑構，光焰壓重霄。蔑俗成高藝，違常起鋭標。

布雷達二絕句

其一

愁煞看花人，將歸惜晚春。風來多碧樹，雨去每清粼。

其　二

始訝影交横，終憐色近貞。當開酬逸致，搖落感幽情。

哈雷姆街行二首

其　一

正須陶寫處，元在晚歸時。落日依朱戶，閒雲下玉墀。

其　二

畫橋頻照水，心事偶成詩。鳥過風來速，船行雨到遲。

訪科爾多瓦百花巷

門巷隔山斜，蕭條絕五車。君家應可到，只是少梅花。

塞維利亞旅中苦熱

欿風平暑氣，眠月感秋涼。倦客無親故，希夷入酒鄉。

訪彼拉多之家觀其形制掩有義大利文藝復興與西班牙穆德哈爾風格之長誠為安達盧西亞宮廷建築之傑構

因循新麗日，來會舊年芳。且將清真意，交風卸晚妝。

訪格列柯故居博物館感其生前寂寞然世代懸隔後竟能得塞尚里爾克輩激賞所謂絕世才藝必有繼者補敝起廢誠不我欺

中世少更張，神壇獨奮揚。可憐人不識，兀自拜提香。

題里斯本聖喬治堡曼努埃爾一世雕像

胸量何其闊，堪同眼界寬。可憐吞海日，終究失安瀾。

埃武拉閒行二首

其一

庭院一株梅，花階夢客回。清風留別巷，明月過尊罍。

其二

檜花逐水流，開謝祇供愁。野薮思新釀，幽人夢故遊。

埃武拉戴安娜神廟建於公元一世紀歷久堙圮殆盡惟廊柱嵌入新建城堡圍墻十九世紀城堡拆除廊柱得以重見天日如此寶物重光真後人之幸也

庭柯鳥弄晴，聲度欲愁迎。惝恍惟明月，留墟照柱甍。

美秀博物館

心造依宗匠，仙遊出道常。楮君留典誥，墨客費辭章。

舊年遊札幌因東京局狹乃感北海道之廓大

地大物安居，心空道集虛。如何行日月，局促對闤闠。

卷十一　七絕一

哭俞翼鳴同學

韶華不爲少年留，摧折才人到海丘。一曲多情吹夢散，分予茗雪訴從頭。

苗寨晨起

穿桃度竹到田家，物土清平歲月賒。鳥弄風庭人弄樂，送聲隔葉過墻笆。

臥龍潭二首

其　一

纔歸怨月洗清光，便曳瓊裾到露房。寄意青山煙雨外，看真流水過横塘。

其　二

不覺行雲照水流，花因雨袂和光收。欲添漏夜三分月，好豁晴襟賞句輈。

蘇州訪顔文梁紀念館

孰謂開山能擘畫，不拘合度感通靈。思今沂水歸風柳，猶憶才人到曉亭。

朴園係民國滬商所建在蘇州私家園林中爲最晚起後雖幾易其主仍備極蕭條今遊訪到此由落花孤照而思其清幽誰伴不免悵悵故作二絕句

其　一

月度松音隔畫屏，鳥分花語欲誰聽。相思恐被風吹去，别恨何曾到燕亭。

其　二

何人酒盡意闌珊，底事更殘感嫩寒。原憲從來安陋巷，陶朱未必有真歡。

哭周毅

動袂芳菲待月歸，迴波光溢去無違。從來仙闥雲山隔，不意香城已啓扉。

戲題蓬萊酒莊後園

擬憑樽酒消千恨，更仗輕歌送百憂。已見野鳧歸鶴渚，未聞高士赴瀛洲。

顧振老百五遐壽身輕筆健感之佩之恭作二絕句既用爲其書畫篆刻大展賀亦欲存效其道以增年之私

其　一

望中趣少每從心，紙上香多總付琴。羨丈道鄉酬百歲，嘆人俗世惜分陰。

其　二

夢欲圖開百里春，小隨造化慕天真。從來彫飾難稱巧，物表情沖始煥珍。

湘湖秋行詠蓮

欲捲香綃掩客裳，忍教翠縠減精光。夜深浦隔歸橈晚，垂老秋吟過曲塘。

上海國際舞蹈中心美侖美奂於此再度觀舞劇《永不消逝的電波》依然莫名感動謹錄舊作以爲賀

啼紅密訴莫心驚，剪綠深盟醉欲行。怕舞愁殷輕蹙步，小舒羅袖到天明。

一年容易又到端陽切念女兒爲之悵悵因成二絕句

其一

孰事年來最苦心，相思欲洗費長吟。殷勤偏許春江水，返照流光忽到今。

其二

排宴風亭曉露侵，音容明滅豈能尋。奈何一枕琉璃月，堆壓孤清入醉衾。

第十二屆中國藝術節閉幕式表演誌賀

剪春袖綺錦纏頭，急管繁弦入朗謳。促遍霓裳迴舞榭，漸催檀板上雲樓。

觀小兒學校彙演一路狀況不斷趣甚趣甚

雛鳳棲梧怕試聲，似人意懶誤清箏。會須倚馬三千紙，還看垣宮奪管城。

武大校園

遲日初開見阜丘，弄花舋宇景雲浮。衆星翕聚行乘月，來會文庠第一樓。

登晴川閣

念誰晴閣看星流，銷損年光黯織愁。欲揖高吟歸玉鶴，如何曠望到江洲。

遊歸元禪寺

坐花歷亂豈聞詳，面壁時聞義殿香。夕寺鐘疏心轉靜，宵床不覺夜聲長。

曾侯乙墓出土文物數量之多與等級之高令人瞠目其中九鼎八簋與編鐘編磬尤嘆爲觀止今特爲一絕用誌其盛又或兼慰其寂寞

露侵春殿泣殘陽，歲晚宫深意轉涼。漏盡玉英銷暗麝，淒鏘鐘磬鼎生香。

池　蓮

交横浮光嚮日偎，團香分隔雨徘徊。因人識淺遲開眼，輸彼更深早綻梅。

再遊長春觀

玄圃松風六界天，醮壇月魄玉牕前。問鸞丹井流虚室，對鶴琪花可種田。

付子二首

其　一

淡淹湖山命棹還，涳濛霧縠感霜斑。不由泠月曾侵骨，敢信癡雲抱質頑。

其　二

生多寄跡共浮塵，死合招魂豈有身。爲彼憑闌輕策馬，忍聽鉛黛涴天真。

觀立行兄策劃《意象江南》展因思老輩之凋零與夫當年遭遇之不幸不免重生感嘆

誰放笙簫蹋艷歌，清光潑眼照香羅。看花裛露慵晴暖，春老偏和暗恨多。

過嚴同春故居

當憐雀替煥雲紋，莫訝瑤光少與聞。春盡亭橋芳草緑，池花猶隔雨紛紛。

訪巴金故居有感

最是寒吟不自由，敢分百慮上枝頭。從來竭悃偏多厄，未信閒庭可貯愁。

巨鹿路劉氏舊宅

輕歌不到畫堂空，一醉何曾與夢同。恩好從來違永夜，爲歡難得上簾櫳。

春日過馬勒別墅

歸臥鶯歌不勝聽，坐愁嬌女果娉婷。漫勞風日憐耆艾，黏絮春光始到庭。

與友人遊榮氏故居

蘭佩空芳識故儔，蛾眉誰妒下妝樓。日高春睡渾無意，綠袖遮羅枉策籌。

春日遊園喜晴

謂誰節物付癡雲，要見春光染隙曛。涵影簪花頻著眼，映天碧樹正紛紜。

山中喜晴二首

其　一

林薄新陰動曉晴，湖山未到意還迎。幽禽弄暖初收雨，晚放春襟作散行。

其　二

性僻宜循世外名，身閒偏與曉雲清。不嫌初霽花黏履，要逐鶯聲自在鳴。

詠芭蕉二首

其　一

翠旌高掛度雲中，未展青章對雁空。斲盡春光期雨訴，芳心能不誤東風。

其　二

欲曳清涼怕費辭，晴曦無雨落殘枝。銀釭空照疑緗帙，百脈青箋總是詩。

元日觀鄉人舞龍

酒增爐氣寶光盈，梅透霞牕照水清。春教顛狂同稚子，興從列炬候天明。

博羅歲朝口占二首

其　一

院靜提壺奉舊醅，庭閒策杖訪新梅。造門爆竹方驅趁，童子攀條已數回。

其　二

春衫慵試爲輕寒，怕見家山入夢殘。日暮歸田稍著雨，飯蔬釂白已成歡。

犬子觀世界杯問中國隊事因不能對心甚恨恨為作四絕句

其　一

碩人俁俁溢容光，藝業從來隔道傍。試過北城垂柳地，玉簪傅粉喚蕭郎。

其　二

漫抛蹴鞠入輕烟，醉倚歌筵喜擲錢。縱使百金矜舄履，衹堪旖旎對鞦韆。

其　三

常爲驕狂傍酒眠，奔星亂下到甘泉。身輕鶻似同空廢，徒有皮囊賺眼緣。

其　四

年年鵠候似儂癡，耗盡春光苦自持。婉轉香纓偎玉樹，芳心結恨過殘枝。

訪蘇州評彈博物館二首

其　一

花間鶯語喚卿卿，蔓結愁腸枉將迎。老大傷春如我瘦，小紅清減似儂輕。

其　二

一從怨慕起三生，目許西厢事竟成。流水已知郎有意，琵琶應笑我無情。

蘇州昆曲博物館二首

其　一

歌扇裁風舞帶長，誰吟嬌鳳懶添香。宵聽松雨分殘月，十二樓頭正作場。

其　二

鶯語間關衽正單，吴歈繚繞夜將闌。重簾挑取千絲縷，盡入前朝舊衣冠。

蘇州鎮湖刺綉街二首

其　一

瓦流笙管過横塘，花謝歌臺淚數行。才子樓頭初失意，羅敷月下漫梳妝。

其　二

纔識天機過柳塘，便拈針綫入班行。絕憐雪影皋橋遠，始信佳人好淡妝。

明長陵二首

其　一

吉壤從來屬帝京，山深枉自費經營。欲聽萬古流長夜，鬼唱無聲最可驚。

其　二

連霄畫柱絕蒼暝，蔽日危檐望曙星。謂識昭陽堂上舞，每新窔壙作娉婷。

騰衝熱海公園

天炎水暖風來速，地熱煙熏月到遲。爲念窮秋人已老，趁先快雨入湯池。

登小空山二絕句

其　一

爲言清夢繞空山，小啜輕颸度掩關。一向年光無限恨，動催行色上詩斑。

其　二

閒心未理且簪花，乍對松風漫衣霞。孰爲春隨秋隕落，難乘晚月就新芽。

曉起值雪

迅景未能留屐齒，流光幾誤小園屏。隔山春信纔支酒，傍水梅風已到庭。

惜少年

如何絕勝少年遊，怕倚章臺接舊儔。無奈歲寒聲沍凍，酣歌困殺在高樓。

杪春遊海螺溝二首

其　一

始驚寒玉振琳琅，還訝飛川失莽泱。照眼冰原清透骨，寂淹芳信暗生香。

其　二

巑岏露冕氣縱橫，潄瀹清觴且鼓箏。千尺玉龍凝馱雪，百般青鳥放歌聲。

又過兵馬俑博物館

懸知山海苦登封，坐見風霜黯祖龍。霸業固能銷六國，弱齡猶自少春容。

巴音布魯克草原二絕句

其　一

未覺高天白露秋，穹廬落照見羊牛。星屯雲野垂如幂，映帶長河曲曲流。

其　二

朔雲挾雨到山前，應律西風動雪烟。隔水氈鄉驚直陌，猶疑洛浦眺迴阡。

過賽里木湖

香含瑞霧浥蹤塵，色泛輕煙到曉辰。照水時花侵月露，流聲鷗鳥自親人。

喀納斯湖秋興二首

其　一

會須瑩玉照晴空，要看春山半雪融。袖底梅花驚歲序，望中流水嘆無窮。

其　二

秋色分晴到渚烟，波光挾雨亂燈前。閒身湖海愁佳句，涼月封緘已結篇。

周加華先生不惟畫臻化境高見卓識亦邁越時人值其畫展開幕謹作兩絕句以爲賀

其一

爲惜駒陰不自休，駸尋歲日懶交酬。數椽俯仰平生足，更假丹青作勝遊。

其二

詩了重吟到白頭，酒傾止欠斥同儔。方驚腕下橫滄海，已覺胸中捲蜃樓。

體檢

嘆惟八萬四千劫，墮入紅塵六十年。廣榻支頤方曲肘，殘軀豈敢望神仙。

己亥年末感懷

繞夜吟窗看曉真，流光暗換百年身。念誰衰怯傷行邁，坐惜梅花碾作尘。

遊嘉定紫藤園

裁霞何事裊晴枝，蔓雨誰家綰碧絲。可奈東風花歷落，停杯還憶倚闌時。

觀丁和先生新疆風物攝影二首

其　一

縱張鞭馬慣南向，仰彼邊風到北徂。河冀少年輕赴死，敢因私劍斬元渠。

其　二

寒歌起處速天誅，大漠愁聽逐燕弧。欲寫相思歸雁字，問誰星轉月華孤。

練塘春行

還從狂稚看花低，來探春愁路漸迷。將恨曼聲雲外度，輕歌已過小橋西。

念昔遊

春銜青鳥上雲樓，秋盡千帆未識愁。聽雨淺悲成獨醉，挑燈深恨割輕裘。

傷往事

早歲絺衣命鶴驂，呼將詩酒下江南。引杯漫説河橋事，一夕相思止笑談。

同學傳來四十年前舊照覽之不覺感傷所謂世間公道豈惟白髮誠哉斯言

怕上高樓獨自憐，剩銷殘夢照無眠。倚闌唱徹東流水，始恨滄桑换少年。

傷　時

薄衫春换抱霞衾，玄髮秋侵哭斷琴。玉漏送聲催老去，寒宵剩雨獨閒吟。

和韻憶昔遊五臺山

破鼻天香契妙真，閉堂法鼓自親人。閒同客鳥歸霞外，醉勝孤雲懶到塵。

青西郊野公園三絶句

其　一

奈何催趁嚮天涯，剩肯餘生傍日斜。纔訝游魚驚宿鷺，蟬吟已自到田家。

其　二

知爲誰開到曉晨，教人無事獨傷春。風亭紅袖歌行曼，月館書生恥問神。

其　三

青緗意氣賦登樓，白社形容足俊遊。爲見落花同逝水，乃從細雨送牢愁。

立春日作

投老誰將歲律回，暖浮晴色上溪梅。雲箋已叠新愁去，黛筆何曾對舊醅。

與友人玉佛寺飲茶五首

其　一

眠雲幽賞能當意，臥石高談可送茶。世罕奪胎輕食玉，更無换骨棄餐霞。

其　二

整齊鶴鹿充鸞駕，呼久松喬共鬥茶。坐看一天河影轉，起尋幽夢正清嘉。

其　三

往來君子常觀水，漸老行人獨試茶。秋片看從花雨落，春芽不識出誰家。

其　四

總爲失言慚醉酒，每因少睡怕分茶。背人團破稱新貢，歸坐墻笆看落花。

其　五

欲求身健須無夢，難得詩清賴會茶。世味總如春水薄，物情尤嚮日邊賒。

晨起二絶句

其　一

念誰風度壓秦淮，來此青渠折燕釵。思入花間愁到處，敢煩光月照癡骸。

其　二

春風欲度碧雲凋，依舊相思過小橋。已乏詩心回宿醉，更無綺語付妖嬈。

憶昔衡山早發

風高塞迴草連天，崖斷鄉遥聳嶽阡。明月從來留倦客，流光未許照殘年。

知所樂

一床緗帙共仙居，半案芸香下玉除。欣有清歡酬素腕，縱無勝賞又何如。

網上觀布萊特妮舞陽臺爲之目定神攝不能語

情深院落倚雲輕，怨曲闌干賴酒傾。婉娩歌張纔慢舞，窸窣夢碎已心驚。

晨起讀杜工部集

朝叩權門隔照墻，暮承塵色道中央。已慚上善三洲水，更遜羅浮一脈香。

賀朵雲軒換裝重啓兼贈朱旗兄

楮君篋底散奇雲，墨客樽前鬱海氛。北里桃花開畫笥，南都金粉落秋芸。

賀葉國輝教授《王羲之》首演成功

欣有蘭亭體道真，好從曲水感芳辰。載柔和氣無人會，新譜因翻枉入神。

感　事

看剩新晴換雨霏，乃邀雲懶度斜輝。始悲人境無龍去，漸好仙鄉有鶴歸。

霜降二絕句

其　一

一夜霜威落槁梧，聲同細雨結龍珠。階前寂寞魂猶悸，霞外棲遲病欲蘇。

其　二

壓綫成鸞比翼真，揉團觸緒自侵人。九秋悲氣難銷物，剩馥相思易到身。

感　時

嚮晚停杯且進茶，宜人風物正清嘉。薄衫濕盡青春事，午枕新晴候月斜。

冬日閒坐

若木輕分隔市喧，流霞不駐出殘垣。百年昕夕夢難輟，大半清光落小園。

山中閒居雜興

乍樂仙居過酒村，還同玉署計晨昏。思深偶感花開晚，吟倦時聞雨闔門。

冬日過唐模村

閒坐溪亭候日斜，交親扶杖話桑麻。舊遊門巷人纔去，新折朱梅已著花。

遊黟縣守拙園

有分名途愧到身，無心利路屬真人。山中霞友多吟月，世上雲朋每結鄰。

黟縣拾庭小坐二絕句

其一

爲謝餘生到隔山，且開醉眼滿清關。一庭夢雨知長夜，中夕無人負釣還。

其　二

老去追歡與日斜，興來逐月嚮天涯。香園未到誠虛度，雲屋千重豈足誇。

贈拾庭畫驛主人

月媚何曾照此身，花娟難免誤紅塵。掇山自古多宗匠，理水誰能妙入神。

雪中登黃山

載將春夢過寒潭，秋換重陰雨正酣。遮莫晴嵐交雪月，行人無處不江南。

黃山雪霽

看天作雪屬彤雲，聽雨凝寒付夕曛。蘊籍妝成瓊樹合，便娟幻出玉山分。

南科大觀校史展有感

修藏不墮因甘苦，遊息能持故免隨。含露茁生誠可遇，負霜漫長最難追。

家芳先生《行跡》大展誌賀

凝岫隨雲拆混元，行天會雨感心源。初疑一管能如此，始信三才有鳳騫。

有感爲朵雲軒上海書畫出版社賀

梅點妝清善寫真，蘭吹氣靜貴傳神。華箋畫史方殊昔，翰墨書風已絕塵。

觀上博黑石號沉船出水珍品展

餞老春山水作胎，碾新素色始成才。玉爐已自銷香燼，金盞偏能入夢來。

聖誕夜同學蛇口招飲

時聞海上寶船空，疑落天河隱月宫。去歲香塵多倦客，今宵紫陌有仙翁。

南市故宅泰半遭夷平感賦

相將暮節過蕭辰，來濕青衫浣舊尘。且碎樓臺銷故老，漫留斷壁慰行人。

賀哲明兄畫展揭幕

夢遠青山最可憐，見親鶴駕始登仙。從來物表多陳跡，杖屨方能得道緣。

雨中訪良渚

昔在鴻荒接水涯，邈哉蒙昧每堪嗟。肇初夢斷何從起，煥炳人文見世遐。

杭州曉書館賞櫻花

遊倦平生歸老境，吟殘終夜笑兒時。奈何風月花開早，瞬換星霜到客遲。

過大餘縣大龍山生態園

因傍山嵐懶上臺，凝寒到曉未曾開。風裳已逐歌吹去，月佩應還照水來。

過古南安府牡丹亭公園二首

其　一

露草搖晴玉漏殘，風枝帶雨錦衾寒。從來年少相思苦，愁令春銷促夜闌。

其　二

棚上居然敢結歡，人間只合夢孤單。優伶眼媚聲成曲，詞客情癡句欠安。

題大庾嶺梅關古驛道

關分楚越客徘徊，嶺度昏晨粵使回。驛路迢遙空佇望，不聞南服落青梅。

撫仙湖閒行

念它空水總氤氳，敷秀明山到日曛。客子魂歸家萬里，怕聽鯤海落鵬雲。

有　感

詩興常因老病休，韶光偶誤水明樓。登高莫恨青雲隔，徵酒須從濁世浮。

事　逐

事逐高明已覺遲，此身誰屬最難知。等閒識盡生滋味，猶待翛然坐蜕時。

村行即事

捲盡新晴不老身，送殘舊雨始成真。香餘有恨歸騷客，夢斷無心照玉人。

過陽朔富里橋

見誰畫舸繫山嵐，偏慰離人結夜談。盤鬱清思君莫問，聽遲暮雨落春潭。

遇龍河從子漂流甚喜隔岸風物清和可人意因念袁中郎有故將竹筏代游槎之句欣成一絶

送誰罨畫出山來，好教晴牕曉鏡開。慵起美人何興懶，檀心倩客費疑猜。

漓　江

因勞南去每多情，暗許芳心解宿酲。問水將愁輕蘸影，相思原不到天明。

陽朔西街

曲廡纏燈放岸花，重梁壓影擬人家。曉驅照爛笙歌亂，宵偃披開皎月斜。

詠新竹

籜解霏微感露生，梢分料峭入風聲。千霄勁節留他日，一段虛心已見貞。

訪歷下興國禪寺

乘興能知嚮日睟，偷閒應喜會禪家。近鐘緣觸歸趺坐，遠磬聲聞悟落花。

登白雪樓感滄溟故事

仰漢無端鬱盛昌，宗唐有意棄輕狂。鷹揚烈烈誰人會，獸駭紛紛最可傷。

感遇十三首並序

人至老境，感懷殊深，自不免念故舊而悼既往，言歡緬恨，不能自已。惟鬱其幽憤，觸其離憂，類皆附物造端，非敢以靈響獨結自許，要亦以存天籟最真之旨爾。因爲《感遇》十三首如次。

其一

低蹙晴雲嚮日斜，暗搖波影到人家。因愁鶯語驚殘夢，故任明妝付落霞。

其　二

懶對來蹤賦客愁，閒循去跡謝登樓。交車廊下誠賢輩，岸幘尊前豈俗流。

其　三

矚眺常因夜未央，勞歌每為別途長。且從流水歸雲穴，好趁浮光繞帝鄉。

其　四

敢謂平生意獨貞，難求出入事圓成。恨深送歲堂堂去，夢淺傷春罷錦箏。

其　五

一晌淒涼浦草萋，十分憔悴趓花迷。勉從更漏開星眼，要看舒眉認舊題。

其　六

望月華年最惱人，屬秋心緒可安身。奈何勝雪三分白，難為儂開到曉晨。

其　七

因愁翠鬢懶登樓，乃惜殘心每問秋。曳緒紛紜同逝水，引聲迢遞與閒鷗。

其　八

愴念前遊事可知，坐花醉月意難持。琴樽已絕西洲曲，芳草猶憐懊惱詩。

其　九

每多寓興攬芳菲，更少銷愁賦采薇。燕有巢痕因問舍，鴻留泥印豈當歸。

其　十

石閣無經豈足憂，宣和有筆更堪愁。孤懷落落難當意，僻興寥寥懶預流。

其十一

昜到湖山少泛槎，難迴日月有心遐。尋詩雁路吟風曉，釣罷鷗波候露霞。

其十二

宜餐秋菊會高樓，堪佩春蘭每自羞。鳳闕衣冠誠可羡，江湖心量最難酬。

其十三

瓊蕤照野夢韶光，賺得秋孃漫笑狂。閒院有風消永晝，畫檐無雨訴年芳。

六十戲作

果若人言速可驚，纔居年少已傷情。衰顏自笑扶春去，孤興何妨倚醉行。

晚行湖上

蒼茫煙水蘊枯禪，零亂菰蒲證惘然。到眼聊蕭堪供送，難酬鵜喚上金船。

觀德昇大師琢玉

接天瓊嶽多盤石，近海名都罕呂翁。隱曜玟璇憐逐客，韜光珪珙候良工。

晨起獨吟

原頭白草託非人，磧裏黄沙看豈真。煙帶遠晴分曉色，風梳新雨共消塵。

登　高

山棠淑氣和光流，岸菊清輝與月浮。雲外朝登追傑閣，雨中夕覽失崇樓。

觀建勇先生畫展席上口占以為賀

眼前墨妙出遙岑，兼更高情入骨深。曉霽霏微多婉媚，晚雲香淡半蕭森。

欲　聞

欲聞心事看何人，要靜生涯斷問神。昨夜春風吹夢去，今朝秋雨漲漣淪。

羡　君

羡君不醒對長庚，獨享高眠棄管城。綠醑但能銷韻葉，朱弦何怯訴孤檠。

夏末早行

秋信隨澌到柳堤，客懷猶慮度橋西。隔城落木連天遠，夾岸孤煙拂水齊。

時際五行數命回歸席上口占以寄意

生平除卻命難從，心事由來匣未封。憶昔力雄羞畫虎，讓誰氣盛欲屠龍。

自將

自將欲雪慕清明，敢嚮連陰唱曉晴。殘臘徒然從雨去，歸心枉勞逐雲行。

滬上拜識一聞大師未接言誨已驚聲容誠天池英度蓬萊仙格也

興高難遘誠良會，名盛端知是傑才。未識希賢應笑我，白頭傾蓋始登臺。

卷十二　七絶二

紐約客中連日逢雨爲作四絶句

其　一

劇憐健骨老江干，未覺春來氣正寒。欲浣緇塵醒宿醉，故求行潦不爲難。

其　二

笙吹破悶曉河清，古韻縈心起遠情。照眼平明花濕重，十分倦意上翬甍。

其　三

料因飄泊去無家，爭得書生一念差。羨它身輕歌永夜，瀟湘簟上夢簪花。

其　四

莫朝東内訴不平，初月臨牀夜正明。歌罷山樽規院去，一庭紅雨和蛙鳴。

華盛頓謁杰弗遜林肯紀念堂

宰總群雄每奮身，撫寧荒遠賴隆仁。雍和民物思垂烈，勛績惟光嘆絶倫。

新西蘭南島帕帕羅瓦國家公園

早知歷境隔塵凡，煙浪翻空濕綠衫。廢百春心曾買醉，等閒世路有巉巖。

遊哈格利公園兼答故友問

袖帶清江逐雨鳩，舟維岸樹狎沙鷗。日高慵起猶扶醉，頓覺銷凝不識愁。

哈格利公園又二首

其　一

烘晴何物最情長，云夏隨花夾岸香。竹院無風方苦熱，松陰過雨轉生涼。

其　二

纔度鶯聲入暖巢，便歸日影到松梢。因風嬌趁吹愁晚，坐看雲閒過近郊。

與友人雅芳河泛舟爲作二絶句

其　一

愁催吟興接天涯，酒殢河橋失故家。波軟已涼歸柳幄，鳥輕徂暑倚汀葭。

其　二

溯迴花合蔽天光，依曲舄分亂序行。袖底離情爭月瘦，夢中別恨較篙長。

阿卡羅阿平崗秀整煙岸清美當此佳勝不免流連永日作匿景藏光嘉遯養浩之想並不再有別擇好地訪宇卜居之念

半灣明滅照琅玕，一枕悲欣嚮物寒。因效鷗閒輕短視，故親菊淡好旁觀。

再過阿卡羅阿為作二絕句

其一

忍從薄暖追燈影，敢就輕寒嘆露華。夏老田陂人去疾，秋新岡阜雨來賒。

其二

嵐光煙結因風直，草色香流逐雨斜。自將孤懷從費隱，笙歌聽落別人家。

阿卡羅阿小鎮湖行二絕句

其一

晴虹飲水空苔綠，曙月朝山映碧霞。半岫松聲歸晚霽，一湖秋氣動浮槎。

其二

閉門淺醉因霖雨，斷客深吟爲落花。但覺雲情翻薄暮，不愁波淚度曦斜。

米佛峽灣閒吟

愁來顧我親芳醑，老去從君醉綠樽。天漢晚侵迴嫩碧，冰河曉注曜初暾。

瓦納卡湖晝行二首

其　一

凝冰素骨交春別，蘸雪柔蔥共客愁。因嘆柳鰷輕出水，始驚矯翼下霜鷗。

其　二

須信風流應醉酒，莫多銜恨嚮汀鷗。借儂秋鏡鱗波淺，慰我歌眉別夢稠。

詠奧豪湖二首

其　一

奈何春去山橫黛，胡亂秋來水汰沙。羈旅坐愁悲葉落，孤征底事誤藏鴉。

其　二

占雲分半湖山雪，望月消全雨迤斜。幽客狎鷗機忘久，行人侶鶴早登霞。

普卡基湖二首

其　一

傍枕幽情與日頹，憑闌閒緒已成灰。客因蕭摵多銜恨，淺注湖山入酒杯。

其　二

天竟垂青養散材，地多高厚與徘徊。風吟端爲堆瓊去，蟬唱偏能入夢來。

蒂卡波牧羊人教堂二絕句

其　一

依前蕭瑟陷紛塵，如舊芳菲逐錦茵。爲惜朱顏留蜃景，敢分光爛動長津。

其　二

誰移星漢會青磷，斷送流螢看曉真。孤客早衰悲暮節，離人方肅傍蕭辰。

再詠蒂卡波牧羊人教堂

平生意氣貫長河，分破秋光對嵲峨。一曲清觴酬鼙鼓，獨追辰漢發勞歌。

奧克蘭康沃爾公園二首

其　一

苔封何物牽嵐秀，花合伊誰誤嶂曛。秋寂鳥喧驚玉樹，夜深仙墜爛卿雲。

其　二

慣同松雨分天澤，耐與瑤枝度隙曛。露草芊綿花掩苒，欲人料峭上青雲。

行經劍橋口占二絕句

其一

一色明妝蔓草侵，輕搖晴煥出波心。月橋唱罷春歸遠，別院笙歌幾處尋。

其二

壓樹遷鶯入鄧林，輕鰷出水戲鳴禽。翠陽蒙密時行雨，催放檀心作漫吟。

過北約克郡

芳樹初垂伴曉侵，潛催暖律動微吟。行雲無影來何暮，耐醉春光接地陰。

霍沃什訪勃朗特故居並行走荒原感成二首

其一

已知霜露銷顏色，仍將高情賦晚花。望落摽梅香欲度，妝更錦綉入誰家。

其　二

品擬清秋知日短，情殊俗世促年殘。孤懷堆枕無人識，寫與荒原正鬱蟠。

巴斯訪簡・奧斯汀故居二首

其　一

妝成難與人交語，過盡王孫總不如。且背鏡屏拈柳絮，蕣華已自上羅裾。

其　二

籠裙易曳失輕揚，寶扇難分晚翠香。重束玲瓏冰雪意，好於永夜洗愁腸。

拜伯里二首

其　一

垣外芊綿水映天，照臨瓦甃不成眠。雨知屋礎生苔錦，風度璚香到隔年。

其　二

自甘僻遠棄蹤塵，遐逝居然有此身。誰解春陽無限恨，浮華刊落始能真。

水上伯頓二首

其　一

欲分香陣度蘭茗，敢遣東君具禮邀。問久淺深芳草意，清瑤纔到彩虹橋。

其　二

九衢聲外日西斜，終古殷勤有暮鴉。默識垂楊輕颭動，好知鴨唼落誰家。

巨石陣

似分五色隕仙真，鞞運三精下滓尘。欲將盤礴輕萬古，未知兀突待何人。

過牛津爲作二絶句

其　一

簪花樓閣暗消春，清露微行似鏤尘。陳跡從雲橋引去，新陰過雨始含真。

其　二

每負青春載酒行，別愁紛絮感離情。惜歌繞柱光摇半，未到芳樽已夢縈。

溫德米爾湖二首

其　一

斷雲誰教變奇峰，耐與清宵迭夢重。曉漏纔催人坐月，輕陰帶雨已愁濃。

其　二

新扶風柳體嬌慵，懶佩銀釵淡晬容。欲度相思愁不遇，奈何往跡每交逢。

都柏林訪喬伊斯中心及馬鐵洛塔因憶昔日往蘇黎世拜瞻其陵墓悵觸於懷所謂情深不壽慧極必傷是其徵也因口占二首以誌

其　一

高談自古絕時倫，吟罷孤心進秘珍。可嘆平生空落寞，未知清賞是何人。

其　二

從來才儉不投艱，望斷霄冥自等閒。高士只應天上老，畸人哪得落凡間。

過羅馬聖天使堡

河橋清曉每氛昏，看彼倉皇赴鬼門。孰與勇夫能嫉惡，倩誰天使可安魂。

維羅納晨起

堪誰心緒傳花語，敢綴新詩續雨聲。漏轉朱弦藏舊曆，夢迴素卷促殘更。

維羅納街亭日暮

向笛無端示眼青，陶籬而況雨來庭。珠簾未捲蕭條晚，誰展秋心獨自聽。

茱麗葉陽臺

繫恨絲纏新節候，黏愁絮寫舊陽臺。香綿吹落三生誓，難有英辭可告哀。

博洛尼亞小飲戲贈友人

未聞朱戶世傳芳，但見深情隔畫堂。耽酒攢羅千古恨，愛閒偷擲到迴廊。

威尼斯季夏雜興

無端遇合苦徘徊，兼更傷離復可哀。映月水城銷夏去，著花風榭帶寒來。

由艾瑪努埃爾二世長廊望米蘭大教堂

燈爐應多煥綺廊，孤星豈少耿瑤堂。一朝能興誠時尚，百代難銷乃盛昌。

科莫湖

合與天容水色間，濃光無暇照秋顔。退身江海誰曾是，歸棹湖山我得閒。

題龐貝壁畫

薄暮常聞獨占魁，平明方覺負恩回。情深恨不如金鐵，暢好須臾付冷灰。

那不勒斯適興偶成

窺席何人偶入幃，問花無處不芳菲。望中天小雲遮月，廊外風多雨叩扉。

蒂沃利訪伊斯特別墅

千章古木惟知夏，百道泠泉獨問秋。雲入山中纔謝客，人行世上已無求。

別比薩

一城顛倒為樓斜，幾處清明尚著花。春事無端連陌上，好留雲客與瞻遐。

中世紀聖吉米尼亞諾有貴族為炫富示尊而建碉樓七十二座今止五分之一幸存因思其滿目瘡痍與夫闕然堙滅有誰爲浩嘆感泣不覺愴懷

年光容易度池灰，肯放春風共酒杯。大業負隅威已甚，要非谷轉是山頹。

巴黎旅次即事

乍移芳樹春誰主，擬去稠情莫我驚。已絕愁殷歸俊造，自難夢斷侶遷鶯。

哀巴黎聖母院失火爲作二絕句

其　一

總爲升階多瑞氣，豈知入定有餘哀。煙氛偶魅香魂去，鐘漏時携玉影來。

其　二

謝宅早荒桓井廢，樓臺銜景盡寒灰。六龍奔渴悲車轍，難挽穹窿嚮日頹。

題蒙馬特高地愛之墻

孰與驅貧偶執籌，傷心謀醉總無由。乘槎高問星津遠。悄寂春情衹供愁。

蒙馬特公墓

似聽簫鼓掛殘柯，擬想清觴酹挽歌。已見貞松侵曉月，不愁斷碣有青蘿。

拉雪茲神父公墓

難與松聲乞夢安，忍吟重壤感秋寒。盈城霜墮疏星雨，清漏誰聽夜正闌。

過紅磨坊爲天才畫家勞特累克沉溺聲色不得永壽感作

春衫袖窄褪紅綃，咽淚成歌蹙黛嬌。候舞康康笙管裂，好因殢酒赴星橋。

詠畢加索微時所住浣衣舫《亞威農少女》即作於此

由來愁釄恥追風，酒薄何曾令技窮。意氣難消形蔑盡，高才原不與人同。

狡兔酒吧

架上杯觥映燭臺，庭前蕭索任花開。人驚形毁輕囂世，我嘆身修絕妙才。

小丘廣場

未濡筆墨已成仙，天教無心步聖賢。憐彼生涯偷失笑，豈知雲路在攤前。

奥朗日古羅馬劇場二首

其　一

碧海憐風能作劇，瑶臺恨月懶登場。兒童不識人間世，一任情深哭斷腸。

其　二

布澤鴻熙體夢遥，開元燕喜感光韶。春風催扮圖蘭朵，衹爲君王恨未消。

阿爾勒古羅馬競技場二首

其　一

一從身困蹇邅徊，休問同誰盡酒杯。咫尺天涯生死地，幾曾見得去人回。

其　二

慣聽場上鼓聲催，運命山來豈可推。顧我剛腸能飲血，忍她背面下層臺。

奧爾良地僻人少然仍有高品質美術館且本地畫家間有傑作令人感佩無已因爲二絶句

其　一

過眼紛紛差足快，中心歷歷偶增愁。閒來懷曠輕千劫，總爲才人示眷酬。

其　二

寂歷平蕪春色盡，蕭森風柳去還留。有情止水看魚躍，無計流盃對鳥啾。

攜子再訪吉維尼莫奈花園爲作二絕句

其　一

映階生樹隔花墻，流水屯雲照影長。欲辨苔文尋著屐，露衣月下度殘香。

其　二

草多侵徑露華濃，花欲凝嬌與意重。可嘆人皆親水渌，欺他蓮睡不相從。

詠莫奈《睡蓮》二首

其　一

按觴心緒到仙洲，交涉波痕總倚樓。一曲紅酣聲憯悴，菱歌不度使人愁。

其　二

玉界瓊田際早秋，綉漪漲綠弄晴柔。天交月白光遥夜，雨落紅鮮黯翠幬。

昂布瓦斯城堡中弗朗索瓦一世印記無處不在念其生平行事可稱開明至多情而能恤才於君主中尤稱罕匹

念誰孤恨偷珠淚，堆壓千愁入錦章。幸有晴眉能共醉，如何雨腳勸離觴。

昂布瓦斯城堡瞻仰聖·于貝爾禮拜堂達芬奇墓

地庇槐陰存宿遇，天開日影靄餘馨。藝高莫教銷刓盡，好與才人作典型。

聖·于貝爾禮拜堂達芬奇墓前感作二絕句

其　一

從來姝麗寫難真，仙使殷勤豈慰人。欲仰他山傳未盡，還留吾子助精神。

其　二

念他篋底少藏私，顧我尊前每掙癡。愧甚傳神無計議，要能寫照賴宗師。

楓丹白露森林謁盧梭米勒雕像

稽首從來近錦灰，降心尤識意難回。清吟嘆棄歸香篋，好與宗家共引杯。

盧瓦爾河谷訪舍維尼堡

花久銷年來月下，夢常寄世到尊前。日高別館傷春渚，尤恤娥眉枉弄權。

又過布羅瓦

照野韶光媚霽朝，蔽晴物色剪霞綃。囂塵易謝紛華倦，逸樂從來隔夢迢。

巴士輾轉訪艾克斯塞尚花園同行者祇一對日本老夫婦因感作二絕句

其　一

雲效奇峰每靜觀，泉分細雨總輕寒。幽期欲寫無銷處，時遣晴柔上筆端。

其　二

露積松牕憶舊歡，風交亭午到更闌。每因物靜能平意，偏好思深入夢殘。

盧爾馬蘭謁加繆墓爲作二絶句

其一

欲將孤鶴每窮虛，剩熨眉痕總不如。且置先生行易躓，來憐末俗病難除。

其二

慣夜殘燈讀是書，好知季世本髫初。繞吟有恨疑悠謬，辨局無心較抵噓。

勃艮第公爵宮警衛室内勇敢腓力與無畏約翰殯斂棺器之精美足以與其人之事功相當因口占兩絶聊記梗概

其一

映戶山奔風亂雪，照窗雲起雨交霜。壯心原自輕驕虜，裂眦應非效詐狂。

其二

舞淚嚮風情尚怯，歌愁侵雨意還留。空庭不類當時月，照夜依然見古丘。

阿姆博斯閒居二絕句

其　一

門隔花深思永夜，雨間情遠恨無聲。玉纖香動吟光滿，清露微行醉起更。

其　二

簾鈎忍掛娟娟月，絮雨愁歸點點塵。曉霧纔遮千樹好，晚雲已度艷陽春。

過聖雷米德普羅旺斯遐思疇昔不免悵觸因伸紙書成三絕句

其　一

望中何物每生愁，牽惹佳人怨月鈎。念我無心歌永夜，思君有恨棄綢繆。

其　二

漏盡相思與夢遥，亂分秋色到遐霄。行人漸老憐花褪，暗洗眉痕對齔髫。

其　三

每尋往跡杳如烟，獨賞孤心惜舊緣。欲共茹芝空煉玉，奈何遊策遇花仙。

阿爾勒夜宿老宅掇句寄友人

其　一

一自妄憂違繡轂，勉從浪喜弄香韉。巷深未識舊時月，返照流陰到户前。

其　二

垣斷從來藏獨鶴，梁空未許過輕鳶。將深故宅營幽事，難豁昏眵飾舊年。

瑞士蒙特勒小住

侵巾白髮孰堪憐，坐嘯湖山且忘年。休問歌吟關底事，幽尋此日可登仙。

蒙特勒湖行即事

莫嗟翠濕有輕寒，徹曉無心嚮夜闌。罨畫屏山煙篆冷，聊傾別酒爲清歡。

蒙特勒湖行詠松

洗淨湖山影翠岑，照妝意態不堪尋。物華應律歸濃晝，勻讓松光到竹陰。

由施皮茨小鎮城堡遥望圖恩湖

流水何曾損少年，春風門巷對花眠。倚闌偶作行雲看，夢到湖山雪到顛。

雨前過圖恩小鎮

非因流水識淙潺，乃爲交霜兩鬢斑。取趁波平渾似鏡，由它資月到蓬山。

采爾馬特小鎮酒吧鱗次櫛比居人疏放遊客瀟灑此誠處亨不可與言困處平世不可與論患難也然此天意人情要非善加珍護亦不可得每思及此中心悁悁莫名所以

興來壓酒醉誰家，鬥色鮮衣薄似紗。擾擾餘年渾不顧，輕歌未許雨攲斜。

過米倫小鎮

愁來殢酒日銷馳，獨語斜闌賴有詩。削約岫雲誰密訴，敢箋心事付雲知。

伯爾尼詠泉

獨與池喧挹客愁，好增山靜論優遊。奈何坐困成聊賴，顧誤清琴響細流。

過韋吉斯小鎮

空山渠識物貞清，匀注湖光到晚鶯。日落漏閒花返照，任從流水作雲行。

沙夫豪森旅次即事

投老空山待月斜，倚牕高枕醉鸎花。年光嘆早同流水，心緒歸遲付晚霞。

蘇黎世積雨初晴

愁慘湖山過雨新，依猗水荇躍纖鱗。有香蒲草因風起，無語墻花已墜茵。

沃韋科爾西耶訪卓別林故居

妝成含笑每登壇，戲罷方知適意難。坐夜空庭悲冷月，共誰閣淚嚮斜闌。

盧森堡國小民富社會安定塗歌里詠不絕於耳臨風慨想感喟殊深

雲逐清風度爀曦，露凝巖岫雨中移。間關鶯語河橋上，百舌聲流見景熙。

盧森堡埃希特納赫二首

其　一

幽賞何須酒助眠，高情已忘火生蓮。東風雖與更青史，難勝閒吟落玉箋。

其　二

聽花欲去復遲留，來嘆河橋逝水流。爲感勞生瀛海遠，驪歌唱徹獨怊悵。

比利時列日旅次

花闔瓊臺草鬱芊，苔封月榭枕書眠。勞生習靜循廊下，會悟風燈惜舊年。

觀列日大教堂及藏寶室有感其法器精美因爲二絕句

其一

謂窮碧落欲何求，耽怕黄昏不自由。分定愁難銷永夜，放心無那作天囚。

其二

嘖嘖多因技藝工，修行孰謂等山崇。此心有我非原罪，救贖還須仰聖功。

别列日兼答故人問

雖乏奚奴好漫遊，因山聳秀每尋幽。莊鵬心既横滄海，越鳥何須念故儔。

魯汶晨起喜晴

將乘花氣逐雲行，耐與疏鐘撞晚鶯。詩興孰能傾緑酎，敢同欹枕看新晴。

勞特布龍嫩銷夏

從來性分看鳶魚，何必天彝付恪居。顧我山中無曆日，偏他塵外有音書。

施陶河瀑布

半牀明月倚闌干，一夜鶯聲落瀑寒。日照翠嵐生薄媚，行人循道可觀瀾。

根特雨後徐行二首

其　一

因誰弄粉滌煩襟，好教調朱費旅吟。玉界管橫偏著意，看承行色嚮花陰。

其　二

薄薄雲情漫浸尋，盈盈波淚濕牙琴。十分香氣知誰伴，惱落星甍被雨侵。

根特阻雨新霽見靜雲鬱起莫窺其際感爲二絕句

其　一

宵雨蓮啼失苦心，曉寒草泣負花陰。淺情終似儂舒捲，翻覆尤能自在吟。

其　二

曾下朱簾載酒行，吹簫夜約到天明。看雲百變傾華蓋，露坐星橋候曉晴。

比利時皇家美術館觀馬格利特畫展

看汝雲蒸聚雁空，騈馳鴻駕亂青瞳。因知奇崛非常理，象外從來畀畫工。

觀比利時皇家美術館付子三首

其　一

久違遲日惑昏眸，臥對南窗怕奉酬。嘆彼中官催進御，幸君金殿足清遊。

其　二

棹晚何人值惠風，歲雲偏我誤雕蟲。曉經霜早感天巧，候月心情付畫工。

其　三

墨妙通神素所知，半生緬想意猶遲。念儂頑劣渾無賴，會識高明總費時。

布魯塞爾儼然大都然風靜人閒如蕞爾邊城其盛世太平之象最投人心意故去而復回如斯者三

清晝慵眠喜雨晴，自難無事惜休明。從來不識平戎策，更莫邀聽臥鼓鳴。

夏杪遊布魯日二絕句

其　一

爲期秀暖過前溪，仍漲春潮與岸齊。塵懶花開無雨顧，世喧葉落有鶯啼。

其　二

昨夜清風過剡溪，夢中弄羽到隋堤。煙橫汀渚雖無路，月滿星橋尚可棲。

攜子拜瞻盧森堡美軍公墓爲作二絕句

其　一

憑陵殺氣敢存身，暴骨黄沙碾作尘。常愧馬驚由地狹，故教風軟見情真。

其　二

縱横虜陣忘安身，乃有輕風爲洗尘。夤夜霜嚴侵白骨，猶霑茵草慰清真。

龍疆晚興二首

其　一

色泛花光水爛盈，香含松籟隔遷鶯。嵐霏變盡知傳響，流漾清音唱晚晴。

其　二

歸雲興懶去還停，霏霧成陰紫復青。半岫晴虹紛黛綠，一川沉璧暗滄溟。

米諾城堡望遠二首

其　一

因何冥昧感氤氳，孰爲離披映隙曛。纔識風輕能度鳥，不知醉淺怕行雲。

其　二

日高倚樹起氤氳，暑歲除門動曉曛。難見故歡歸逝水，怕生新恨滯河雲。

維茨瑙舟行即事

已因鏡滌誤歸程，敢洗緇塵樂啓征。世濁未能平鶴怨，道清豈肯負鷗盟。

詠安特衛普梅爾街二絕句

其　一

月注清尊樹翳依，日融深翠上人衣。天澄波色香街直，好放輕風到海圻。

其　二

雲逐千門識舊塵，星流九陌會前身。高才原本承殊渥，妙足何須嘆逸倫。

安特衛普大教堂有魯本斯傑作聖雅各伯教堂則爲其親自設計並其墓地亦在此因讀其畫而思其人之生涯豪闊感作二絕句

其　一

身後從誰戲九垓，生前已自苦徘徊。形銷情易歸塵土，魄散尤難照夜臺。

其　二

不盡輕愁屬夏殘，最能消煞是清歡。晚陰風過餘香燼，猶乞靈光落祭壇。

奥地利聖吉爾根小鎮望湖二首

其　一

伴月當歸豈望秋，眠雲永住欲何求。解襟既許親孤棹，對酒應能笑濁流。

其　二

久違塵世厭纓簪，更遠江湖棄鶴驂。念彼歸休巾漉酒，薰風一夜可平嵐。

維也納聖卡爾教堂係紀念聖波洛梅歐傾力守護生靈抵禦黑死病而建形制雖小喜其巴洛克風格宛在

念他天地少元神，要看祥雲貫太真。幸掃妖雰從疫去，豈關洪聖賴凡人。

再過寧芬堡宮

樹頭隔雨裊絲長，鬢袂霑雲似有香。難恨笙歌歸夜院，徒分明月過椒墻。

舊天鵝堡

多慚木葉亂清吟，敢望青燈暖醉衾。辭漢何曾歸石穴，避秦姑且入鸎林。

魏瑪訪席勒故居

看墜高梧入望賒，横參照夜破檐牙。既衰莫問同秋草，令上清標動九遐。

因歌德誕辰二百七十周年感作二絶句

其一

鳳翔空際看山低，鵬運淩霄孰與齊。萬斛才思驚渤澥，爲嘲不識舊留題。

其二

嘆老天真罕世中，會從爛漫識孤衷。因誰情薄歸牢落，尤甚傾心嚮此翁。

慕尼黑旅次

可憐風月正清嘉，無奈關山盡晚華。醉囈已愁悲歲促，輸心猶怕染頹霞。

遊慕尼黑見瑪麗亞廣場有鐘樓依時演示消滅黑死病之場景因有所感口占二絶句

其一

霞起三千動寶光，風從萬里過行廊。花紛步帳沉煙砌，雲鬱氍毹響畫堂。

其二

咽空殘月倚長庚，暗洗孤懷逐水生。玉枕寒深銷極夜，冰綃夢淺斷鐘聲。

柏林登德國議會大厦二絕句

其一

燭灺香消兵革後，滄桑指顧看從頭。懷情不免登高處，憔悴王孫豈足謀。

其二

催雨階垣鬱早秋，感時光景轉生愁。行人別有淒涼意，例逐殘心吊故囚。

兩千年前羅馬人於匈牙利潘諾尼亞省興建紹比納城即今佩奇之前身故此處尚存十一世紀大教堂十六世紀伊斯蘭教寺院及基督徒墓地等古跡余輾轉到此自不肯錯漏因乘興爲作二絕句

其一

夜凝嵐氣隔㕓喧，秋浸年光濕墓垣。流月清真通異教，宿雲羅馬可窮原。

其　二

繁華曄曜洌泉鳴，揚葶芬葩石氣清。旬雨肇晴聲蔚動，遠天既霽色光明。

過匈牙利埃斯特戈姆思羅馬皇帝馬可·奥勒留嘗駐蹕此地卡爾嫩圖穆要塞撰成《沉思録》舊事感吟二首

其　一

重雲百迭望霞輝，衆鳥千聲上翠微。露坐且思秋色老，還從涼月照芳菲。

其　二

惟年天運竟何求，凡事雞蟲過眼浮。蠻觸原無千頃地，北邙自有萬鍾愁。

布達城堡

九重城闕幾迴環，萬戸耆賢若箇還。不有強蠻遺舊部，應愁驕虜叩關山。

鏈子橋

花開兩岸望周環，人傍樓臺去復還。置酒過橋歌鎬宴，祇因雲外有青山。

訪布達佩斯國家歌劇院並及李斯特行歷與創作爲作二絶句

其　一

稜層曲調脱天囚，浪漫琴心敢自由。風起蒼黄多引興，月資清白每增愁。

其　二

傍檻狂歌動地秋，壓階疾律漫銷愁。靈光雜沓來燈鏡，倦舞紛紜始下樓。

聖安德烈多藝術家聚居氣息浪漫令人陶醉因喜作二絶句

其　一

晚鶯遷木曳聲長，雛燕當風感嫩涼。槭樹不同人逐艷，小遮花影過繚墻。

其　二

案頭秀萼負殘陽，枕畔屏山正鬱泱。縱使薄明初過雨，難分清氣上梅香。

捷克特熱比奇小鎮

因風搖漾張雲蓋，抵石飄輕結海樓。思將素心歸別鶴，便傳青鳥報情稠。

卡羅維發利歇夏

陵岡候雨多豐蔚，疇阜隨風少洌香。青靄能銷誠帝圃，白雲堪臥豈佗鄉。

夜宿洛克德白馬酒店感歌德暮年情傷爲作四絶句

其　一

久坐春風嘆樂多，慣尋輕鳥入煙蘿。期難好夢隨人願，盡付流光喚奈何。

其　二

秋侵翠色洗宵晨，變怪時花欲上身。且共宿雲殘舊酒，任風流月對飄淪。

其　三

昔興殷殷自嚮春，須臾秀色碾爲塵。可憐夜半停橈久，明月多情未照人。

其　四

雲掩珍臺已入暝，風棲月榭不堪聽。自來春渚留思客，徒嚮空庭慕曉星。

過克拉科夫王宫念彼迭遭瓜分飽嘗出賣之歷史殊深感慨竟至於如物撞胸不吐不快因作二絶句

其　一

千尋峭岸夜方明，萬壑爭呼鬼魅驚。四戰從來非我意，一星偏照候清平。

其　二

且盡梁園舊日遊，還酬春殿憶同讎。原知情淡村醪薄，偏著思深似醴稠。

丹麥希勒勒菲特烈堡宮建成於十七世紀係北歐最典型文藝復興風格建築有丹麥凡爾賽宮之稱及我來時正暮蟬群嘶與潺潺流水聲相亂殊可聽也因作二絕句

其　一

好風偏倚水晶宮，勻注清光上綺櫳。纔怨霑雲分艷色，又嫌殢雨誤歸鴻。

其　二

雲攏風梳畫檻東，雪朋月侶會相逢。送聲檀板春將半，看剩清歡曲未終。

過赫爾辛格克倫堡宮爲此地常上演《哈姆雷特》感作二絕句

其　一

天街列宿煥黃雲，海角旌旗動肅紛。縱使掖垣多險固，洗湔終究賴諸賁。

其　二

城頭蕪漫接洪荒，城下孤吟意浩茫。常恨此身難忍惡，故違深望每欺方。

船經挪威峽灣

嫌束晴雲媚雨壇，漫堆巨石逗煙巒。因貪玉帳初烘暖，故放冰河久積寒。

奧斯陸海邊閒吟

海暾升望小城陬，莫辨雲光上綺樓。羽駕誰人頻夢逐，煙波何處可相留。

奧斯陸維京船博物館

萬里乘濤度峽灣，一朝絕海拭餘潸。不愁死地無鄉故，但恨田盧有鬢斑。

卑爾根詠雪山

萬里書生出閒關，欲從西極負歌還。天容岡阜盤龍脊，地教蒼岑繡虎斑。

阿姆斯特丹訪倫勃朗故居三首

其　一

月到層霄夜未闌，流年望斷夢猶殘。欲依造化形殊麗，難引深情上筆端。

其　二

庭蕪秋氣實堪驚，畫室蕭森少嫩晴。方寸誰知叢百慮，黝蔥原不到天明。

其　三

熱念由來逐世榮，清才能不害孤煢。通衢行慣尋常客，玄采何人識邃宏。

倫勃朗《夜巡》

深宵值夜耀星芒，甲冑如鱗並有光。哀甚錦心留篋底，何曾彩繪賦瓊章。

海牙晨興自嘲

最難獨對老生涯，欲挽羲和止日車。漫責琴書風雅頌，先同妻子米鹽茶。

題普拉多美術館所藏委拉斯凱茲《宮娥》

自憐鬢聳意飛揚，不覺深宮晝漏長。玉殿難迴顏色好，還從熏籠憶懷香。

代爾夫特訪維米爾

祇合棲門逗雨斜，漫生花樹到誰家。因風白露霑長早，乃恤寒林度晚鴉。

維米爾《戴珍珠耳環的女孩》

城傾豈顧意徬徨，眉蹙難懷究可傷。斂盡聲光羞目語，一般難捨是檀郎。

鹿特丹冬日

可採江南一枝花，共天交語夢清嘉。到遲怨黛愁珂雪，嘆早啼紅付落霞。

鹿特丹詠晴

雨霽光風潤景雲，暗銷薄雪冷晴曛。寒條已惹無窮恨，猶印冰河照使君。

烏特勒支聖誕值晴

倚闌有意霜曦早，照水無情雪夜深。因感靈辰愁對月，乃辜令節別操琴。

西班牙馬約爾廣場見腓力普三世雕像因思其荒佚無能寵信佞臣感作

宴歌聲斷樂重門，忍看私臣正沐恩。月市星衢翻麗色，繁華銷盡幾人存。

巴塞羅那奎爾公園二首

其　一

一番風露洗熙蒸，十丈浮埃仰地承。香暖日遲芳野外，琉璃照徹最高層。

其　二

碎揉七寶見雲開，錯認簪花獨上臺。繞柱拼將愁蹇蹷，難消冰魄久徘徊。

加泰羅尼亞音樂廳之富麗堂皇即在歐洲亦屬罕見因作二絶句以誌

其　一

曾見雕梁砌矯龍，曳裙歌罷濕雲鐘。簪花剪就冰輪結，日到層霄第九重。

其　二

纔綻靈光絕影蹤，頓如凝澀擬寒蛩。不勞千炬迎芝駕，自有仙韶月下逢。

四隻貓咖啡館波希米亞風格洋溢曾吸引畢加索及諸多無名藝術家來聚及我到訪落落窮巷止冥然兀坐已難聞其人謦欬歌哭久矣

落拓湖山未足羞，準衣棄作稻粱謀。呼將載酒拈花去，狂到人間不自由。

過阿爾罕布拉宮

奈何世事每多差，遮莫春愁黯歲華。徂貌既同花歷落，壯心敢與月夭斜。

阿爾罕布拉宮小坐

聽早秋聲落草間，怕因春夢誤紅顏。獨扃深院歸高臥，偶對庭花作小閒。

科爾多瓦旅次暫歇

顛狂山海恣肥輕，落魄江湖好縱橫。但將來身違世路，何須去意慰稠情。

科爾多瓦午日

縈紅檻曲正暄妍，曳翠檐牙最可憐。酒祓清愁誠有分，花銷英氣恐無緣。

科爾多瓦大清真寺雜合摩爾式建築與西班牙建築多種風格蓋隨權力易手多次改建之故也然彼時功名之士負氣爭攘並自信江山永固不過尊前供人笑樂待相與躑躅北邙終究悉歸空無所剩者惟夾路松生迎人於道途白雲宿檐予人以遐思耳

羅馬依稀嚮日斜，清真革異舊時花。紛紜底事堪持久，社燕從來別故家。

塞維利亞王宮感作

見誰愁倚畫闌東，敢嚮黃昏問計窮。碧幕清深歸夜月，霞銷雲淨屬賓鴻。

托萊多乃卡斯蒂利亞王國首府及腓力二世遷都馬德里始衰由其今日寥落念其昔日繁華如隔霄壤不可無詩

凋盡臺城覆綠蕪，依稀誰識舊王都。情多能會山川異，尊淺哪知景物殊。

塞戈維亞因友人請為作晚花昏鴉圖

樽前遣興為梅花，硯底消閒對暮鴉。高意雖難通月窟，孤懷猶不落人家。

葡萄牙酒都波爾圖

未識雲鄉有上仙，搜吟到海不知年。重樓十二初經雨，堯日因風送碧天。

波爾圖萊羅書店列名世界最美書店榜單其富麗精緻誠不我欺

一床緗帙作仙居，雙袖爐香感歲除。謂近蘭臺多苟祿，芸簽偶動又何如。

過辛特拉佩納宮

會到瓊樓第幾層，來巡玉殿錦雲升。風尋夢枕花成讖，雨問愁衾事可徵。

辛特拉摩爾人城堡

海氣偏能與夜浮，壯心只合上雲樓。撫從舊歲風隨去，不遠新篘懶應酬。

過埃武拉入住十五世紀修道院改建之酒店風格閒整古雅令人有無所復望于世而甘願自放以身免之想雖道途旬月人甚疲累加飯一盂仍不可無詩

地僻誰能養散才，夜深玉漏漫相催。看閒月小方歸臥，不意鐘聲過殿來。

阿布費拉觀海二首

其　一

每因孤悶好觀瀾，從海方知世路難。幽客望中空日月，行人枕上正邯鄲。

其　二

安能投老倚闌干，早覺秋侵夢露寒。念彼癡雲難抱日，不求瀛海有仙丹。

登彼得要塞望涅瓦河

冰欲堆山不自由，風能斷鐵遏奔流。百橋度盡難如願，一氣摶春葬北酋。

聖彼得堡觀彼得大帝像

人跡因風隔海濱，鳥聲送雪撼平津。朕心有恨追時輩，天意無情棄絕塵。

艾尔米塔什博物馆

林表凝陰候曉開，雲端積雪玉堆臺。家山雖遠蓬山近，為有高仙送夏來。

土耳其博斯普魯斯海峽舟行三首

其　一

一峽蕭森劃兩洲，數峰夾峙斷雲愁。擘開歐亞無窮月，聊送平波渡晚鷗。

其　二

隨分年涯逐水流，掃空四裔付窮遊。因聞海嶽晴虹落，始信乾坤有十洲。

其　三

老去頑心苦未休，天涯行樂夢從頭。鶴巢纔笑多雲水，鵬海居然已迫遒。

星島閒居苦熱二首

其一

紅蕖漾日映瑤臺，幽室清空鬱燠開。千叠翠雲收雨去，一天涼月入窗來。

其二

欲邀佳句意難尋，旅枕微吟苦望涔。露坐鬱蒸期月曉，北窗獨酌滌煩襟。

日本蕞爾小島然博物館美術館每擇地高敞堂廡尤大令人於逼仄局束中得片刻暢情快意用心殊爲可嘉也因爲一律以記之

春意正愁花沐雨，客情尤怕月逢秋。天工罕見輸人巧，神匠常能與鬼侔。

北海道曉起值雪

迅景豈能留屐齒，流光可誤小園屏。隔山春信方支酒，傍水梅風已到庭。

札幌秋興二首

其　一

遐荒秋老物傳神，始覺天寬幸有身。望極晌晴開曠野，泬漻心緒轉生春。

其　二

越登關阻見霜晴，逾歷山川黯晚櫻。平野昏冥空日月，薄寒吹徹始天明。

札幌訪渡邊醇一文學館因惑其名重而文淺口占二絕句

其　一

放蕩應誇出世才，酣歌催趁好登臺。欲因浮慧勾情薄，難信相思可喚回。

其　二

羡她恩命總溫柔，慰我飄零每抱愁。玉鏡驚飛千丈雪，始知下筆不能休。

支笏湖冬行

誰曾漱玉試玲瓏，映月湖光嚮雪融。露氣因風蘇暖色，霜威助雨減秋紅。

秋遊京都清水寺二首

其　一

紅凝梵宇逐陰開，香透經幢上泰臺。凡鳥欲從西國去，鐘聲還過片雲來。

其　二

嵚巖架寺勢陵霜，陰壑藏泉氣轉涼。肅物因風宣法相，禪關藉雨散貞香。

再遊大阪城

每因初見畔牢愁，不擬重來嘆舊遊。有信湖山頻入夢，無情徂歲怕登樓。

源氏物語博物館二首

其　一

天仙卅六豈云才，未若藤原識物哀。方訝瑤光追雨去，已驚玉魄度人來。

其　二

孰謂拈毫偏寫恨，從來默寞始容身。爲知秘殿多風雨，幔室簪花每戒晨。

宇治橋二絕句

其　一

流光畢竟異從前，似水文章碎月弦。橋上佳人依舊是，望中頽老實堪憐。

其　二

長恨修途絕勝緣，每嗟重阜困愁眠。春風底許光陰速，頓懶心情是暮年。

大阪客居初詣

朝來底事欲誰知，尚有輕寒感日遲。天怯梅香追雨速，人愁晚恨候雲凝。

住吉大社初詣

春情愁結錦灰堆，客意傷停濁酒杯。金埒或能行世路，香分難挽日西頹。

訪高野山諸佛寺

政須曉籟隔聲塵，未礙殘鐘悟有身。叢薄僧曾陰古殿，靈廛人罕識禪真。

織田信長墓所有感

海天目極自稱魔，布武行難敢放歌。勢迫梟雄悲切腹，迎回阿市又如何。

早起過和歌山空城

人何憔悴慣風塵，露感朝晞早絮巾。曉景經霜纔峭瘦，秋聲過雨始元淳。

和歌山西之丸庭園

看山徂歲嘆飄零，憑酒酣歌未可聽。坐近松風清次骨，世情原不到茶亭。

登和歌山城

雲陰還識舊崚嶒，景迅阿誰尚可稱。搖落客心傷薄暮，愁春最怕上金層。

跋

予於詩，每學爲之而不成，蓋才儉而不能豪，情直而不能迴也。中歲精力轉衰，尤覺有身如梏，有心如棘，自不免企羡時年，頻傷遲暮，因不能彊情循世而多自放。是用窮觀晨夕，致賞川阿。眼無青白，獨喜原上看花；口絶雌黄，尤好宫中讀畫。又嘯傲谿壑，目想鶴之儀形；逍遥雲水，擬議鷗之孤興，推襟送抱，曷禁泫然。而或漏斷永夜，獨醒遊思，望平蕪燈火，幾近家山；玉杯醽醁，竟同少時。惟當年對飲，高談可以驅鬼；斯夜論詩，祇剩意興闌珊，輒久低迴嘆息、感激愍惻不能止也。

故爰從酒後，試爲燈前，未善言情，專工寫恨，私心欲有以存銷結浮華、鍵關高臥之微志也。迨及前歲，以迄於今，四面疫氛，人命危淺。遘此變故，良多軫惻；言念羸瘵，殊深怮怛，更不免見摇落而坐嘆，望沉淪以興哀，並悲離傷逝，愴然興松楸蕭鼓之念也。如此秋聲雁語，無輟寐興；酒倦燈闌，悉歸傷心，身其域者，孤懷枯索，可謂淒清蕭槭之甚矣。且方諸古人魂銷絶國、夢斷江南，又别一種寄興深至也。所幸天道好生，恤及萬類。

雖玉樹之花，極易金縷成土；麗錦之色，酷似羅綺積灰，得覘生機，曷勝情移！因思古人之悼花將離與傷柳綰別，並流覽霜晨，徘徊月夕，自每伸繾綣昔遊之感，屢紛顧懷陳跡之思。如此托輕歌而抒素抱，借煙景以寄遙情，並嗟世宙茫茫，人生渺渺，與夫衰年蕭條，菲才濩落，尤增其感激傾倒，良有以也。

然則春心無那，秋思偏多，政合昔人所謂枉拋心力，宜爲輕才之流聲，而實難與高人競響，其信然邪？雖然，性之所耽，不忍輕棄。雖大雅弗稱，尤多自惜。故細檢舊篋，莊重錄出，非敢作存傳想，聊以記雪泥之印，並有以遣此薄愁無俚，由雲山之後約而證煙水之前身也。猶憶古人每謂引商之曲不因寡和爲高，流水之嘆有以知音爲樂，予深服其言而從其意，故此次災梨禍棗，固有情實可原也。

至若眼底清景不似人間來，筆下歌吟悉從心底出，並信口信腕，總歸於境繇情生，辭隨意啓，冀率予之真而適予之志，初無意於以律損格也。而能不失規度，以繼昔賢之正聲，則非所敢問也。所嘆者，惟未識何處可重拾細按紅牙、重翻白紵之舊境。故爰引寒韻，專用以誌舊日之際會；復綴絮語如上，欲有以存流歲之因緣耳。

壬寅年立夏巢雲樓主人謹識

圖書在版編目（C I P）數據

巢雲樓詩鈔 / 汪涌豪著 . -- 北京 : 團結出版社 , 2023.3

ISBN 978-7-5126-9523-8

Ⅰ . ①巢… Ⅱ . ①汪… Ⅲ . ①詩集 – 中國 – 當代 Ⅳ . ① I227

中國版本圖書館 CIP 數據核字 (2022) 第 140774 號

出　版：團結出版社
（北京市東城區東皇城根南街 84 號 郵編：100006）
電　話：（010）65228880 65244790（出版社）
（010）65238766 85113874 65133603（發行部）
（010）65133603（郵購）
網　址：http://www.tjpress.com
E-mail：zb65244790@vip.163.com
tjcbsfxb@163.com（發行部郵購）
經　銷：全國新華書店
印　刷：三河市東方印刷有限公司

開　本：148mm × 210mm　1/32
印　張：14.5
字　數：267 千字
版　次：2023 年 3 月 第 1 版
印　次：2023 年 3 月 第 1 次印刷

書　號：978-7-5126-9523-8
定　價：88.00 元